Zijn Engel

Trident Security Boek 2

Samantha Cole

Translated by
Lenna DuFin

Zijn Engel

Copyright © 2015 Samantha Cole
All Rights Reserved.
Suspenseful Seduction Publishing

Zijn Engel is een fictief werk. Namen, personages, bedrijven, organisaties, plaatsen, gebeurtenissen en incidenten zijn ofwel het product van de fantasie van de auteur of worden fictief gebruikt. Elke gelijkenis met werkelijke personen, levend of dood, gebeurtenissen of plaatsen berust op toeval.

Redactie door Eve Arroyo
Vertaald door Leena DuFin

Niets uit dit boek mag worden gereproduceerd, gescand of verspreid in gedrukte of elektronische vorm zonder toestemming. Gelieve niet deel te nemen aan of aan te moedigen tot piraterij van auteursrechtelijk beschermd materiaal in strijd met de rechten van de auteur. Koop alleen geautoriseerde edities.

Noot Van de Auteur

Het verhaal in deze pagina's is volledig fictief, maar de concepten van BDSM zijn echt. Als je er toch voor kiest om deel te nemen aan de BDSM levensstijl, onderzoek het dan zorgvuldig en neem alle voorzorgsmaatregelen om jezelf te beschermen. Fictie is gebaseerd op het echte leven, maar het echte leven is niet gebaseerd op fictie. Onthoud: veilig, gezond en concensueel!

Alle informatie betreffende personen of plaatsen is gebruikt met creatieve literaire vrijheid, dus er kunnen verschillen zijn tussen fictie en werkelijkheid. De missies van de Navy SEALs en hun persoonlijke kwaliteiten zijn gecreëerd om het verhaal te verbeteren en, nogmaals, kunnen overdreven zijn en niet overeenkomen met de werkelijkheid.

De auteur heeft volledig respect voor de leden van het leger van de Verenigde Staten en de verschillende leden van de wetshandhaving en dankt hen voor hun voortdurende dienst om dit land zo veilig en vrij mogelijk te maken.

Wie is Wie en de Geschiedenis van Trident Security en de Covenant

*** Hoewel niet elk personage in elk boek voorkomt, zijn dit degenen met de meeste vermeldingen in de serie. Deze gids zal lezers helpen om te weten wie wie is.

Trident Security (TS) is een particulier beveiligings- en militair bureau, dat eigendom is van Ian en Devon Sawyer. Het bedrijf heeft overheids- en civiele contracten en is begonnen toen de broers en een paar van hun teamgenoten van SEAL Team Vier zich terugtrokken in de particuliere sector. Het bedrijf is gevestigd op een bewaakt terrein, dat een voormalige dekmantel was voor een import/exportbedrijf voor drugshandel in Tampa, Florida. Drie pakhuizen op het terrein werden omgebouwd tot grote appartementen, de kantoren van de TS, een fitnessruimte en slaapzalen.

Naast het beveiligingsbedrijf is er een vierde pakhuis dat nu onderdak biedt aan een elite BDSM-club, waarvan Devon, Ian en hun neef Mitch Sawyer, die de manager is, mede-eigenaar zijn. Er is veel tijd en geld in gestoken om van de Covenant het meest gewilde lidmaatschap in de regio Tampa/St. Petersburg en daarbuiten te maken.

Leden worden grondig doorgelicht voordat ze toegang krijgen tot de elegante club.

Er zijn momenteel meer dan twintig Doms die zijn aangesteld als Dungeon Masters (DM's), en zij draaien twee of drie shifts gedurende de maand. Minstens vier DM's hebben altijd dienst op verschillende posten in de pit en de speelzalen, en een extra DM loopt rond. Hun taak is om de veiligheid van alle onderdanigen in de club te waarborgen. Ze grijpen in als een onderdanige zijn stopwoord gebruikt en de Dom in de scène het niet hoort of er geen aandacht aan besteedt, en zorgen ervoor dat de apparatuur die in scènes wordt gebruikt de onderdanige niet schaadt.

Het veiligheidsteam van de Covenant zorgt voor al het andere dat niet scène-gerelateerd is, en zorgt voor de veiligheid van alle leden en zijn in wezen de uitsmijters. Het totale aantal leden is nu iets meer dan 350. De brandweer had toestemming gegeven voor 500 leden toen het pakhuis werd omgebouwd tot kink-club, maar de neven hebben dat aantal opzettelijk laag gehouden om een elitestatus te behouden.

Tussen Trident Security en de Covenant is er genoeg romantiek, spanning en stomende ontmoetingen. Maak kennis met de Sexy Six-Pack, hun vrienden, familie en teamgenoten.

De Sexy Six-Pack (Alpha Team)
en hun partners

- Ian "Boss-man" Sawyer: Devon en Nicks broer; afgezwaaid Navy SEAL; mede-eigenaar van Trident Security en de Covenant; Dom.

- Devon "Devil Dog" Sawyer: Ian en Nicks broer; afgezwaaid Navy SEAL mede-eigenaar van Trident Security en de Covenant; Dom.
- Ben "Boomer" Michaelson: afgezwaaid Navy SEAL; specialist explosieven en munitie; zoon van Rick en Eileen.
- Jake "Reverend" Donovan: afgezwaaid Navy SEAL; tijdelijk aangesteld om het West Coast team te leiden; scherpschutter; Dom en Zweep Meester in de Covenant.
- Brody "Egghead" Evans: afgezwaaid Navy SEAL; computerspecialist; Dom.
- Marco "Polo" DeAngelis: afgezwaaid Navy SEAL; communicatie specialist en back up helicopterpiloot; Dom.
- Nick Sawyer: Ian and Devons broer; momenteel Navy SEAL.
- Kristen "Ninja-girl" Anders: auteur van romans/triller boeken; verloofde/onderdanige van Devon.
- Angelina "Angie/Angel" Beckett: grafisch artiest.

Uitgebreide Familie, Vrienden, en Medewerkers van de Sexy Six-Pack

- Mitch Sawyer: Neef van Ian, Devon, en Nick; mede-eigenaar/manager van de Covenant, Dom.
- T. Carter: US spion en sluipmoordenaar; werkt voor geheim agentschap Deimos; Dom.

- Shelby Christiansen: medewerker personeelszaken; twee keer kanker overwonnen; onderdanige.
- Curt Bannerman: afgezwaaid Navy SEAL; eigenaar van Halo Customs, een motorfiets herstel- en opmaakwinkel.
- Jenn "Baby-girl" Mullins: hogeschool student; peetdochter van Ian; "nichtje" van Devon, Brody, Jake, Boomer, en Marco; vader was een Navy SEAL; ouders vermoord.
- Mike Donovan: eigenaar van de Irish pub, Donovans; broer van Jake.
- Charlotte "Mistress China" Roth: Reclasseringsambtenaar; Domme en Zweep Meesteres in de Covenant.
- Travis "Tiny" Daultry: voormalig professioneel football speler; hoofd van de beveiliging in de Covenant en het Trident terrein; occasioneel lijfwacht voor TS.
- Rick en Eileen Michaelson: Boomers ouders. Rick is een afgezwaaide Navy SEAL.
- Charles "Chuck" en Marie Sawyer: Ian, Devon, en Nicks ouders. Charles is een selfmade onroerend goed miljardair. Marie is een plastisch chirurg die betrokken is bij Operatie Glimlach.
- Will Anders: Assistent Curator van het Tampa Museum of Art, neef van Kristen Anders.
- Dr. Roxanne London: pediater; Domme/echtgenote (Mistress Roxy) van Kayla.

- Kayla London: maatschappelijk werker; onderdanige/echtgenote van Roxanne.
- Chase Dixon: afgezwaaid Army Ranger; eigenaar van Blackhawk Security; contractant van TS.
- Doug Henderson: afgezwaaid Marine; lijfwacht.
- Reggie Helm: advocaat voor TS en de Covenant; Dom/vriend van Colleen.
- Colleen McKinley: office manager van TS; vriendin/onderdanige van Reggie.
- Carl Talbot: hogeschool professor; Dom en Zweep Meester in de Covenant.

Leden van de ordehandhaving

- Larry Keon: Assistent Directeur van de FBI.
- Frank Stonewall: Speciaal Agent verantwoordelijk voor de Tampa FBI.

De K9s van Trident

- Beau: Een verweesde Lab/Pit mix, gered door Ian. Nu een getrainde K9 die zijn plek in het Alpha Team meer dan verdiend heeft.

Hoofdstuk 1

"Kom op, Beau," riep Ian Sawyer naar zijn lab-pitbull mix terwijl hij de oprijlaan naar Brody Evans' nieuwe huis opliep. De grote, zwarte hond maakte nog snel een plasje tegen Brody's brievenbus op de stoep voordat hij naar zijn baasje toe rende. Ian vroeg zich vaak af of de hond een Deense Dog in zijn stamboom had, want hij was zo groot dat Ian, met zijn één meter tweeënnegentig, de hond bijna een aai over zijn kop kon geven zonder te bukken. Dat was niet altijd het geval geweest. Toen Ian de zes weken oude pup bibberend en huilend naast zijn stervende moeder aan zijn voordeur had gevonden, woog Beau op dat moment niet meer dan drie of drieënhalve kilogram.

Ian dacht terug aan de nacht dat hij het alarm had horen afgaan op zijn telefoon, iets meer dan anderhalf jaar geleden. Hij was in zijn appartement en keek naar het nieuws van elf uur. De woning bevond zich op het terrein van zijn bedrijf en was omgeven door een veiligheidshek om onverwachte bezoekers buiten te houden. Tenminste, dat deed het totdat het harige duo inbrak.

Toen het alarm afging, schakelde hij naar een ander tv-kanaal om de meerdere CCTV-camerastandpunten van het terrein te bekijken. Hij verwachtte een bewaker, zijn broer of een van zijn teamleden te zien rondlopen, maar zag tot zijn verbazing een dier naar zijn voordeur strompelen. Toen hij inzoomde, zag hij dat het een zwaargewonde hond was met een kleine puppy in haar bek. Tegen de tijd dat hij buiten kwam, had de moeder al haar laatste energie verbruikt en was een paar meter verderop in elkaar gezakt. De pup was vies, een beetje ondervoed en zat onder de vlooien, maar verkeerde over het algemeen in goede gezondheid. De moeder was echter aan flarden gescheurd door een andere hond of een ander dier. Toen Ian het paar voorzichtig benaderde, duwde ze haar baby dichter naar de mens aan wie ze hem toevertrouwde en stierf toen zonder een geluid te maken.

Na de pup naar een nabijgelegen dierenkliniek te hebben gebracht die op alle uren open was, keerde Ian terug, volgde het pad dat de moederhond had genomen en ontdekte dat ze onder de omheining was gegraven om bij zijn deur te komen. Aan de andere kant van het hek volgde hij de sleepsporen die naar het bos leidden. Een eindje de bosjes in ontdekte hij nog twee puppy's, die beiden enkele uren eerder waren gestorven. Ian haalde een schop en het lichaam van de moederhond en begroef de drie om één uur 's nachts onder een boom voordat hij terugging naar het terrein om het gat onder het hek te dichten.

De pup werd gewassen, gecastreerd, gechipt en had zijn injecties gekregen. Daarna nam Ian hem mee naar huis. De zes mannen die het kernteam van Trident Security vormden waren allemaal afgezwaaide Navy SEALs, en de eerste paar weken had de arme hond de naam

"FNG" gekregen voor "fucking new guy." Maar dat veranderde zodra Ians petekind de kleine pup voor het eerst ontmoette en hem een nieuwe naam had gegeven. Jenn had Beau Geste gelezen op school en gaf de pitbull mix dezelfde naam.

Toen Beau drie maanden oud was, liet Ian een oude vriend van de marine de hond trainen op dezelfde manier als militaire werkhonden in een nabijgelegen faciliteit. De hond nam de training aan alsof hij er voor gemaakt was. En hoewel hij nu een volwaardige beschermings- en speurhond was, was de grote kerel, als hij niet in dienst was, een nog grotere mafkees die alleen maar zijn buik wilde laten masseren of apporteren tot hij erbij neerviel. De hond was een geliefde aanwinst voor Trident Security en had volledige toegang tot zowel de bedrijfsfaciliteiten als de residentiële appartementen op het terrein.

Ian en zijn broer, Devon, woonden op het bedrijfsterrein, dat hun eigendom was. De andere vier mannen van het Trident Beveiligingsteam woonden allemaal binnen tien minuten van het terrein. Brody, een van hun teamgenoten, had zijn huis ongeveer twee maanden eerder gekocht. Vanavond had Ian de hond meegenomen naar een last-minute barbecue, omdat het huis een omheinde achtertuin had. Beau zou veel groen gras hebben om in te rollen, iets wat hij niet had op het verharde terrein.

De deur was niet op slot, dus Ian liet zichzelf binnen terwijl Beau zich een weg baande naar de keuken om de rest van zijn favoriete mensen te begroeten. Brody was de eerste die naar beneden reikte en hem aaide. De lange, brede man, ook bekend als "Egghead", was de computernerd en meester hacker van het team. Hij ontwierp en/of programmeerde alle beveiligings- en volgsystemen, computers en gadgets die het team gebruikte. Hij was ook de flirt en grappenmaker van het team en was zelden zonder zijn kenmerkende glimlach en gevatheid.

De rest van het team bestond uit Jake "Reverend" Donovan, sluipschutter van het team, Marco "Polo" DeAngelis, communicatiespecialist, en Ben "Boomer" Michaelson, sloop- en explosievenexpert. Laatst was Ians jongere broer, Devon "Devil Dog" Sawyer, hun inbreker en klimmer. Ian was hun teamleider en ondervrager, dezelfde positie die hij had bekleed in SEAL Team Vier. Hoewel elke man zijn eigen specialiteiten had, konden ze elkaars positie overnemen als dat nodig was. Ze werkten zo goed samen dat ze soms bijna elkaars gedachten konden lezen.

Toen Ian de keuken binnenkwam, pauzeerde iedereen lang genoeg om hem te begroeten voor ze hun gesprekken hervatten. Hij leunde voorover en gaf Kristen een snelle kus op haar wang toen ze naar hem glimlachte.

Kristen Anders was op dit moment het enige niet-teamlid in Brody's huis. Zij was Ians toekomstige schoon-zus, een auteur van erotische romans, en de liefde van Devons leven. De man had haar drie maanden geleden ten huwelijk gevraagd tussen Thanksgiving en Kerstmis, en na een paar minuten huilen had ze ja gezegd. Ze waren toen in Nepal op bezoek bij de ouders van Ian en Devon terwijl hun moeder daar een operatie uitvoerde in een kliniek voor Operatie Glimlach. De twee hadden ongeveer tien dagen doorgebracht om Chuck Sawyer, de vader van de broers, en vele andere vrijwilligers te helpen bij de bouw van een school in een nabijgelegen dorp.

Het aanzoek kwam voor niemand als een verrassing, behalve voor hun ouders, aangezien Devon zijn onderda-nige acht weken eerder had gecollared tijdens een cere-monie in de Covenant. Dat was de BDSM-club die de broers samen met hun neef en clubmanager, Mitch Sawyer, ook bezaten.

Terwijl Brody kipfilet zonder bot klaarmaakte voor de grill, maakte Kristen gehakt tot hamburgerpasteitjes. Toen Beau naast haar op de grond plofte, gleed ze een slipper uit en hief haar voet op om zijn onderbuik te krabben, tot groot vermaak van de hond. Ze wierp een blik op Ian. "Waar is Jenn? Is ze niet met je meegekomen?"

Ian leunde tegen de toonbank naast haar, sloeg zijn armen over zijn gebeeldhouwde borst, en mopperde: "Nee. Ze is vanmiddag gaan winkelen met een paar vriendinnen van school. Blijkbaar heeft ze vanavond een afspraakje."

Haar ogen lichtten op met de tegenovergestelde reactie die hij had gehad nadat hij had gehoord dat zijn petekind een afspraakje had. Met een jongen. Die waarschijnlijk niet goed voor haar was. Die waarschijnlijk alleen maar in het broekje van het mooie meisje wilde komen. Hij zou de klootzak vermoorden als hij wist wie hij was.

Voordat Kristen kon reageren, vernauwden Brody's ogen zich van waar hij een paar meter verderop voor de geopende koelkastdeur stond. "Heeft Jenn een afspraakje?" Zijn luide stem was vervuld van geschokte ergernis. "Met wie?"

De stilte die over de kamer viel werd onderbroken door een kort gilletje van verrukking, toen vijf paar nieuwsgierige, boze ogen en één paar opgetogen naar Ian staarden. Hij slaakte een luide zucht. "Ik heb geen idee. Ze weigerde het me te vertellen omdat ze wist dat ik jullie hem zou laten onderzoeken."

De grote, beschermende mannen fronsten allemaal een blik, maar het was Brody die reageerde. "Als ze je zijn naam niet wil geven, zeg dan tegen Baby-girl dat ze niet kan gaan. Zo simpel is het."

Er klonk een luid gekreun en iedereen draaide zich om naar Kristen die met haar ogen rolde alsof ze in de aanwezigheid van zes idioten was. "Jongens, kom op. Jullie nichtje is negentien jaar oud en wordt over drie maanden twintig. Ze is volwassen of jullie het leuk vinden of niet. Ze is slim en kan haar mannetje staan als het nodig is. Je kunt haar geen huisarrest geven omdat ze weigert je een arme jongen te laten lastigvallen die haar mee uit wil nemen."

De mannen waren allemaal Jennifer Mullins' surrogaat ooms. Haar vader was hun luitenant geweest in de SEALs, en het team bracht vele vrije uren door in het familiehuis van de man vlakbij hun basis. Het ooit kleine meisje was opgegroeid met meer dan veertig "ooms" met wie ze nog steeds contact hield via e-mails en telefoontjes. Ze was altijd het hechtst geweest met deze zes mannen. Toen ze geboren werd, hadden haar ouders Jeffs beste vriend Ian gevraagd haar peetvader en voogd te worden als hen ooit iets zou overkomen. Ian had dat graag gedaan, maar had nooit gedacht dat hij zo vroeg in haar leven hun plaats zou moeten innemen. Later deze maand zou het een jaar geleden zijn dat haar ouders werden vermoord.

Het team had afgelopen september ontdekt dat hun dood niet het resultaat was van een fout afgelopen inbraak, maar deel uitmaakte van een groter complot om verschillende voormalige leden van SEAL Team Vier te vermoorden. Een senator uit Texas met grote ambities had een huurmoordenaar ingehuurd om Jeff Mullins, Ian, Devon, Jake, Brody, en twee anderen uit te schakelen. Hij realiseerde zich dat ze jaren eerder op een onderzoeksmissie waren geweest en hem misschien hadden herkend als een man die hun doel had ontmoet. De verre neef van de senator was een Colombiaanse drugsbaron met wie hij een clandestiene relatie had opgebouwd in ruil voor de financiële steun om uit de armoede naar de universiteit te gaan en daarna rechten te studeren. In ruil daarvoor werd de senator Ernesto Diaz' aanwinst in Dallas. Diaz was niet alleen het hoofd van een lucratief drugskartel, maar hij was ook betrokken bij seks- en wapenhandel. De FBI en NCIS onderzoekers hadden het verband gelegd tussen de dood van Jeff en Lisa Mullins, Eric Prichard, en Quincy Dale. De mannen van de Trident beveiliging moesten dozen en dozen met geheime missies doorzoeken om uit te zoeken waarom Team Vier het doelwit was. Pas na twee aanslagen op het leven van de overige vier mannen op de hitlijst, kwamen ze erachter wie hen dood wilde hebben en waarom. Sindsdien waren zowel de senator als de huurmoordenaar voortijdig aan hun einde gekomen. Tijdens alle chaos hadden Devon en Kristen elkaar ontmoet en waren verliefd geworden.

Devon kneep hard in de kont van zijn verloofde. Ze sprong en gilde, waarbij ze bijna de rauwe hamburger in haar handen liet vallen. "Wie zegt dat we dat niet kunnen? En rol niet met je ogen naar een kamer vol Doms, Pet."

De anderen grinnikten allemaal, wetend dat de onderdanige naar hen wilde staren en iets hatelijks zeggen voordat ze zich bedacht. Ze zou een pak slaag krijgen als ze dat deed. "Prima, maar kom op jongens. Dit is de eerste date waarvan ik heb gehoord sinds ze hier is komen wonen. Jullie moeten blij zijn dat ze iets leuks doet, zeker nu de sterfdag van haar ouders eraan komt. Ik weet zeker dat als er een tweede of derde afspraakje komt, ze jullie aan de jongeman zal voorstellen."

Ian was drie maanden bij Jenn in Virginia gebleven na de moorden, zodat ze haar middelbare school kon afmaken. Ze verhuisde naar Tampa en nam haar intrek in Ians appartement voor ze opnieuw verhuisde naar een studentenkamer aan de Universiteit van Tampa waar ze nu ingeschreven was. Het kostte haar een tijdje om met het verlies van haar ouders om te gaan, wat iedereen begreep. Tussen begeleiding, haar nieuwe school en vrienden, en haar geliefde ooms, kwam Jenn uit haar schulp en werd ze weer de vrolijke, spontane jonge vrouw die ze allemaal kenden en waar ze van hielden. De mannen mompelden hun aarzelende instemming en veranderden van onderwerp.

"Hey Boss-man." Brody overhandigde Ian een fles Bud Light. "Het lijkt erop dat je geen geluk hebt met mijn nieuwe buurvrouw."

Ians ogen vernauwden zich en werden koud. "Waar heb je het over?"

Brody haalde zijn brede schouders op. "Een of andere kerel hangt al de hele dag rond met Angie en ze lijken nogal intiem. Zijn auto heeft de hele afgelopen nacht op haar oprit gestaan. Hij ziet er een beetje smerig uit, wat ik niet haar type zou vinden, maar het is duidelijk dat ze elkaar vrij goed kennen. Te goed om familie te zijn."

Ian had Brody's buurvrouw, Angelina Beckett, al eens ontmoet toen hij zijn maat hielp verhuizen naar zijn nieuwe huis. Ze was een knappe vrouw, ongeveer drieëndertig jaar, met een prachtig lichaam dat Ians lul deed reageren als een vlugge groet aan een admiraal - snel en stijf. Met lang blond haar tot op haar schouderbladen, zachtgroene ogen, weelderige borsten, en een kont die hij graag in zijn handen zou krijgen, had ze de afgelopen twee maanden in verschillende van zijn dromen gespeeld.

Meer dan eens was hij onder de douche klaargekomen terwijl hij zich voorstelde hoe ze hem op haar knieën zou pijpen. Sinds hun kennismaking had hij slechts een paar glimpen van haar gezien, maar zijn teamgenoot moet zijn interesse in haar hebben opgemerkt.

Zonder nog een woord te zeggen, ontkurkte hij zijn bier en nam een slok voordat hij zich een weg baande naar het terras met Beau op zijn hielen. Terwijl de hond meteen naar het gras rende en aan alles begon te snuffelen, ging Ian aan de buitentafel zitten met uitzicht op de achtertuin van Ms. Beckett. Zij zat ook aan haar patio tafel met haar rug naar hem toe, hoewel haar stoel een beetje schuin stond zodat ze met haar gezicht naar haar gast zat. De lokken van haar lange haar waren samengebonden in een vlecht die over het midden van haar rug lag, bovenop haar groenblauwe hemd. Hij gaf de voorkeur aan los haar en wenste dat hij het recht had om erheen te lopen en de opgesloten lokken los te maken. Ian richtte zijn blik op de vreemde man die in een hoek van negentig graden naast haar zat en bestudeerde hem.

Brody had gelijk. De man was een beetje aan de verfomfaaide kant, met een lelijke baard en snor, en schouderlang haar. Maar verder zag hij er netjes uit, met een zwart T-shirt, een blauwe spijkerbroek en witte gympen. Hij leek ongeveer dezelfde leeftijd te hebben als zij. Wat Ian echter kwaad maakte, was hoe de man Angies blote voeten in zijn schoot had, en ze masseerde, terwijl de twee spraken. Hij zag hoe de ogen van Angies vriendje naar de zijne flitsten, en dan weer terug naar haar. Ian werd niet voor de gek gehouden. In een fractie van een seconde had de vreemdeling Ian opgemerkt, geëvalueerd, en vastgesteld dat hij geen directe bedreiging vormde. Het was duidelijk dat de man getraind was.

Voor Ian schreeuwde zijn lichaam en taalgebruik om een voormalig militair, maar hij was bijna in staat het te verbergen. In feite, als Ian niet net als hem was geweest, had hij de man misschien onderschat.

Terwijl de rest van Ians team zich naar de patio begaf en plaats nam rond de tafel, wierp de man een blik op hen alvorens zich weer op Angie te vestigen. Ian keek toe hoe ze op stond met de gratie van een prima ballerina, haar lange benen en hartvormige kont omhuld door een vale capri jeans deden hem watertanden. Toen ze zich omdraaide naar de achterdeur, hoorde hij haar tegen haar vriend zeggen: "Geef me een paar minuten om me op te frissen en dan gaan we iets eten. Ik hoop dat je zin hebt in Mexicaans."

Op het moment dat ze in het huis verdween richtte haar vriend zijn aandacht zonder aarzelen op de zes mannen achter de omheining van de tuin. Staande liep hij op hen af als een leeuw die belangstelling had voor een indringer in zijn domein. Hij was ongeveer één meter vijfentachtig, vijfennegentig kilo zwaar, met bruin haar en bruine ogen. Verschillende tatoeages kwamen tevoorschijn onder de mouwen van zijn T-shirt met korte mouwen. Hij was ook slim genoeg om een halve meter voor de borsthoge tuinafschutting te stoppen toen hij Beau zag lopen om zijn grote lichaam tussen zijn mensen en de vreemdeling te plaatsen. Ian zag het als een goed teken dat de hond, hoewel in beschermende modus, niet waarschuwend gromde.

Brody stond op zijn hoede op en liep naar het hek om de man te begroeten. "Hoi, ik ben Brody Evans, Angies nieuwe buurman."

Met zijn armen over zijn gespierde borst gekruist, knikte de andere man naar Brody voordat hij zijn intense blik op Ian en Devon richtte. "Ik weet wie je bent, Evans. Ik vroeg me af of ik jou en je werkgevers, de Sawyer broers daar, morgenochtend kan ontmoeten in het Trident Security kantoor."

Ians ogen vernauwden zich terwijl zijn verbijsterde teamgenoten heen en weer keken tussen hem en de vreemdeling die heel wat over hen wist terwijl zij niets over hem wisten, inclusief zijn naam. Geen van hen was daar blij mee. Hij bleef op zijn stoel zitten, leunde naar voren, zette zijn bierflesje neer en wierp de man met de baard een waarschuwende blik toe. "Wie ben je?"

Hij wierp een snelle blik over zijn schouder, en Ian vroeg zich af waarom hij niet wilde dat Angie de confrontatie hoorde. "Mijn naam is James Athos, en de rest leg ik morgen wel uit, maar voor nu, laten we het erop houden dat we een gemeenschappelijke vriend hebben en dat ik je hulp nodig heb."

Ian trok één wenkbrauw op, zijn ijzige blik wankelde nooit. "Vriend? En wie is die vriend?"

"Een man genaamd Carter."

Als iemand van hen nog verbaasd was over de onthulling van de man dat hij hun oude vriend, compagnon en spion voor de Amerikaanse regering, T. Carter, kende, lieten ze dat niet merken. Carter zat zo diep in de wereld van de geheime operaties dat Ians team geen idee had voor wie de man eigenlijk werkte. Hij leek zeer hoge connecties te hebben in elk alfabet agentschap in Washington D.C. -FBI, CIA, NSA, enzovoort- en ook in het Pentagon, 1600 Pennsylvania Avenue, en verschillende andere landen. Hij was ook de man die de huurmoordenaar doodde die het team maanden geleden op het oog had, en waarschijnlijk de senator die de man had ingehuurd, hoewel niemand van hen het ooit zeker zou weten. Ians ogen flitsten naar de achterdeur voorbij Athos voor hij terugkeerde naar de man zijn gezicht. "Vertel me een ding ... is ze in gevaar?"

Athos schudde zijn hoofd. "Nee, en dat wil ik graag zo houden. Ik wil ook niet dat ze iets weet van ons gesprek. Angie betekent de wereld voor me en ik zal doen wat ik kan om haar te beschermen. Hoe laat kan ik je ontmoeten?"

Ian controleerde het schema van morgen. "Oh-acht-honderd?"

Toen Athos instemmend knikte, koos de vrouw in kwestie dat moment om weer naar buiten te komen en de deur achter zich op slot te doen. Ze droeg witte canvas schoenen en een kleine witte tas, en liep naar haar vriend toe. Met automatische reflexen ontspanden de mannen hun gespannen uitdrukking en gaven haar geen aanwijzing dat er iets aan de hand was. Toen ze naast Athos stopte, keek ze Brody aan en vervolgens de rest van de mannen met een vriendelijke glimlach op haar mooie gezicht. "Hoi Brody, hoi jongens. Ik zie dat je Jimmy al ontmoet hebt."

Ian voelde een jaloerse stoot in zijn buik toen de andere man zijn arm om haar schouders sloeg en haar een tedere kus op haar slaap gaf. "Ik heb me voorgesteld, schat. Ik ben blij dat je nieuwe buurman een aardige vent lijkt. Ik was bang dat je iemand zou krijgen zoals de laatste klootzak die zijn handen niet thuis kon houden. Totdat ik een gesprekje met hem had en dreigde het zijn vrouw te vertellen nadat ik hem in elkaar had geslagen." Er zat een niet-zo-subtiele waarschuwing in voor de andere mannen.

Angie rolde met haar ogen en sloeg de man met de achterkant van haar hand in zijn maag. "Ik zei toch dat ik het onder controle had. En je hebt niet gedreigd hem te slaan. Als ik me goed herinner, dreigde je George zijn mannelijkheid af te snijden en in zijn keel te duwen, gevolgd door zijn individuele vingers. Kom op, ik ben uitgehongerd. Neem me mee uit eten."

"Jouw wens is mijn bevel, schat."

Ze keek terug over het hek en gaf de mannen een lieve vrouwelijke zwaai. "Nog een fijne avond iedereen." Toen ze zich omdraaiden naar het pad dat naar haar oprit leidde, zou Ian gezworen hebben dat ze hem recht aankeek met een flits van warmte in haar ogen. Maar het was zo snel verdwenen dat hij zich vergist moet hebben. Of het echt was of ingebeeld maakte niet uit voor zijn lul, die trilde in zijn broek bij het zien van haar terugtrekkende billen. Verdomme, wat wilde hij graag een hap uit die billen nemen.

"Godverdomme?" Vroeg Boomer. "Wie is hij in godsnaam?"

Ian staarde nog steeds naar de plek waar de twee om de zijkant van haar huis waren verdwenen. "Ik weet het niet, maar je kan er zeker van zijn dat ik het te weten kom. Je weet hoezeer ik verrassingen haat."

Niemand zei iets meer over de mysterieuze man toen Kristen naar buiten kwam met een bord hamburgers en kipkoteletten, klaar voor Brody om te grillen. Een paar minuten later was het gesprek weer als vanouds als ze samen waren, maar Ian was niet meer in een ontspannen en spraakzame stemming.

Hoofdstuk 2

Angie zat tegenover haar beste vriend Jimmy, terwijl ze aten in een nieuw Mexicaans restaurant dat ze dolgraag wilde proberen. Ze bleven bijpraten, en ze wenste dat zijn bezoek niet zo kort hoefde te zijn. Ze waren allebei opgegroeid in het noorden van New York, maar na de middelbare school was zij naar de universiteit in Florida gegaan, terwijl hij bij de marine ging. Zes jaar later werd hij gerekruteerd door de DEA en moest hij om veiligheidsredenen zijn achternaam veranderen. Hij werkte nu in hun kantoor in Atlanta. Ze hoefde zich tenminste niet meer zoveel zorgen te maken over zijn baan als vroeger, omdat hij niet langer undercover opdrachten uitvoerde. Die hadden hen maandenlang belet elkaar te zien of te bellen. Nu werkte hij met een team dat de undercover-jongens ondersteunde, maar hij had nog steeds zijn baard en lang haar, wat ze haatte, maar waarvan ze wist dat het nodig was. Hij was een knappe vent als zijn gezichtshaar goed getrimd was, maar zonder was de man een absolute spetter en dat was hij al sinds ze hem voor het eerst ontmoette in het eerste jaar van de middelbare school. Ze probeerden een keer met elkaar uit te gaan in hun tweede jaar, maar dat duurde niet lang omdat ze beiden bang waren om de sterke vriendschap die tussen hen was ontstaan te ruïneren. Hij nam haar echter wel mee naar het schoolbal nadat ze het had uitgemaakt met de jongen met wie ze een maand eerder een relatie had. Nu hadden de twee vrienden de neiging om elkaars afspraakjes te verpesten, maar ze bleven elkaar beschermen. Daarom was ze niet verbaasd geweest toen Jimmy een dreigement had geuit aan het adres van Brody en zijn vrienden... over hete mannen gesproken.

Terwijl haar beste vriend zich excuseerde om naar het toilet te gaan, dwaalden Angies gedachten af naar haar nieuwe buurman en zijn vrienden... om precies te zijn, één vriend... Ian Sawyer. Met zijn zwarte haar, blauwe ogen, knappe gezicht, en een gebeeldhouwd lichaam dat haar slipje nat maakte, kon de man een filmster zijn als hij dat wilde. Brody had haar verteld dat Ian afgezwaaid was bij de marine en eigenaar was van het beveiligingsadviesbureau waar Brody en de anderen voor werkten. De laatste tijd dacht ze eraan om hen haar inbraakalarmsysteem te laten upgraden. Jimmy ergerde zich er altijd aan hoe makkelijk het was om het alarmsysteem te omzeilen dat bij het huis hoorde dat ze drie jaar geleden had gekocht. Ze betwijfelde of de eigenaar van het bedrijf het zelf zou doen, maar ze fantaseerde er vaak over dat hij langs zou komen en een nieuw alarm zou installeren. In haar fantasieën droeg hij de strakke spijkerbroek en het koningsblauwe T-shirt dat hij had gedragen op de eerste dag dat ze hem had ontmoet, toen hij zijn vriend hielp verhuizen. Door de kleur van zijn shirt vielen zijn ogen zo op dat ze zeker wist dat ze erin kon verdrinken. En verdorie, zijn diepe stem deed rillingen over haar rug lopen die zich vervolgens tussen haar benen nestelden. Toen Brody haar voorstelde aan zijn teamgenoten, dacht ze dat Ian haar hand iets langer had vastgehouden dan de anderen, maar dat was waarschijnlijk te hoopvol gedacht van haar kant.

"En ik wilde mijn haar paars verven en een tatoeage van een hart op mijn voorhoofd laten zetten met de tekst 'bijt-me'.

Angie schudde de dwalende gedachten uit haar brein en staarde naar Jimmy, die lachte om haar geschokte uitdrukking. "Huh? Waar heb je het over?"

"Ik vroeg me af waar je was. Ik ging weer zitten en stelde je een vraag, maar je zat op een andere planeet. Ik wilde zien hoe lang ik kon brabbelen voordat je het merkte."

Ze gooide een stuk tortillachips naar hem. "Eikel. Wat was de vraag?"

Hij gooide de verdwaalde chip in zijn mond, kauwde en slikte voordat hij haar antwoordde. "Hoe gaat het op het werk? Nog nieuwe klanten?"

Angie was een grafisch ontwerpster die vanuit huis werkte. Ze had verschillende zakelijke klanten die haar een grote hoeveelheid werk stuurden, maar ook veel individuele klanten die eenmalige of incidentele projecten nodig hadden. "Ik heb een nieuwe klant en ben zo opgewonden over hen. Ik ben gecontracteerd om een van de ontwerpers te zijn van de covers van romans voor een uitgeverij genaamd Red Rose Books."

"Echt? Dat is geweldig, Ang. Hoe ben je bij hen terecht gekomen?"

Ze pakte haar smartphone, zocht een foto en liet die aan hem zien. "Deze heb ik gemaakt voor een vroegere reclameklant die nu romans schrijft. Ze dacht aan mij toen ze haar eerste boek zelf aan het uitgeven was en vroeg of ik de cover voor haar wilde ontwerpen. Iemand van Red Rose zag het, dacht dat het gewaagd was en iets waarin ze geïnteresseerd zouden zijn, dus zochten ze me op. Het is een geweldig contract met een fatsoenlijke uitbetaling voor elk boek dat ik doe. Ik zal er een of twee per week doen, zodat ik me kan concentreren op mijn andere klanten."

Jimmy glimlachte naar haar. Hij was altijd haar grootste supporter als het op haar kunst aankwam. "Geweldig. Meneer Abraham zou trots zijn dat je zo ver gekomen bent."

Meneer Clark Abraham was haar kunstleraar op de middelbare school en de eerste die het artistieke talent herkende waarvan zelfs Angie niet wist dat ze het had. Hij had haar laten kennismaken met de vele verschillende kunstdisciplines en moedigde haar aan ze allemaal uit te proberen tot ze vond wat het beste bij haar paste. Naast potloodtekeningen en computergestuurde grafische kunst, hield ze zich ook bezig met olieverfschilderijen en had ze in de loop der jaren al verschillende werken verkocht in een plaatselijke kunstgalerie. Denken aan de grijsharige man die haar vriend en mentor was geworden, was altijd bitterzoet. Hij had een hartaanval gekregen in zijn lege klaslokaal tijdens de lunchpauze, het jaar nadat ze was afgestudeerd, en tegen de tijd dat iemand hem vond was het te laat geweest. "Ja, ik weet dat hij dat zou hebben gedaan." Ze verlaagde haar stem een paar octaven en imiteerde de oude man: "Rood, Angie, waarom ben je zo geobsedeerd door rood? Gooi er wat blauw en groen in, misschien een beetje geel. Verras me soms, wil je!"

De twee lachten terwijl ze hun maaltijd opaten en spraken over alles onder de zon. Angie zou haar vriend missen als hij morgenochtend terugging naar Atlanta, maar voor nu zou ze het beste maken van hun tijd samen.

* * *

Ian gooide de pen weg toen hij zich realiseerde dat hij erop gekauwd had en keek naar de kleine koperen anker- klok aan de rechterkant van zijn bureau. Zijn broer had een identiek exemplaar en beide waren cadeautjes van hun moeder geweest toen ze eindelijk een bureau hadden om ze op te zetten. Hij slaakte een gefrustreerde zucht omdat het pas half acht was. Hij had nog een half uur voordat Angies vriend kwam opdagen en de vele vragen begon te beantwoorden die Ian voor hem had. Voor hij Brody's gisteravond verliet, had hij de nerd gezegd alles uit te zoeken over James Athos en hem te bellen zodra hij het had. In de tussentijd liet Ian een bericht achter bij Carter om hem zo snel mogelijk te bellen, wat, zijn vriend kennende, nog wel even kon duren. Hij had geen directe lijn om hem te bereiken, niemand had dat, en moest de voicemail inspreken op het nummer dat hij jaren geleden had onthouden. Carter controleerde zijn berichten alleen als het veilig was, wat betekende dat het uren of dagen kon duren voor hij de kans kreeg, afhankelijk van waar hij mee bezig was.

De stilte in het lege kantoor waar hij gewoonlijk van genoot, had hem deze ochtend te pakken. Hij stond op en ging naar buiten voor wat frisse lucht met Beau op zijn hielen. Hij had de hele nacht liggen woelen en draaien met gedachten aan Angie die erotische dingen met hem deed, afgewisseld met speculaties over wat haar vriendje wilde met Trident Security. Brody had hem iets voor middernacht gebeld met een update, hoe kort die ook was.

Hij kon een kopie krijgen van het rijbewijs van de drieën-
dertigjarige uit Georgia en ontdekte dat hij een paar
kleine drugs- en aanrandingsarrestaties had zonder gevan-
genisstraf. Dit kon allemaal deel uitmaken van een undercover persoonlijkheid, en Ian had het gevoel dat dat zo
was. Het interessante was dat James Athos negen jaar
geleden nog niet bestond, en Ian vroeg zich af hoe goed
Angie haar vriendje kende.

Hij duwde tegen de deur van het kantoor, stapte naar
buiten, ademde diep in en keek rond. Van buiten leek het
complex op wat het ooit geweest was, een verlaten
pakhuis in de buitenwijken van Tampa. Drie jaar eerder,
toen hij het pand voor het eerst zag, wist Ian dat het het
perfecte terrein zou zijn voor Trident Security. Het
bedrijf dat hij samen met zijn broer bezat was gespeciali-
seerd in persoonlijke beveiliging, onderzoeken, en de
meer dan incidentele black-op voor Oom Sam. Het
complex werd ooit gebruikt door een import-export
bedrijf tot de autoriteiten ontdekten dat het belangrijkste
product cocaïne was. Na de sluiting van het bedrijf kon
Ian het stuk grond van 400 hectare kopen op een veiling
van de overheid voor een fractie van de geschatte waarde.

Op het terrein stonden vier identieke pakhuizen van
twee verdiepingen op een rij, en het was vrijwel geïso-
leerd van het dagelijkse verkeer, op ruim een kilometer
afstand van de hoofdweg. Met een klein bos tussen de
gebouwen en de snelweg, was er veel privacy. Na uitgebreide renovaties was het kleinste en laatste pakhuis op
het terrein de woonruimte geworden voor beide Sawyer
broers. Ians tweehonderd tachtig vierkante meter grote
'appartement' met drie slaapkamers bevond zich op de
gelijkvloers, terwijl een trap omhoog leidde naar het huis
van Devon en Kristen, dat een identieke plattegrond had.

De resterende vijfhonderd zestig vierkante meter van het pakhuis achter de twee appartementen werd gebruikt als opslagplaats, maar dat zou veranderen als ze twee nieuwe appartementen zouden toevoegen. Een zou toebehoren aan Ians petekind, en het andere was voor Nick, de jongste van de Sawyer clan en huidige Navy SEAL gestationeerd in Californië. Het zou van hem zijn voor als hij op bezoek zou komen en uiteindelijk zou afzwaaien uit het leger.

Ian wuifde naar de hoofdpoort en groette de ochtendbewaker terwijl Beau langs de omheining snuffelde. Als iemand door een bemande poort het terrein betrad, was het eerste pakhuis dat hij tegenkwam de thuisbasis van de Covenant, een club die zich richtte op mensen die van een beetje kink in hun leven hielden. Dit was nog een reden waarom het pand ideaal voor hen was geweest. Een paar jaar eerder had hun neef, Mitch, de broers benaderd met het idee, rond dezelfde tijd dat ze probeerden Trident Security van de grond te krijgen. De exclusieve club waartoe ze eerder behoorden, was gesloten nadat de eigenaar was aangeklaagd wegens belastingontduiking. Door de sluiting waren de leden op zoek gegaan naar een nieuwe plaats waar ze hun individuele seksuele fetisjen konden beoefenen zonder dat dit publiek bekend werd. Omdat Ian en Devon zich op Trident concentreerden, was Mitch, met zijn MBA, de voor de hand liggende keuze om de club te leiden. Er waren echter momenten dat zijn neef het aan Ian over liet omdat hij de meer ervaren Dom was.

Om van het eerste magazijn naar de andere drie te gaan, moesten de bezoekers door een onbemande veiligheidspoort. Om door die poort te komen, moest een persoon ofwel binnengelaten worden of zijn handafdruk scannen op het gesofisticeerde identificatiesysteem. Het eerste van die gebouwen, waar Ian nu voor stond, was verdeeld in twee zones met de hoofdkantoren van Trident Security aan de voorkant. Aan de achterkant was een grote garage voor de voertuigen samen met de uitrusting, wapens en munitie kluizen. De volgende hal bevatte een indoor schietbaan, een gymzaal en trainingsruimte, en een paniek-veiligheidsruimte in geval van nood. Sommigen zouden de Sawyer broers paranoïde noemen, maar je wist nooit wanneer je vijanden zouden kunnen komen, dus het was altijd beter om voorbereid te zijn. Enkele maanden geleden was het team bijna uitgeschakeld door een sluipschutter die zich in een boom had geïnstalleerd net voorbij de detectielijn van het beveiligingssysteem. Daarom waren Ian en Devon bezig met het verwerven van onbebouwde eigendommen, zodat ze hun verdedigingslinies naar buiten konden uitbreiden.

Ian raapte de rubberen bal op die Beau aan zijn voeten had laten vallen en speelde een minuut of tien met de bal totdat Devon hem begroette met een kop koffie in zijn hand. "Goedemorgen. Heeft Brody al iets ontdekt?"

Hij lichtte zijn broer in terwijl hij Beau's bal nog een keer gooide voordat hij zich omdraaide en terug naar binnen liep, naar zijn kantoor. Onderweg stopte hij in hun pauzeruimte, pakte zijn derde kop koffie van de ochtend en een bosbessenmuffin uit een Tupperware bakje. De overgebleven muffins van gisteren waren een geschenk van mevrouw Kemple, hun kantoormanager sinds het begin van Trident Security. Ze had ontslag genomen en was naar Miami verhuisd om haar dochter te helpen met de geboorte van een drieling vorige zomer, nadat ze een nieuwe manager had opgeleid. Helaas was haar vervangster, Paula Leighton, te nieuwsgierig voor haar eigen bestwil geworden en werd ze drie weken geleden ontslagen nadat Brody haar op een ochtend aantrof bij het doornemen van dossiers in de oorlogskamer van het team. Het was een van de weinige plaatsen waarvan ze verdomd goed wist dat ze er niet hoorde te zijn. Hij was naar de club gerend om Mitch te helpen met een computerstoring en had de deur van zijn kantoor opengelaten, denkend dat hij zo terug zou zijn. Nadat hij langer weg was dan verwacht, moet Paula's nieuwsgierigheid de overhand hebben genomen, want toen Brody terugkwam, stond ze in zijn oorlogskamer met haar neus in een van zijn dossiers. Ian had haar die dag ontslagen. Marco was het meest opgelucht geweest over het ontslag van de vrouw, omdat ze een oogje op hem leek te hebben voor een relatie die verder ging dan collega's, en de man was totaal niet geïnteresseerd geweest.

Mevrouw Kemple was voor korte tijd teruggekomen om Colleen McKinley te trainen, een onderdanige van de club. Toen Ian een paar uur na het ontslag van Paula met Colleens Dom, Master Reggie Helm, had gesproken, zei de Dom dat zijn sub niet gelukkig was met haar huidige baan en op zoek was naar verandering. Ian liet haar langskomen voor een interview de volgende dag en nam haar ter plekke aan.

Het enige probleem dat ze tot nu toe met Colleen hadden, was haar zover te krijgen dat ze hen allemaal bij hun voornaam noemde en niet Meester of Meneer terwijl ze op kantoor was. Het was ook even wennen voor de jongens om haar in iets anders te zien dan de lingerie waarin haar Dom haar graag zag rondlopen in de club. Haar kleren waren op het werk nogal conservatief en professioneel. Ze hoefden tenminste niet voor Colleen te verbergen dat Trident Security werd geleid door en in dienst was van een groep Dominanten, zoals ze met Paula hadden gedaan. Mevrouw Kemple wist van de club af sinds de opening en had er nooit een oog over dichtgeknepen.

Vijf minuten voor acht ging Ians telefoon. Het was de bewaker bij de poort die hem vertelde dat hij ene James Athos door de tweede poort zou sturen. Brody, die een paar minuten geleden was binnengekomen, stond op en ging naar de voordeur om de man naar binnen te begeleiden, terwijl Ian en Devon in de vergaderzaal bleven. Ian had deze ontmoeting liever gehad nadat hij met Carter had gesproken, maar de spion had nog geen contact met hem opgenomen.

Brody liep terug naar binnen met Athos vlak achter hem en beide mannen namen plaats aan de tafel. Ian was niet in de stemming om Athos koffie aan te bieden, of iets anders, en blijkbaar zijn broer ook niet, die ook zweeg.

"Ik ben er zeker van dat je me gisteravond onderzocht hebt en gefrustreerd bent over wat je gevonden hebt en, nog belangrijker, wat je niet gevonden hebt. Heeft Carter je al teruggebeld? Want ik weet dat dat het eerste was wat je deed nadat ik weg was." Athos leunde achterover in zijn stoel en rustte met zijn enkel op zijn knie, alsof hij zich nergens zorgen over maakte, maar Ian wist dat dat niet het geval was. De man had iets aan zijn hoofd en was daar bezorgd over.

Ian tikte met zijn hand op de tafel. "Nee, dat heeft hij niet. In plaats van dat ik je de honderd en één vragen stel die ik heb, waarom begin je niet bij het begin en vertel je ons wat je wilt."

"Zoals je vast wel doorhebt, is Athos niet mijn achternaam. Er zijn maar twee mensen in deze wereld die me in verband kunnen brengen met de man die ik negen jaar geleden was. De ene is Angie en de andere is mijn contactpersoon bij de DEA in Atlanta." Ian trok zijn wenkbrauw op, maar zei niets. Devon en Brody ook niet, maar de nerd sprong op zijn laptop, vermoedelijk om het nummer van het Atlanta kantoor te krijgen. "Ik werd gerekruteerd uit de marine na een periode van zes jaar, waarvan vier jaar bij de Special Forces. Ik kreeg een nieuwe identiteit en mijn militaire dossier werd gewist. Mijn eerste drie jaar bracht ik undercover door bij een motorbende in Arizona en New Mexico, die een lucratieve cocaïnehandel dreven over de grens. Het duurde even voor ik hogerop kwam, maar na een lang onderzoek konden we de pijplijn sluiten. Maar zoals je weet, als je één van die klootzakken opruimt, duiken er drie andere op. Van daaruit heb ik me door de staten gewerkt tot ik het beu werd om onder de rotsen te leven met het uitschot van de aarde. Mijn contactpersoon, die ook mijn recruiter was, haalde me binnen en ik heb de afgelopen twee jaar met een ondersteuningsteam gewerkt vanuit het kantoor in Atlanta. Nogmaals, het was onder een nieuwe identiteit. Voor zover iemand bij de DEA weet, is mijn achternaam Austin. Een van de voordelen van mijn komst naar kantoor was dat ik Angie kon zien en spreken wanneer ik maar wilde, maar ik hou mijn band met haar nog steeds geheim voor mijn collega's.

Ian stak zijn hand op om te onderbreken. De verklaring van Athos van gisteren knaagde nog steeds aan zijn maag. *Angie betekent alles voor me.* "Wie is ze voor jou?"

Het harde gezicht van de man verzachtte. "Ik zei het je gisteren, ze is mijn wereld en dat zal ze altijd zijn. We ontmoetten elkaar in het eerste jaar van de middelbare school en het klikte meteen. Sindsdien is ze mijn beste vriendin. Als zij er niet was geweest, was ik jaren geleden ingestort nadat mijn moeder en zusje werden vermoord door een drugsdealer, waarvan ik niet wist dat mijn zusje er iets mee te maken had. Dat was toen ik nog bij de mariniers zat en overzee was. Ik zou die klootzak opgejaagd en zelf vermoord hebben als de politie het niet al gedaan had voor ik thuis kon komen. Angie was mijn rots, mijn redder, en zij is de enige familie die ik nu heb en ik ben alles wat zij heeft. Haar ouders waren ouder toen ze haar kregen en ze stierven beiden enkele maanden na elkaar aan een natuurlijke dood, eind vijftig. Ze had een veel oudere broer die omkwam bij een auto-ongeluk toen ze negen was, en ik denk dat dat haar ouders uiteindelijk gedood heeft, omdat geen van beiden er ooit overheen is gekomen. Hoe dan ook, we zijn er altijd voor elkaar geweest, en ik zou het vreselijk vinden als haar iets zou overkomen door mij."

"Je bent bij de DEA gegaan om de dood van je zus en moeder te wreken." Ian stelde het niet als een vraag, en Athos ontkende het niet. "Dus waar passen wij in?"

"Voordat Angie drie jaar geleden haar huis kocht, deed ik wat ik altijd doe als het over haar gaat en controleerde ik al haar buren." Hij haalde zijn schouders op. Hoewel sommige onderzoeken die hij had gedaan technisch gezien illegaal waren, leek hij zich niet te schamen om dat toe te geven in het bijzijn van mannen die hoogstwaarschijnlijk precies hetzelfde zouden hebben gedaan. "Toen ze zei dat Evans naast haar was komen wonen, heb ik hem ook nagetrokken. Ik zag zijn connectie met Trident Security en herinnerde me dat Carter de naam noemde op een avond een paar jaar geleden. Hij zei dat als ik ooit hulp nodig had met iets in Tampa of de rest van Florida, ik contact moest opnemen met Trident, en dat jullie het voor elkaar zouden krijgen. Om zeker te zijn dat de dingen niet veranderd waren, nam ik weer contact met hem op en hij vertelde me dat hij jullie zijn leven toevertrouwde. Ik ken de man al meer dan zeven jaar, hij heeft mijn ziel twee keer gered, dus het was een goede bevestiging voor mij.

Zijn stem werd weer hard en vol venijn. Ian kon de nauwelijks ingehouden woede in zijn ogen zien. "Twee weken geleden werd een undercover agent, Aaron Reinhardt, die in New Orleans werkte, gemarteld en vermoord. We hebben geen idee hoe zijn identiteit kenbaar gemaakt is, en of ze hem gebroken hebben of niet. Ik heb de foto's van de plaats delict gezien en het zou me niet verbazen als de arme man gekraakt is... de meeste agenten wel. Het ergste was dat zijn ouders en broer dood werden aangetroffen met hem. Hun lichamen werden ontdekt voordat iemand ze als vermist had opgegeven, gedumpt naast een vuilnisbak achter een winkelcentrum in de buurt van hun familiehuis in Illinois. Een schrale troost, zijn familie was niet gemarteld, maar ieder van hen was één keer in het achterhoofd geschoten. Zoals de meeste undercover agenten, was Aarons naaste familie alleen bereikbaar voor zijn begeleider. We hebben allebei dezelfde contactpersoon, Artie Giles, en we vertrouwden hem met de informatie, dat doe ik nog steeds. Wie er ook achter zijn familie kwam, het kwam niet van Artie."

"Aaron was een vriend van mij." Het was duidelijk dat Athos respect had voor de dode man. "Ik heb jaren af en toe met hem gewerkt. Hij was een van de goeden en dit zou zijn laatste undercover zijn, want hij was op het punt gekomen dat hij een leuk meisje wilde ontmoeten en zich wilde settelen. Toen we erachter kwamen wat er gebeurd was, vertelde ik Artie dat ik de job wilde. Ik onderhield en vernieuwde mijn dekmantel, die ik in de loop der jaren gecultiveerd had, voor het geval ik hem ooit nog nodig zou hebben. Ik ga naar New Orleans nadat ik hier vandaag vertrek om me in te werken. Ik vertelde het Angie gisteravond na het eten, en nu is ze echt kwaad op me, hoewel ik het haar niet kwalijk kan nemen. Ik had haar gezworen dat ik klaar was met undercover werk, maar dit is iets wat ik moet doen. Ik kan die klootzakken niet laten winnen."

Hij leunde voorover en legde zijn ellebogen op de vergadertafel. "Dus, hier komen jullie allemaal in beeld. Ik wil dat jullie een oogje op haar houden zonder dat ze het weet. Als ze erachter komt, zal ze boos genoeg zijn om zich te verzetten tegen elke poging om haar te beschermen en uiteindelijk zichzelf verwonden of doden. Ze is slim, maar soms koppig, en ik ben bang dat als mijn dekmantel verraden wordt, iemand achter haar aan kan gaan om mij te pakken. Zoals ik al zei, het is hoogst onwaarschijnlijk omdat Artie de enige is die de connectie tussen ons tweeën kan maken. Zijn dossiers worden bewaard in een kluis in zijn kantoor thuis en de naam Athos en mijn geboortenaam komen nergens voor in mijn dossier en Angies naam ook niet. Er staat enkel haar gsm in met de wachtzin die hij moet zeggen om te verifiëren dat hij het is die haar belt. Ze staan ook op twee aparte papieren, dus als iemand in zijn kluis komt, lijken de twee niet verwant. Geen van hen heeft elkaar ooit ontmoet of aan de telefoon gesproken. Als iemand die zegt van de DEA te zijn haar zonder die zin belt, heeft ze instructies om spoorloos te verdwijnen tot ik haar vind. Niemand anders in het agentschap weet dat ze bestaat in mijn leven."

"Voor zover jij weet. Niets is ooit honderd procent verborgen," zei Ian wrang.

"Dat is waar." De agent knikte aarzelend instemmend met zijn hoofd. "Maar ik ben door de jaren heen zo voorzichtig mogelijk geweest. Ik heb een klein fortuin uitgegeven aan wegwerptelefoons omdat ik ze allemaal vernietigde nadat ik haar gebeld had. Dat doe ik nog steeds, ook al ben ik niet meer undercover. Ik wil niet dat iets of iemand van een van mijn vroegere opdrachten terugkomt en me in de kont bijt.

Athos stond op het punt nog iets te zeggen, maar Ians mobiele telefoon ging over. Hij wierp een blik op het scherm en vervolgens op Angies vriend voor hij de luidspreker indrukte om het gesprek door te verbinden. Een diepe stem schalde over de lijn. "Ian, heb je gebeld? Sorry dat ik je niet eerder kon terugbellen. Wat is er?"

Hij leunde naar voren zodat hij te horen was zonder zijn stem te verheffen. "Geen probleem, Carter. Het lijkt erop dat ik een kennis van je in mijn kantoor heb zitten met Devon en Brody."

De geluiden van het verkeer op de achtergrond kwamen door de luidspreker. "Werkelijk? Wie?"

Ian trok zijn wenkbrauw op naar de DEA agent om aan te geven dat hij zichzelf moest aankondigen.

"Hey, man, het is Athos."

Er was een pauze van twee seconden. "Bevestig."

"Tinkerbell geeft goed hoofd."

Terwijl de andere drie mannen grijnsden en hun hoofd schudden om de onzinnige wachtwoord zin, schoot Carter in de lach. "Lang niet gehoord, kerel. Hoe gaat het? Heb je de struiken al geschoren?"

Een geamuseerde snuif ontsnapte Athos. "Een beetje laag de laatste tijd, en nee dat heb ik niet."

"Ian, alles is goed. Ik vertrouw deze smerige eikel net zoveel als ik jou vertrouw, en je weet dat dat veel is. Hij houdt van zijn alfabet soep op oh-vierhonderd, en alles wat hij zegt is op niveau.

Alfabet soep was een verwijzing naar de vele afgekorte overheidsinstellingen in de VS, en "op oh-vierhonderd" betekende de vierde letter van het alfabet, dat was "D." Het was zo dicht mogelijk bij het zeggen van "DEA" als de spion over de telefoon kon vertellen. Zoals Athos eerder zei, Carters goedkeuring was alles wat Ian nodig had.

"Heb je nog iets anders nodig? Ik heb maar een minuutje." In een reflexieve reactie, schudde Ian zijn hoofd en zei tegelijkertijd "nee". "Oké, cool. A-man, zorg goed voor jezelf. Als je iets nodig hebt, bel me dan. Het is lang geleden dat jij en ik samen de hel hebben getrotseerd. Devil Dog, zeg tegen je mooie verloofde dat ik over een paar weken in Tampa ben, en dat ik er naar uitzie om opnieuw kennis te maken met de kleine bibliothecaresse."

Terwijl Brody en Ian hem nieuwsgierig aankeken, grinnikte Devon. Er was een verhaal dat ze niet kenden, maar ze hadden een goed idee wat het zou kunnen zijn. Meester Carter stond erom bekend af en toe de derde plek in te nemen in een triootje als hij de Covenant bezocht. "Ik zal het haar vertellen, en ik weet zeker dat ze er ook naar uit zal kijken. Hé, hoe wist je dat we verloofd zijn? Je bent hier al maanden niet geweest."

"De almachtige Carter weet alles. Ik moet gaan. Ik zie jullie allemaal later."

De verbinding viel weg en Ian keek naar Devon en Brody, die beiden hun stille goedkeuring knikten, en toen naar Athos. "Geef ons de details."

Hoofdstuk 3

Angie ijsbeerde heen en weer door haar huiskamer, zich afvragend waar ze in godsnaam mee bezig was. Een van haar vrienden stond erop haar aan een blind date te koppelen. Ze had gezworen dat ze dat nooit meer zou doen na haar laatste rampzalige afspraakje. Maar hier stond ze dan, helemaal opgedoft en niets anders te doen dan nog een kwartiertje wachten voor ze vertrok naar het restaurant waar ze Melvin Fromm, een accountant, zou ontmoeten.

Werkelijk? Melvin? Toen haar vriendin Angie over hem had verteld, had ze hem Mel genoemd en niet Melvin, zoals hij zich had voorgesteld toen hij haar voor het eerst belde. Angie had moeite hem niet voor te stellen met een zakbeschermer en een bril die bij elkaar werd gehouden met een stukje tape. Ze zou Mandy vermoorden als dit niet zou lukken. Niet dat ze verwachtte dat het zou lukken. Wat haar terugbracht bij haar oorspronkelijke vraag-wat was ze in godsnaam aan het doen?

Het was meer dan drie weken geleden sinds Jimmy de

bom liet vallen dat hij terug undercover ging voor nog één laatste zaak en ze was nog steeds boos op hem. Ze had geen idee waarom hij na twee jaar besloot terug te gaan en, zoals altijd, kon hij haar geen details geven omdat het geheim was. Tenminste, dat is wat hij haar altijd vertelde. Maar ze dacht dat het meer een kruising was tussen dat hij haar geen details kon geven en dat hij haar er niet mee wilde lastigvallen. Hoe dan ook, ze tastte in het duister, en ze zou ongerust zijn tot hij weer contact met haar opnam. En uit ervaring wist ze dat dat een week of zes maanden vanaf nu kon zijn. *Verdomd hem.*

Ze had altijd begrepen waarom hij undercover voor de DEA was gaan werken. Het was zijn manier om wraak te nemen voor de dood van zijn familie. Mevrouw Andrews was een heel aardige, alleenstaande moeder, wier man haar twee maanden na de geboorte van hun dochter, Ruthie, verliet voor een andere vrouw zonder kinderen. De enige keer dat ze alimentatie van haar ex had gekregen, was toen zijn loon eindelijk door de rechtbank werd geïnd toen Ruthie drie was. Dat had twee maanden geduurd voordat hij de staat uit verhuisde en voorgoed verdween. Als gevolg daarvan werkte de vrouw de volgende achttien jaar hard; ze had twee banen om Jimmy en zijn jongere zusje te onderhouden. Sommige moeders zouden hun kinderen in een soortgelijke situatie misschien kwalijk zijn gaan nemen, maar Dorothy Andrews' kinderen waren haar wereld en ze liet hen weten dat ze van hen hield, elke kans die ze kreeg. Ze hield ook van Angie, net zoveel als de beste vriendin van haar zoon van haar hield.

Kleine Ruthie was een lief meisje dat op de middelbare school met de verkeerde mensen omging. Het had er uiteindelijk toe geleid dat zij en haar moeder waren doodgeschoten door wat de politie beschreef als een geval van persoonsverwisseling. Een van haar vriendinnen had drugs gestolen van een dealer die ze beiden kenden, en de dealer gaf Ruthie de schuld van de vermiste drugs. Pas nadat de politie de verdachte had gedood, kwam het andere meisje naar voren en gaf haar rol in het incident toe. Hetzelfde meisje stierf twee jaar later aan een overdosis.

Jimmy Andrews, nu Jimmy Athos, was vastbesloten om de wereld te bevrijden van zoveel mogelijk drugsdealers als hij kon. Angie wenste echter dat het niet ten koste van zijn leven zou gaan. Niet alleen liep hij het gevaar gedood te worden tijdens zijn werk, ze maakte zich ook op andere manieren zorgen om hem. Hij ging zelden uit voor zover zij wist, en als hij dat deed, resulteerden de afspraakjes nooit in een relatie die langer duurde dan twee of drie weken. Ze was bang dat hij nooit iemand zou vinden om van te houden en oud mee te worden, niet dat zij haar zielsverwant al gevonden had. Er waren momenten dat ze wenste dat ze een romantische relatie tussen hen hadden geprobeerd, maar de angst om alles te verliezen had hen altijd tegengehouden. Om de een of andere reden was Angie ervan overtuigd dat dat zou gebeuren, dus in plaats daarvan waren ze meer als broer en zus. Een psychiater zou kunnen zeggen dat ze elkaar gebruikten om de broers en zussen te vervangen die ze beiden hadden verloren, maar geen van beiden had dat ooit zo gevoeld, terwijl ze het er in de loop der jaren wel een paar keer over hadden gehad. Uiteindelijk wilde ze dat hij gelukkig zou zijn en geen spijt zou hebben als hij op zijn sterfbed terugkeek op zijn leven. Maar ze dacht niet dat dat voor hem mogelijk was, althans niet op dit punt in zijn leven.

Zuchtend keek Angie weer naar de tijd op haar kabeldecoder en wilde net haar tas pakken toen haar mobiele telefoon ging. Met een blik op het scherm zag ze dat Melvin haar tien minuten voor hun afspraakje belde. Ze zuchtte, wetend wat de man zou gaan zeggen met het last-minute telefoontje. Ze verbrak het gesprek, liep naar haar achterdeur en stapte op het terras. Ze had het gevoel dat ze wel wat frisse lucht kon gebruiken.

* * *

Ian zette twee stappen door Brody's woonkamer in de richting van de glazen schuifdeur die uitkwam op de patio en stopte. Wat was hij verdomme aan het doen? Hij moest alleen even langskomen om een dossier op te halen dat zijn werknemer bij hem thuis had moeten achterlaten nadat hij die ochtend een hectisch telefoontje had gekregen van een zakelijke klant. De nerd was in zijn truck gesprongen en direct naar Orlando gereden nadat hij Ian op het probleem had gewezen. Een van de computernerds van het bedrijf had een manier gevonden om $800,000 te verduisteren van een bedrijfsrekening. Ze hadden Brody's hulp nodig om uit te zoeken hoe die kerel het gedaan had, en hoe ze konden voorkomen dat het nog eens zou gebeuren. Dus, Egghead was nu in de buurt van Disney World voor minstens nog een dag of twee, en Ian stond in de huiskamer van die vent. En hij probeerde het uit zijn hoofd te praten om door de achterdeur te gaan om te kijken of Angie in haar eigen achtertuin was.

Nadat Athos hen had verteld wat hij wilde dat ze deden, gingen ze aan de slag om zijn beste vriendin veilig te houden. Ze hadden geluk gehad toen ze toestemde om haar beveiligingssysteem te laten upgraden. Brody bracht het onderwerp zo subtiel mogelijk ter sprake terwijl hij met haar praatte over hun gezamenlijke hek, en de vrouw hapte toe. De volgende dag installeerden haar nieuwe buurman en Boomer hun beste systeem, terwijl ze haar vertelden dat het een normale installatie was voor normale mensen die een normaal leven leidden en waarschijnlijk niet in gevaar waren. Athos zei dat ze kosten noch moeite moesten sparen en gaf hen een kredietkaartnummer om eventuele kostenverschillen met een basiseenheid te dekken. Hij moest haar iets laten betalen voor de nieuwe installatie, anders zou ze achterdochtig worden.

De teamgenoten installeerden het hele systeem in één dag. Terwijl Brody Angie rondleidde in het huis en haar alle handige functies liet zien, nam Boomer de tijd om de laatste dingen te installeren waarvan ze niet wilde dat ze het wist. Hij plaatste strategisch wat afluisterapparatuur en camera's op afstand, en installeerde een volgsysteem op haar telefoon, portemonnee en auto. Hij had er ook in een paar van haar schoenen weten te krijgen die hij in haar kast had gevonden. Door te kijken hoe versleten de zolen waren, kon hij de schoenen kiezen die zij het meest droeg. De platte schijven waren erg klein en hij probeerde ze zo neer te leggen dat zij of iemand anders ze niet zou opmerken. Als ze er een zou vinden, was de kans klein dat ze zou weten wat het was.

Brody was ook vriendelijker geworden tegen zijn nieuwe buurvrouw. Niet te vriendelijk of Ian zou hem vermoord hebben. Genoeg om voor en na het werk bij haar te gaan kijken. Twee dagen geleden nodigde hij haar zelfs uit voor een etentje op zijn patio en legde een paar steaks op de grill voor hen. Ze wilden dat ze zich comfortabel genoeg voelde bij de nerd voor het geval er iets mis zou gaan. Athos had hen het nummer van zijn contactpersoon gegeven, en een reservewachtwoord dat Angie kende voor het geval ze de DEA helemaal moesten omzeilen.

Als Brody wist dat Ian de afgelopen drie weken de live beelden had bekeken van Angie die in haar huis rondliep, zou hij gelachen hebben om wat voor een stalker zijn baas was. De beelden werden opgenomen op apparatuur in Tridents oorlogskamer voor veiligheidsdoeleinden, voor het geval ze het om welke reden dan ook moesten bekijken. Maar Ian kon het niet laten om de beelden een paar keer per dag op zijn computer op te roepen om haar te zien. Geen van de camera's was in haar badkamer, en de camera's in haar slaapkamer keken alleen uit op het raam en de deur, waardoor ze een beetje privacy had, dus hij beschouwde zichzelf niet als een stalker. Hij was een voyeur - wat het verschil was wist hij niet zeker, maar als iemand het vroeg, wist hij zeker dat hij wel iets kon bedenken.

Met het dossier dat hij nodig had in zijn hand wilde hij zich net omdraaien en weggaan toen zijn oog viel op een beweging buiten een van de ramen. Hij besefte dat het Angie was op haar eigen terras. Zuchtend en zichzelf een tien soorten idioot noemend, liep hij verder naar de glazen schuifdeur, opende die, en stapte naar buiten. Hij wierp een blik in haar achtertuin en slikte bijna zijn tong in.

"Verdomme," mompelde hij tegen zichzelf. Ze stond met haar hoofd naar beneden, gekleed in een marineblauwe, wikkelkleurige katoenen jurk die tot een centimeter boven haar knieën reikte. De V-hals, hoewel conservatief, toonde wat van haar ruime decolleté, waardoor hij wilde smeken om meer te zien. Haar benen zagen er geweldig uit en een paar marineblauwe en witte, polka-dot hakken brachten haar lengte zeven centimeter omhoog tot ongeveer één meter zevenenvijftig. Hij kon zich voorstellen waar de bovenkant van haar hoofd zou komen als ze naast zijn eigen frame van één meter twee-ënnegentig zou staan. Haar blonde haar zat zoals hij het graag had. Hij verlangde ernaar om met zijn vingers door de zachte golven te gaan die de lokken wat volume gaven. Haar make-up was subtiel, en haar juwelen ingetogen. Alles bij elkaar was het een verleidelijk pakketje dat hem deed watertanden.

Het duurde even voor hij merkte dat ze aan het bellen was, en hij hoorde haar zeggen: "Nee, echt. Het is al goed. Die dingen gebeuren." Ze pauzeerde om te luisteren naar wie er aan de andere kant van de lijn was. "Ja. Dat is goed. Bel me als je een nieuwe afspraak wilt, en ik zal erover nadenken. Dag."

Ian besefte dat ze niet wist dat hij er was tot haar mooie, groene ogen de zijne ontmoetten en een beetje verwijdden voor ze hem een verlegen glimlach en een kleine zwaai gaf. "Hoi, Ian." Het verbaasde hem dat ze zich zijn naam herinnerde. Voor zover hij wist had ze die alleen de eerste keer dat ze elkaar hadden ontmoet gehoord. Hij verlangde ernaar haar die naam nog eens te horen zeggen. Hij had nooit gedacht dat het uitspreken van zijn naam opwindend kon zijn. Dat was voordat hij het van haar dikke, rode lippen hoorde vallen.

"Hé, Angie." Hij deed een paar stappen in de richting van het hek en was blij toen zij hetzelfde deed. "Je ziet er heel mooi uit vanavond. Ga je ergens heen?" Uit haar gesprek maakte hij op dat haar plannen waren afgezegd, maar hij was nieuwsgierig naar wat ze dan wel waren geweest.

Ze haalde haar schouders op, hoewel ze er niet al te

teleurgesteld uitzag dat haar plannen veranderd waren. "Ik zou een afspraakje hebben, maar hij heeft op het laatste moment afgezegd."

"Dat moet een blind date geweest zijn."

Angie wierp hem een nieuwsgierige blik toe en hield haar hoofd schuin. "Dat was het ook, maar hoe wist je dat?"

Zijn blauwe ogen werden donkerder en zijn blik bestreek haar van top tot teen en weer omhoog. "Want als hij wist hoe voortreffelijk je er nu uitziet, zou hij nooit hebben afgezegd. Hij zou denken aan hoe hij de nacht kon eindigen met jou in zijn bed."

Een blos kleurde haar wangen. Na een moment scheurde ze haar ogen los van de zijne en gebaarde met haar hoofd in de richting van haar achterdeur. "Nou, zijn verlies denk ik. Ik ga me gewoon omkleden in een sweater, me volproppen met een bak Ben & Jerry's en een oude film zoeken om naar te kijken."

"Of je kan me je mee uit eten laten nemen." Waarom zei hij dat in godsnaam? Oh, ja, het kleine hoofd in zijn broek deed dat. Toen hij naar beneden keek, was hij blij te zien dat zijn kaki los genoeg zat om zijn stijve te bedekken. Hij was ook mooi genoeg gekleed, met zijn zwarte polo en instappers, om haar mee uit eten te nemen - als ze ja zei, natuurlijk.

Ze bloosde nog steeds en de roze kleur zat niet alleen op haar wangen, maar ook op haar bovenborst. Hij vroeg zich af of het dezelfde kleur was als haar tepels en die gedachte deed zijn lul trillen.

"Dat hoef je niet te doen. Ik weet zeker dat je andere plannen hebt," zei ze tegen hem.

"Eén ding moet je van me weten, Angie, ik zeg nooit dingen die ik niet meen, en ik doe niets wat ik niet wil doen. Ik geef gewoon een van mijn werknemers opdracht het voor mij te doen." Ze glimlachte zoals hij bedoeld had. "Ik zou je graag mee uit eten nemen, als je me de kans geeft." Hij probeerde het verlangen, waarvan hij wist dat het in zijn ogen stond, tot een minimum te beperken. Als ze wist hoe graag hij haar wilde uitkleden, vastbinden aan zijn bed, en smerige, erotische dingen doen met elke centimeter van haar lichaam, zou ze gillend van het erf wegrennen.

Haar uitdrukking was eerder gretig dan verlegen, en hij hield van de combinatie. "Nou, aangezien ik al aange-kleed ben en de Ben & Jerry's een beetje op zijn... ja, ik wil graag met je uit eten. Maar dit is geen afspraakje." Op zijn opgetrokken wenkbrauw, voegde ze eraan toe: "Ik bedoel, het is niet alsof dit was gepland, dus ik betaal mijn eigen rekening."

Hoofdschuddend glimlachte hij naar haar. "Uh-uh. Ik heb je te eten gevraagd, en het is mijn traktatie. Ik verwacht er niets voor terug, Angie, alleen het plezier van je gezelschap voor de avond. En misschien een nachtzoen als je besluit dat je het naar je zin hebt gehad."

Waarom voegde hij die laatste zin er aan toe? Hij stond op het punt zichzelf een mentaal pak slaag te geven toen ze naar hem straalde. "We zullen zien." Ze draaide zich om naar haar deur terwijl zijn hart een beetje sneller ging kloppen. "Ik pak even mijn tas en dan zie ik je buiten."

* * *

Vijf minuten later zat Angie op de passagiersstoel van Ians Ford Expedition, zichzelf afvragend hoe ze daar terecht was gekomen. Had hij haar mee uit eten gevraagd uit medelijden met het feit dat ze op het laatste moment was gedumpt? Of wilde hij echt wat tijd met haar doorbrengen? Toen hij zei dat ze er voortreffelijk uitzag, waren haar meisjesdelen opgestaan en hadden ze het opgemerkt. Zou hij echt in haar geïnteresseerd zijn? En wat met zijn opmerking over een nachtzoen? Was hij van plan haar later te kussen? Zou ze dat toelaten? De manier waarop haar lichaam had getinteld toen hij haar hand had gepakt en haar in de hoge stoel van de SUV had geholpen, wist ze dat als hij haar nu zou vragen om haar te kussen, ze het zou toelaten.

Ze dacht aan het weinige dat ze over hem wist door met Brody te praten. Natuurlijk, toen ze haar buurman de vorige avond een hoop vragen had gesteld tijdens hun biefstukmaaltijd, had ze ze laten klinken alsof ze nieuwsgierig was naar het hele team en niet naar één lid in het bijzonder. Ze wist dat Ian vrijgezel was, nooit getrouwd, en achtendertig jaar oud. Hij had een negentienjarige peetdochter, Jennifer, die bij hem woonde als ze niet op college was aan de nabijgelegen Universiteit van Tampa. Ian had het meisje in huis genomen nadat haar ouders een jaar geleden waren vermoord bij een brute inbraak in Virginia. Zijn broer en zakenpartner was Devon, die verloofd was met een vrouw genaamd Kristen. Angie had in het voorbijgaan een glimp opgevangen van de andere vrouw toen ze Brody hadden bezocht, maar ze was nog niet aan haar voorgesteld.

De andere mannen waren ook allemaal vrijgezel. Ze hadden samen gediend in SEAL Team Vier van de marine, waarvan ze onder de indruk was. Ze had gehoord wat SEALs fysiek en mentaal moesten doorstaan om de gerespecteerde positie te bereiken. Ian had de hoogste rang in de groep bekleed als luitenant, maar alleen gedurende de twee jaar voordat hij afzwaaide. Er was een periode van drie jaar geweest waarin alle zes samen waren geweest voordat ze afzwaaiden, één of twee tegelijk. Ian en Devon hadden Trident Security opgestart en namen hun voormalige teamgenoten in dienst als vertrouwde werknemers zodra elk van hen de marine verliet. Trident voerde tal van beveiligingsopdrachten uit voor hun klanten, waaronder lijfwachten, beveiligingssystemen voor woningen en bedrijven, onderzoeken, bedrijfsbeveiliging en het terugvinden van ontvoerden of gestolen goederen. Het bedrijf deed ook af en toe werk voor de overheid waarover Brody zei dat hij niet kon uitweiden. Ze contracteerden verschillende agenten van een ander agentschap die mankracht leverden aan bedrijven als het hunne, en ze hadden het erover om nog zes mensen aan te nemen om een tweede team te vormen.

Angie realiseerde zich plotseling dat Ian de auto had geparkeerd na hun korte ritje en de motor afzette. Ze keek door de voorruit en zag het rustige steakhouse dat ze hadden afgesproken. Zonder een woord te zeggen stapte Ian uit, sloot zijn deur en liep om de hare te openen terwijl zij wachtte. Ergens wist ze dat hij dat zou doen en ze vond het een leuk gebaar. Het was al een tijdje geleden dat iemand anders dan Jimmy een deur voor haar had geopend.

Terwijl ze over het parkeerterrein liepen, nam Ian haar hand en haakte die onder zijn elleboog. Hij vermeed vakkundig de plassen van de late namiddagbui die door het gebied was getrokken en hield de deur van het restaurant voor haar open. Ze kreeg het gevoel dat hij al die dingen niet deed om indruk op haar te maken, maar dat hij ze van nature deed voor elke vrouw met wie hij uitging. Die gedachte gaf haar het gevoel dat deze avond voor hem ergens tussen routine en speciaal in lag. Ze hoopte dat het meer naar speciaal neigde.

Nadat ze hadden plaatsgenomen en hun drankjes hadden besteld, liet Ian zijn onderarmen op tafel rusten en bestudeerde haar een moment. "Vertel me eens over die blind date die je had, zodat ik mijn jaloezie uit mijn systeem kan zetten."

Ze lachte, dacht dat hij een grapje maakte, maar speelde het spel mee. "Nou, er valt niet veel te vertellen. Mijn vriendin heeft me gekoppeld aan Melvin Fromm, een vijfendertigjarige boekhouder met onbeschofte manieren, want hij heeft me tien minuten voor ik hem zou ontmoeten afgezegd. En het beste excuus dat hij kon bedenken was 'er kwam iets tussen'."

Ians mondhoeken trokken twee keer voordat hij zijn grijns niet langer kon verbergen en een rustige snuif liet horen. "Melvin, huh?" Ze knikte met haar eigen geamuseerde glimlach. "Oké, ik denk niet dat ik me zorgen hoef te maken dat hij je in de toekomst nog van je voeten zal vegen, dus ik zal mijn jaloezie weer bedwingen. Ik zal gewoon dankbaar zijn dat die idioot jou heeft laten zitten, want dat gaf mij de kans om de avond door te brengen met een ongelooflijk mooie vrouw."

Oh, Heer, waarom kon ze niet stoppen met blozen bij deze man? Het was niet alsof ze nog nooit een knappe man had gehad die haar complimenteerde en met haar flirtte. Ze ging vaak uit, maar om een of andere reden bracht Ian het naar een heel nieuw niveau voor haar. Hun drankjes werden bezorgd, een biertje voor hem en een Cosmopolitan voor haar. Ze raakten in een gemakkelijk gesprek over normale, alledaagse onderwerpen. Pas toen de serveerster voor de derde keer naar hen keek, pakten ze hun menukaart om iets te bestellen.

"Zo," zei Ian, nadat de serveerster vertrokken was om hun bestellingen op te nemen, "vertel me eens wat je doet als grafisch ontwerper, want ik heb er nog nooit een ontmoet. Wacht . ... vertel me eerst hoe je er een geworden bent. Is het iets wat je altijd al hebt willen doen?"

Angie nam een slokje van haar drankje en schudde toen haar hoofd. "Eigenlijk heb ik me nooit gerealiseerd dat ik artistieke vaardigheden had, behalve tekenen, tot mijn tweede jaar op de middelbare school toen ik een verplichte kunstles moest volgen. Mijn leraar, meneer Abraham, was de eerste die zag dat ik talent had en hij stimuleerde en inspireerde me om meer te leren over elk artistiek medium dat er is. Hij werd mijn mentor, nam me mee naar kunsttentoonstellingen en musea en hielp me mijn eigen stijl te ontwikkelen. Uiteindelijk heb ik me vooral toegelegd op potloodtekeningen, olieverfschilderijen en grafisch design, hoewel ik ook nog wat aquarelleer en beeldhouw als de inspiratie toeslaat."

"Ik kreeg een gedeeltelijke beurs voor de School of Visual Arts in New York en behaalde mijn Masters of Fine Arts. De volgende zes jaar werkte ik voor een groot grafisch ontwerpbureau in New York City, tot ik de bittere winters niet meer aankon. De laatste druppel liep over toen een taxi vlakbij me een plas raakte en me van top tot teen bedekte onder koud, smerig water terwijl ik op weg was naar mijn werk." Ian lachte mee met het beeld van haar als een verdronken rat. "Hoe dan ook, ik had al een paar vrienden bezocht die in Tampa woonden en wist dat ik het leuk vond. Dus pakte ik mijn spullen, verhuisde vijf jaar geleden naar het zuiden en keek nooit meer om. Toen ik nog in New York woonde, had ik al wat bijwerk gedaan voor een paar internetklanten, dus ik ben van daaruit mijn eigen bedrijf gaan opbouwen. Ik ontwerp websites, gedrukte brochures, afbeeldingen voor tijdschriften, boeken en bedrijfslogo's - eigenlijk alles wat een klant wil. Ze pakte haar mobiele telefoon en bladerde naar de omslag van het e-book die ze Jimmy een paar weken eerder had laten zien. "Dit is een boekomslag die ik vorige maand voor een klant heb ontworpen en het heeft me uiteindelijk een nieuw contract bij een uitgeverij opgeleverd."

Hij nam de telefoon van haar aan en bestudeerde de foto. Het was een foto van de ontblote gespierde rug en schouders van een man, die net boven zijn nek uitkwam, tot aan zijn met zwart leer bedekte kont. Een zweep lag tussen zijn twee handen en was strak gespannen over zijn rug van schouder tot heup. Vrouwelijke handen kwamen van zijn voorkant en omklemden zijn beide billen. Ze waren de enige delen van haar lichaam die zichtbaar waren. Haar lange vingernagels waren dieprood gelakt, wat bijna op bloed leek. Aan de manier waarop de handen van de vrouw waren geplaatst, zou iedereen die naar de foto keek weten dat haar gezicht zich in het kruis van de man bevond en het deed je afvragen of ze hem al aan het pijpen was of niet. De titel van het boek, Lydia's Desire, en de naam van de auteur waren in hetzelfde rood geschilderd als de nagels van de vrouw. Ian keek op naar Angie en glimlachte. "Een mannenkont en naakte rug zijn niet mijn ding, maar ik ken een hoop vrouwen die zouden kwijlen bij deze cover. Het is erotisch uitziend met de zweep."

"Nou, het was een erotische romance met BDSM en zo, dus ik moest het wat pittiger maken. Het was eigenlijk een goed boek."

Terwijl hij haar telefoon teruggaf, trok hij één wenkbrauw op. "Jij leest boeken met erotiek?"

Ze stopte haar telefoon terug in haar tas en haalde haar schouders op, een beetje beschaamd dat ze dat had toegegeven. "Er is tegenwoordig zoveel van te vinden, dat het moeilijk te vermijden is, zelfs als je er niet mee bezig bent. Je kunt het niet altijd aan de titel en de omslag van een boek zien, maar sommige boeken zijn leuk om te lezen en over te fantaseren."

Ian nam een slokje van zijn bier. Ze had zijn vraag luid en duidelijk beantwoord, ook al was haar antwoord een beetje vaag. Hij wist dat ze onderdanig was door haar manier van doen, maar onderdanig zijn en weten dat je er een bent en aan de levensstijl deelnemen, waren twee verschillende dingen. Niet zomaar appels en peren, het was meer als muizen en olifanten - het waren twee verschillende soorten, en de een kon de ander verpletteren als hij niet oppaste. Hij verlaagde opzettelijk zijn stem tot zijn dominante toon. "Interesseert de BDSM levensstijl je?"

Haar blos was weer terug en haar ogen verplaatsten zich naar de tafel. Zijn hartslag nam toe en zijn pik begon zich te verharden. Of ze het nu verbaal toegaf of niet, het onderwerp interesseerde haar en hij vroeg zich af of ze al eerder met seks had geëxperimenteerd. Met haar drieëndertig jaar betwijfelde hij of ze nog maagd was, maar waar hadden haar vroegere seksuele ontmoetingen uit bestaan? Waren ze puur vanille geweest, of had ze zich door een van haar minnaars laten vastbinden, slaan of geselen? Had een van hen haar grenzen verlegd, haar hartvormige kont geneukt? Haar orgasmes gegeven die eeuwig duurden om ervan af te komen? Had iemand ooit die vochtige, rode lippen van haar geneukt en in haar keel klaargekomen? In sommige opzichten wilde hij dat ze hem zou vertellen dat ze de levensstijl beoefende, en in andere opzichten wilde hij er niet aan denken dat een man een van die dingen met haar zou doen. Hij wilde degene zijn die haar introduceerde in zijn kinky wereld. Omdat hij dacht dat ze het zou waarderen, besloot hij haar te laten gaan... voor nu.

Hij schraapte zijn keel om haar te laten weten dat hij van onderwerp veranderde. "De neef van mijn aanstaande schoonzus... wat is dat voor een manier om te zeggen dat ik iemand ken... is assistent curator van het Tampa Museum of Art. Ze openen morgenavond een nieuwe tentoonstelling op een groot gala voor hun personeel en weldoeners. Omdat mijn broer en ik onlangs een donatie hebben gedaan, zijn we uitgenodigd. Ik was van plan om te gaan, een half uurtje te blijven en dan weer te vertrekken, maar nu heb ik een beter idee. Willen je me alsjeblieft uit mijn lijden verlossen door er samen met mij heen te gaan, zodat ik niet met een stel saaie, stoffige mensen hoef te praten? Kristen en haar neef, Will, zouden me vermoorden als ik er niet was, dus ik moet er zijn.

Haar gezicht werd geanimeerd van opwinding. "Is dat de tentoonstelling die het Louvre uitleent?" Toen hij knikte, gutste ze, "Oh mijn God, ik zou er zo graag heen willen. Ik was van plan om volgende week een hele dag vrij te nemen om het te gaan bekijken."

"Nou, je kunt het morgenavond zien, als je het maar niet erg vindt dat ik niets van kunst weet. Ik kan naar iets kijken en zeggen 'ja, ik vind het mooi' of 'nee, ik haat het', maar dat is het wel zo'n beetje."

Haar glimlach was flirterig en aanstekelijk. "Ik zou je graag wat leren over wat ik weet."

"Alleen als ik jou een keer iets mag leren over iets wat ik weet." Ian ging naar de hel. Hij wist het op het moment dat het woord "deal" uit haar mooie rode lippen kwam en hij kon niet anders dan denken, wat een manier om te gaan.

De serveerster bracht hun maaltijden en Ian wachtte tot ze weer wegliep nadat hij zich ervan had vergewist dat ze verder niets nodig hadden. "Het gala begint om zeven uur, dus ik haal je twintig minuten vroeger op, aangezien we met het vrijdagavondverkeer te maken zullen hebben. Oh, en het is black tie."

Angie pakte haar mes en vork en begon in haar kip cordon bleu te snijden. "Dan heb ik de perfecte jurk. Een vriendin van me trouwde vorig jaar in het Guggenheim. Dat was ook black tie. Ik heb de jurk maar één keer gedragen en ik heb altijd gehoopt dat ik hem nog eens zou kunnen dragen, want ik vind hem prachtig."

"Nou, in dat geval kan ik niet wachten om je erin te zien." En hopelijk, dacht hij, trek ik hem aan het eind van de avond van je af.

Hoofdstuk 4

Angie controleerde haar haar en make-up voor de vierde keer in vijf minuten. Ze moest ophouden met zich druk te maken of ze zou verpesten waar haar kapper en een visagiste in het salon zo hard aan hadden gewerkt. Haar haar was opgestoken in een romantische up-do met een krul die rond haar gezicht viel vanaf de bovenkant van elk jukbeen. Ze had zoveel speldjes en haarlak in dat het wel een helm leek, maar ze kon het niet verpesten, zo lang ze er maar niet mee speelde. De make-up was meer dan ze gewoonlijk droeg, maar toch was het nog ingetogen. De schaduw, eyeliner en mascara rond haar ogen lieten de groene kleur knallen en ze hield van het effect. Ze droeg eenvoudige sieraden, een paar diamanten oorbellen die van haar moeder waren geweest en een gouden armband die Jimmy haar had gegeven toen ze afstudeerde aan de kunstacademie.

Ze keek naar haar spiegelbeeld in de garderobespiegel aan de achterkant van haar kastdeur en controleerde ook haar jurk nog eens. Godzijdank bleef ze drie keer per week trainen, anders had het ding misschien niet gepast.

Ze was een kilo of vijf, zes aangekomen, vooral op haar heupen en dijen, sinds ze op de bruiloft van haar vriendin was geweest, maar de zwarte jurk in maat veertig gaf genoeg mee, zodat hij er nog steeds goed uitzag. Het topje was een haltermodel dat met een gouden ketting om haar nek werd geknoopt en aan de voorkant zat een behahouder, dus haar meisjes zaten goed. Het chiffon materiaal stopte onder haar armen en liet haar schouders en het grootste deel van haar rug bloot voordat het weer begon bij haar taille en recht naar beneden viel tot haar voeten. Er was een split in haar linkerbeen die tot het midden van haar dij ging, en ze maakte de look af met een paar glinsterende gouden Michael Kors schoenen met elf centimeter stiletto hakken. Ze was blij dat Ian zo veel langer was dan sommige van de jongens met wie ze had gedate, want zo kon ze de echt hoge hakken dragen waar ze zo van hield.

Haar gedachten dwaalden terug naar toen Ian haar had afgezet na het diner gisteravond. Hij had haar naar de deur begeleid, de sleutels uit haar hand genomen en het slot voor haar geopend. Hij had de deurknop niet omgedraaid omdat ze maar dertig seconden had om binnen te komen, de deur te sluiten en de alarmcode in te voeren voordat de politie werd gestuurd. Toen hij zo dichtbij stond dat ze zijn lichaamswarmte kon voelen, maar niet aanraken, had ze hem dichterbij willen trekken.

Toen hij haar haar sleutels teruggaf, werd zijn stem laag en sexy. "Zo, heb je het naar je zin gehad?"

Een rilling had haar lichaam overvallen. Ze wist wat hij vroeg. Hij had eerder gezegd dat als ze het naar haar zin had gehad, hij een nachtzoen wilde. En ze had het zeker naar haar zin gehad, sterker nog, ze had het geweldig naar haar zin gehad. "Ja, dat heb ik. Betekent dit dat je me gaat zoenen?"

Ze stond verstijfd op haar plaats, niet gelovend dat ze de woorden hardop had gezegd. Ze was nog nooit verlegen geweest over afspraakjes, voorspel en seks, maar normaal gesproken was ze ook niet al te vrijpostig en volgde ze haar aanwijzingen meestal op van de man met wie ze was.

Ians mond tuitte in een geamuseerde grijns voor hij zijn hand ophief om haar kin te grijpen en haar naar zich toe te trekken. Hun lippen raakten elkaar nog net niet, en hij fluisterde: "Dat betekent het."

En toen vlogen de vonken over.

Holy shit, wat kon die man zoenen! In het begin was hij voorzichtig geweest en gebruikte alleen zijn lippen om die van haar te verleiden, zodat zij zich kon terugtrekken als ze dat wilde. Toen ze dat niet deed, begon zijn tong de naad van haar lippen af te tasten, haar aanmoedigend om ze te openen en hem toegang tot haar mond te geven. Ze kon niet weigeren, en zodra haar lippen van elkaar gingen, zat zijn tong in haar mond, elke centimeter van haar proevend en verkennend. Hij was niet zo slordig geweest als sommige mannen met hun tong - nee, zijn handelingen waren een kruising tussen teder en vasthoudend, alsof hij haar tegelijkertijd proefde en verslond. Hij deed niets anders dan haar kin vasthouden en haar kussen. Geen andere delen van hun lichamen raakten elkaar aan. Toen hij maar al te snel een einde maakte aan de kus en zich van haar verwijderde, had ze gekreund en hem bijna gesmeekt haar te nemen, daar voor haar voordeur, waar iedereen hen kon zien.

Hij had een minuutje gepauzeerd om hen beiden op adem te laten komen voor hij haar zei naar binnen te gaan, het alarm uit te zetten, de deur op slot te doen en het alarm opnieuw in te stellen. Ze zag door het lange smalle raam naast haar voordeur dat hij had gewacht tot hij zag dat ze het bedieningspaneel opnieuw inschakelde voordat hij glimlachte en terugliep naar zijn auto. Ze had nog lang met haar handen in het haar gezeten nadat hij zich had losgetrokken, zich elke seconde herinnerend van de ongelofelijke kus. Nadat ze haar kleren had uitgedaan en naakt naar bed was gegaan, wat normaal was, waren haar gedachten nog steeds gericht op hoe haar lichaam tot leven was gekomen op het moment dat het contact had gemaakt met het zijne. Terwijl haar hersenen afdwaalden, was haar hand bijna uit zichzelf naar het punt tussen haar benen gegaan. Het had niet lang geduurd voor ze zichzelf tot een orgasme had gestreeld dat zo sterk was dat ze nadien in slaap was gedommeld met haar hand nog tussen haar benen en dromend van Ian.

De deurbel ging en ze schrok op uit haar mijmeringen. Terwijl ze haar avondtas en sjaal van het bed pakte, rende ze bijna naar de voordeur en zwaaide hem open. Mijn hemel, wat was hij mooi. Hij stond op de stoep in een Armani-smoking die volgens haar wel voor hem gemaakt moest zijn, want hij paste perfect. De lichte stoppelbaard die de avond tevoren zijn kaak had gesierd was verdwenen, en ze wilde met haar hand over de zachte, pas geschoren huid wrijven. Van de top van zijn donkerharige hoofd tot de punten van zijn glanzende, formele zwarte schoenen was er niets dat niet op zijn plaats was. De man straalde macht, autoriteit en vooral seks uit. Ze was er zeker van dat ze vanavond de vrouwen van hem zou moeten wegslaan. Toen ze diep ademhaalde, drong zijn parfum tot haar neus door en ze zwijmelde bijna. Het was haar lievelingsgeur - Oud Wood van Tom Ford - en nu ze wist dat hij die met haar in gedachten droeg, werd ze licht in haar hoofd.

Het duurde even voor ze doorhad dat ze elkaar zwijgend aan het aanstaren waren toen hij zijn keel schraapte. "Ik ga door iedere man op het gala vanavond benijd worden. Angel, je ziet er prachtig uit."

Terwijl ze bloosde van zijn compliment, vulden haar ogen zich bijna. Niemand had haar "Angel" genoemd sinds haar oudere broer, Sam. Hij was omgekomen bij een auto-ongeluk, samen met drie andere leden van het footballteam van zijn middelbare school, in een tragedie die hun geboortestad had geschokt. Negen jaar ouder dan Angie, had haar broer haar aanbeden en was hij haar held geweest. Ze besefte hoezeer ze het miste om iemand haar bij haar koosnaam te horen noemen, alsof ze het kostbaarste ding ter wereld was. Ze slikte hard en opende haar mond om Ian te vertellen hoe goed hij er ook uitzag, toen het alarmpaneel naast haar snel begon te piepen, om haar te waarschuwen de code in te voeren voor de politie werd gealarmeerd.

"Verdorie!" Ze probeerde het zescijferige nummer in te voeren, een keer klungelend en opnieuw beginnend, terwijl Ian bleef waar hij was, grinnikend om haar dilemma. Toen het alarm uitschakelde en het licht groen werd, wendde ze zich tot hem met een schaapachtige glimlach. "Sorry. Wat ik wilde zeggen was, dat jij er ook prachtig uitziet."

Hij stak zijn hand uit om haar sjaal te pakken, hield hem voor haar omhoog en legde hem over haar schouders toen ze zich voor hem omdraaide. Ze draaide zich naar hem toe, nam zijn verhitte blik in zich op en bedacht dat als ze nu niet weggingen, ze rechtstreeks naar haar slaapkamer zouden gaan. Alsof hij hetzelfde dacht, deed hij een stap achteruit en stak zijn arm voor haar uit. "Zullen we?"

Angie stelde het alarm opnieuw in, deed de deur op slot en stak haar hand onder zijn uitgestoken arm.

Omdat het verkeer 's avonds drukker was dan gewoonlijk, duurde de rit bijna vijfendertig minuten. Terwijl Ian zijn donkergrijze Audi RS 5 coupé, in plaats van zijn SUV, door de straten van Tampa reed, vertelde ze hem wat ze wist over de tentoonstelling die ze zouden gaan bekijken toen hij haar ernaar vroeg. De grote collectie die uit Frankrijk was geleend bestond uit 18e eeuwse kunst ter waarde van ongeveer tweehonderd miljoen dollar. Hoewel het vooral schilderijen betrof, waren er ook talrijke beeldhouwwerken in verschillende media bij. Het had het Tampa Museum of Art bijna acht jaar gekost om te onderhandelen en plannen te maken voor de tentoonstelling, die zes maanden in Florida zou blijven voordat ze weer naar het Louvre zou terugkeren. Angie had een schoolreisje van twee weken naar Parijs gemaakt tijdens de vakantie voor haar laatste semester op de kunstacademie en had de tentoonstelling daar gezien. Ze had echter altijd al een kans gewild om de prachtige kunstwerken opnieuw te zien en ze op haar gemak te bestuderen en ze was zo opgewonden dat ze nu de kans had. Maar, dacht ze, aan de arm van haar knappe date zou de ervaring onvergetelijk maken.

* * *

Toen ze bij de ingang van het museum aankwamen, was alles uitgedost met lichtjes, een rode loper en rood geklede bedienden. Verschillende fotografen wachtten op een kans om een foto te maken van Tampas eigen en bezoekende elite. De burgemeester, de gouverneur en verschillende beroemdheden die in de buurt woonden werden verwacht, evenals prominente zakenlieden en andere lokale, bekende inwoners. Ian stapte uit zijn auto, liet zijn deur open voor de jongeman die stond te wachten om hem naar een parkeerplaats te verplaatsen, nam zijn claimticket, en liep om de auto heen. Een andere bediende had Angie uit de auto geholpen, dus Ian pakte haar hand en trok haar naar zich toe. Een paar fotografen riepen zijn naam, en hij pauzeerde een halve seconde zodat ze een foto van hem en Angie konden maken voor de society pagina's. Hoewel hij de aandacht haatte, had hij al vroeg geleerd dat als hij de gieren even gaf wat ze wilden, ze hem later niet opjaagden. Zijn broer en hij hadden een zeer succesvol en gerenommeerd bedrijf in Trident Security en een nog succesvollere club in The Covenant. Daardoor werden ze regelmatig uitgenodigd voor elitefuncties, hoewel maar weinig mensen buiten de privé-seksclub wisten dat de gebroeders Sawyer en hun neef de eigenaar waren.

Nog minder mensen wisten van hun relatie met Charles "Chuck" Sawyer, een miljardair uit Charlotte, North Carolina. Hun vader had zich opgewerkt van een klein onroerend goed bedrijfje tot een groot imperium, met hotels, resorts, winkelcentra, appartementencomplexen, enzovoort, in de Carolinas en Virginias. Chuck en zijn vrouw Marie, een plastisch chirurg, hadden hun best gedaan om hun kinderen op te voeden met moraal en een sterke werkethiek. Ze deden hun best om hen uit de publieke belangstelling te houden, wat met hun vaders geld gepaard ging en de jongens moesten alles verdienen wat ze ooit kregen. Toen ze tiener werden, moesten ze allemaal een baan zoeken of vrijwilligerswerk doen bij een non-profit organisatie van hun keuze. Chuck Sawyer had voor elk van zijn zonen een trustfonds opgericht, op voorwaarde dat ze ofwel vier jaar in het leger zouden gaan of een vierjarige universitaire graad zouden behalen. Volledige toegang tot hun fondsen was pas mogelijk vanaf hun dertigste.

Ian had al lang voor zijn laatste jaar voor de marine gekozen, net als hun broer Nick, die met zijn vijfentwintig jaar dertien jaar jonger was dan Ian. Devon, twee jaar jonger dan Ian, koos oorspronkelijk voor de universiteit maar vertrok na één semester toen hun andere broer, John, stierf aan alcoholvergiftiging. Hij had een dag gespijbeld in zijn laatste jaar van de middelbare school en was 's ochtends thuis gaan zuipen. Toen hun vader hem 's middags vond, was hij koud en blauw nadat hij zijn eigen braaksel had opgezogen. Niemand had kunnen vermoeden dat de tiener in een neerwaartse spiraal van alcoholisme terecht was gekomen.

Devon ging nooit meer terug naar school en sloot zich aan bij Ian bij de marine in een soort onbewuste poging om John's carrièreplannen over te nemen. Hoewel Ian het niet eens was met de redenering achter Devons indiensttreding, was het uiteindelijk toch het beste voor hem geweest.

Ian begeleidde Angie over de met tapijt beklede buitentrap naar het museum en zag hoe een mengeling van trots en jaloezie hem overviel toen hij zag dat andere mannen en enkele vrouwen haar bewonderden en begeerden. Hij hield haar hand wat steviger vast, niet bereid om een van de haaien toe te laten en haar van hem af te pakken. Toen hij op de mooie vrouw naast hem neerkeek, wist hij dat hij niet overdreven had - ze was prachtig. De zwart met gouden jurk paste haar als een handschoen. Toen ze zich eerder had omgedraaid om hem haar sjaal over haar schouders te laten leggen, had hij één blik geworpen op haar gespierde, blote rug en schouders en zijn pik voelen trekken van verlangen. Met de open rug van de jurk was het duidelijk dat ze geen beha droeg. Hij was een paar seconden verwijderd van het annuleren van hun plannen en haar mee te sleuren naar haar slaapkamer, toen ze zich weer omdraaide om hem weer aan te kijken. Op de een of andere manier vond hij de kracht om haar zijn arm te geven in plaats van slachtoffer te worden van zijn lust.

Zijn gedachten gingen terug naar de avond ervoor toen hij haar naar haar deur had gebracht. Met Angies wijd open ogen en O-vormige mond wist hij dat het niet haar bedoeling was geweest haar vraag over zijn kus hardop te stellen, maar hij was blij dat ze dat wel had gedaan. Als het op vrouwen aankwam, hield Ian er niet van te moeten raden wat ze dachten, voelden of wilden. Zijn vorige verloofde, Kaliope Levine, liet hem tien jaar geleden in de steek nadat ze hem had verteld dat ze het beu was dat hij niet romantisch was, haar stemmingen kon lezen en kon anticiperen op wat ze wilde, onder andere. Nu wilde hij dat alles tussen hem en elke vrouw met wie hij uitging duidelijk was. Hij zou nooit meer een vrouw zo dicht bij hem laten komen, maar zolang hij met iemand uitging, wilde hij geen misverstanden tussen hen. Hij was geen gedachtelezer. Dat was een van de redenen waarom hij van zijn levensstijl hield. Openheid en eerlijkheid waren daar een groot deel van en dat paste prima bij hem.

Nadat Ian Angies sjaal had gepakt en aan de garderobe had gegeven, voegde hij het ticket bij die van de bediende in zijn jaszak. Hij legde een bezitterige hand op de huid van haar onderrug boven de rand van haar jurk en stuurde haar in de juiste richting. Hij liet de warmte van zijn hand in haar lichaam zinken en was verrukt toen hij een rilling door haar heen voelde gaan. Terwijl hij haar naar de vleugel leidde waar de tentoonstelling en het gala plaatsvonden, stopte hij bij een ober in smoking die een dienblad met champagne vasthield. Hij nam een glas, overhandigde het aan Angie en nam er zelf ook een zonder zijn andere hand van haar rug te halen. Ze begonnen weer te lopen en toen ze de ingang van de noordelijke vleugel naderden, hoorde hij een mannenstem zijn naam roepen. De mensen om hem heen scannend, zag hij Will naar hen toe lopen. De man stak zijn hand uit en dwong Ian de hand op Angies rug weg te halen, voordat hij hem weer teruglegde nadat hij zijn vriend had begroet. Will keek Angie nieuwsgierig aan, en Ian stelde hen voor. "Will, dit is mijn date en de nieuwe buurvrouw van Egghead, Angelina Beckett. Angie, dit is Will Anders."

De twee schudden elkaar de hand en Will gaf Angie een snelle inspectie van top tot teen. "Ik heb altijd al geweten dat je een goede smaak had, Boss-man. Angie, het is een genoegen je te ontmoeten, liefje. Jammer dat ik niet op vrouwen val, want je bent absoluut prachtig. Ik heb wel wat lez-vrienden die geïnteresseerd zouden zijn. Zeg het maar."

Als Ian niet wist dat Will homo was en grapjes met haar maakte, had hij misschien de keel van die vent doorgesneden. Zoals het nu was, neigde hij ernaar de tong van de man uit zijn mond te halen. Angie grijnsde naar Will, duidelijk gecharmeerd en helemaal niet in verlegenheid gebracht door wat de man had geïmpliceerd. "Ook leuk jou te ontmoeten, en bedankt voor het aanbod, maar vrouwen daten is niet mijn ding." Ze veranderde het onderwerp met gemak. "Ian vertelde me dat jij de assistent curator bent hier. Ik benijd je."

"Angie is een kunstenares," legde Ian uit. "Hoewel, ik heb haar werk nog niet gezien, behalve een digitaal stuk. Ik hoop dat ze het me ooit zal laten zien."

Hij zag het gezicht van de andere man nog meer oplichten. "Echt, liefje? Wat is je medium?"

"Meestal olieverf en grafiet," antwoordde Angie, "maar ik klieder ook wel eens met klei en aquarel. Ik heb in de loop der jaren een paar schilderijen verkocht, via gelegenheden waar amateurkunstenaars zoals ik werken. Als ik geen grafisch design deed, zou ik zeker een uitgehongerde kunstenaar zijn."

Een man met een rozenknopje op de revers van zijn zwarte smoking kwam aangesneld en informeerde Will dat hij aan de voordeur nodig was. Voordat hij zich weg haastte, zei Will: "Ik zou graag je werk zien, en als je ooit een persoonlijke rondleiding door het museum wilt, laat het me weten. Ian, mijn nicht, Dev, Roxy en Kayla wachten op je bij de bar aan je linkerhand als je de grote zaal binnenloopt. Ze wilden niet zonder jou gaan rondkijken. Ik zie jullie beiden zo dadelijk. Ciao."

Terwijl de assistent curator een kant op ging, leidde Ian Angie naar de grote zaal van de tentoonstelling en zag het viertal meteen. Omdat hij niet zeker was of ze zich de naam van zijn broer herinnerde, stelde hij haar opnieuw voor aan Devon, en daarna aan zijn verloofde, Kristen, gevolgd door Dr. Roxanne en Kayla London die goede vrienden waren van Kristen en Will. Zij waren ook nieuwe leden van de Covenant, wat hij er natuurlijk niet bij vermeldde. De drie vrouwen zagen er stralend uit in hun avondkleding en zijn broer had voor de gelegenheid zijn Hugo Boss smoking aangetrokken. Kristen droeg een blauwe jurk met een hoge taille en haar bruine haar was opgestoken, net als dat van Angie. Haar sieraden waren onder andere de bijpassende blauwe saffier en diamanten onderdanige collar en verlovingsring die Dev door een juwelier had laten ontwerpen. Roxy's dikke, kastanjebruine haar zat tot over haar schouders in zachte golven en ze had haar gebruikelijke Domme zwart verruild voor een prachtige rode avondjurk. Meer dan één man in de kamer had lust voor de sexy sirene, maar Roxy had alleen oog voor haar onderdanige en vrouw. Kayla, een blondine met blauwe ogen, was het complete tegenovergestelde van haar echtgenote, met haar kortere zandloper gestalte in een donkergrijze jurk met kapmouwtjes.

Nadat iedereen hen begroet had, fronste Angies wenkbrauwen in gedachten. "Kristen Anders. Waarom ken ik die naam?"

Voordat de vrouw iets kon zeggen, piepte Kayla als eerste op. "Kristen schept niet graag op, dus ik zal het voor haar doen. Ze is een populaire schrijfster van romans. Misschien heb je er één van gelezen."

Ian was niet voorbereid op de reactie van Angie. Ze hijgde, haar ogen werden groot van verbazing. "Oh mijn god!"

Kayla grijnsde en gaf Kristen een elleboogstoot. "Zie je wel, ik blijf maar zeggen dat je beroemd bent."

"Nee, ja, nee, ik bedoel, ja," stamelde Angie voordat ze lachte en haar hand in de lucht hield als een oversteekplaatswachter die het verkeer tegenhoudt. Ze haalde diep adem voordat ze weer probeerde te spreken. "Oké, laat me opnieuw beginnen. Ik zweer het, normaal ben ik geen stomme idioot, en ik heb wel sociale vaardigheden." De anderen grinnikten met geamuseerde uitdrukkingen. "Ja, ik heb al uw boeken gelezen, maar dat is niet de reden waarom ik uw naam herken. Ik heb gisteren een contract gekregen van Red Rose Books om de omslag van je nieuwe boek te ontwerpen."

Het was Kristens beurt om verbijsterd te zijn. "Oh mijn God! Hoe groot is de kans dat dat gebeurt? Mijn redacteur vertelde me dat ze *Leder en Kant* aan een nieuw iemand gaven omdat de vrouw in Seattle, die *Satijn en Zonde* deed, een pauze nam wegens gezondheidsproblemen. Dit is zo cool. Over een kleine wereld gesproken."

"Ik ben zo opgewonden om het nu te ontwerpen. We zullen later moeten praten zodat ik je input krijg voordat ik met ideeën ga spelen." Ian kon zich alleen maar voorstellen waar Angie mee zou komen na het zien van de andere boekomslag die ze had gedaan.

"Geweldig! Ik heb niet veel inbreng gehad in mijn omslagen sinds ik bij Red Rose werk. Nu beperken ze het tot drie vergelijkbare covers en mijn redacteur en ik kiezen er één."

Terwijl de twee vrouwen bleven praten over het uitgeversvak en Roxy en Kayla af en toe hun mening gaven, deden Ian en Devon allebei een halve stap opzij en keken elkaar aan terwijl ze met hun ogen rolden. Hoe trots ze ook waren op Kristens succes en populariteit, chic-lit was niet hun ding. Wat Ian wel aansprak, was toen Angie zei dat ze alle boeken van Kristen had gelezen. Hij nam aan dat het laatste boek, *Satijn en Zonde*, daar ook bij hoorde, een boek dat Devon had verrast toen ze elkaar voor het eerst ontmoetten, omdat het een best verkochte erotica roman was met een BDSM club. Het vervolg, *Leder en Kant*, dat de vrouwen nu aan het bespreken waren, was een verhaal over een van de sub-karakters van het vorige boek, Meester Xavier. Ian wierp een blik op Angie terwijl zijn hersenen tolden. Het was de tweede keer dat ze toegaf dat ze erotica las en de gedachten die nu door zijn hoofd vlogen zouden haar kunnen shockeren. Maar misschien ook niet.

Ze zwierven ongeveer een uur door de overvolle noordvleugel van het museum, bekeken de tentoongestelde stukken en praatten over allerlei onderwerpen, waaronder kunst, literatuur en lokaal nieuws. Angie voelde zich steeds meer op haar gemak bij Ian en zijn familie en vrienden naarmate de avond vorderde. Will was een paar keer langs geweest voor hij zich haastte om een crisis of twee af te wenden, en vele mensen begroetten de groep terwijl verdere introducties werden gemaakt. Ze vond het interessant dat Ian haar telkens voorstelde aan een van de vele vrouwen die over hem kwijlden. Hij wierp nauwelijks een blik op hen voordat hij weer naar haar keek. En als het een man was die werd voorgesteld, drukte Ian haar dichter tegen zich aan in wat een bezitterig gebaar leek te zijn. Ze hield van zijn reacties en hoopte dat ze ze niet verkeerd interpreteerde en zijn interesse in haar niet verkeerd inschatte. Ze hield er ook van hoe zijn hand zoveel mogelijk in contact was met een deel van haar lichaam - haar rug, nek, hand of arm. Het ruwe eelt op zijn handpalm en vingers voelde verleidelijk aan tegen haar zachte huid. Terwijl ze van schilderij naar schilderij liepen, merkte ze dat hij meer van kunst begreep dan hij aan haar, en waarschijnlijk aan zichzelf, toegaf. Hij luisterde naar haar, niet met een half oor zoals sommige van haar vroegere vriendjes of afspraakjes hadden gedaan. Hij hield zich staande terwijl ze bespraken wat ze wel of niet mooi vonden aan elk stuk.

Toen een nieuwe ronde champagneglazen, samen met een tonicwater en limoen voor Devon, voor hen arriveerde via een andere scherp geklede ober, keek Angie om zich heen en zag een damestoilet een eindje verderop. Ze verontschuldigde zich bij de groep en Kristen merkte op dat ze met haar mee wilde gaan.

Devon zuchtte. "Wat is dat toch met vrouwen dat ze samen naar het toilet moeten?"

Iedereen lachte toen zijn verloofde doodleuk zei: "Dat staat in de vrouwenregels van de socialisatie, lieverd. Waarom zoek je het niet een keer op?"

Zachtjes grommend pakte hij Kristen bij haar middel vast en fluisterde iets in haar oor waardoor ze bloosde en op haar onderlip beet. Angie zou gezworen hebben dat ze de vrouw "ja, Sir" had horen mompelen voordat ze met haar door de ruimte liep, terwijl de andere vier leden van hun groep achter hen bleven staan en grinnikten.

Het elegante damestoilet was bijna leeg en na een snelle stop bij de toiletten, ontmoette Kristen Angie bij de wastafels met ijdele versierde spiegels in de buurt van een zithoek. Nadat twee andere vrouwen het toilet hadden verlaten, waren ze alleen. Angie bracht haar lippenstift opnieuw aan en bekeek de jurk en schoenen van de andere vrouw. Ze had de hele avond de blauwe, empire taille creatie en zilveren Manolo Blahnik hakken bewonderd en vertelde haar dat ook.

Kristen grijnsde met vers geverfde lippen. "Dank je. De schoenen had ik al, maar Will en Kayla hebben me laatst uit winkelen meegenomen voor de jurk. Ik ben goed in het uitzoeken van alledaagse kleren, maar ik raak in de war als ik me moet opkleden. Ik weet nooit of ik er saai, sletterig of sexy uitzie.

"Mijn oordeel is saai en sletterig, trut."

Angie hijgde bij de plotselinge belediging toen Kristen zich met woede in haar ogen omdraaide naar de vrouw die het had gezegd. Geen van beiden had haar zien binnenkomen. Met haar armen over haar borst gekruist stond Angies nieuwe vriendin langer en staarde naar de magere roodharige in een witte strapless jurk. "Serieus, Heather? Wie heeft je hier binnengelaten? Je zou het nog niet weten als het je sloeg. Oh, wacht eens even, het lijkt erop dat je al een olieverfschilderij in je gezicht hebt gehad of is dat je make-up? Ik kan het niet goed zien."

Als Angie niet zo geschokt was geweest, zou ze gelachen hebben om Kristens repliek, want die was goed, gezien het gebouw waarin ze zich bevonden.

"Eerlijk, koe, ik heb geen idee wat Meester Devon in jouw dikke reet ziet." De haatdragende blik van de roodharige richtte zich nu op Angie. "En laat me raden, jij bent Meester Ians nieuwe neukertje. Maak het je niet te gemakkelijk, hoer, iedereen weet dat hij door de subs gaat als een varken door de modder."

Wat ? Wacht eens even... Meester Ian ? Nieuwe neuker ? Hoer ? Subs? Varken? Schok en pure woede over deze vreemdelinge die beledigingen naar hen kwam slingeren namen Angies geest en lichaam over. Ze stapte naar voren om de nare vrouw te confronteren toen een hand op haar onderarm haar tegenhield. Toen ze Kristen aankeek, zag ze tot haar verbazing een tevreden grijns op haar gezicht. Maar Kristen staarde niet naar Heather. Haar ogen waren gericht op de persoon die door de deur was gekomen en nu achter de trut stond... Roxanne

London, en verdorie! De goede dokter zag er woedend en intimiderend uit.

Heather moet zich gerealiseerd hebben dat er iemand achter haar stond, want ze wierp een blik over haar schouder, en Angie was verbaasd te zien dat het gezicht van de roodharige alle kleur verloor... althans wat er niet op geschilderd was. Roxy's aangename houding van daarnet was verdwenen. In de plaats daarvan was een boze, gebiedende, geen gevangenen nemende houding gekomen. "Blijkbaar leer je het niet, Heather. Je weet wel beter dan privézaken in een openbare gelegenheid eruit te flappen. Je weet ook dat ik de laatste keer dat je Kristen lastig viel, zei dat ik het niet zou pikken. En nu heb je een andere vriendin van mij beledigd die, neem ik aan, geen idee heeft wie je bent en jouw kwaadaardigheid niet verdient. Ik stel voor dat je naar buiten loopt en het uitlegt aan Scott, want ik ben een minuut achter je en hij en ik gaan een serieus gesprek hebben over je voortdurende gedrag. Hoe graag ik ook zou willen zien hoe Kristen je de eerste keer dat jullie elkaar ontmoetten in een armklem op je gezicht legde, dit is niet de tijd noch de plaats."

Ze deed een stap opzij en gaf Heather de weg naar de deur van het toilet. "Eruit. Nu."

Terwijl de roodharige de deur uit snelde, hoorden ze haar onder haar adem mompelen, maar de woorden waren onverstaanbaar. Nadat de deur achter de afschuwelijke vrouw was dichtgevallen, keken de drie nieuwe vrienden elkaar aan en barstten in lachen uit. Toen ze zichzelf eindelijk onder controle hadden, opende Angie haar mond om een van de vele vragen te stellen die op het puntje van haar tong lagen. Maar voordat ze iets kon zeggen, stak Roxy haar hand op en keek achter hen naar de toiletten en wasbakken.

Kristen ving de bezorgdheid van de andere vrouw op en vertelde haar dat ze alleen waren in de faciliteiten. Roxy gebaarde naar de zithoek voordat ze plaatsnam op de kleine bank en haar lange benen kruiste, terwijl ze de twee beklede stoelen met lage rugleuning voor de andere vrouwen overliet. "Voor het geval je het je afvraagt, ik zag Heather binnenkomen en wist dat ze zo onbeleefd zou zijn als altijd, dus ik ben als reserve gekomen. Hoewel ik zeker weet dat jullie alles onder controle zouden hebben."

Nadat ze zich bij haar rond een kleine cocktailtafel hadden gevoegd, keek Roxy Angie aan met een mengeling van sympathie, bezorgdheid en begrip. "Ik kan zien dat je geschokt en verward bent door de blik op je gezicht. Ik weet zeker dat dit niet de manier is waarop Ian wilde dat je hoorde dat hij een Dominant was, en ik denk echt dat je de meeste van je vragen aan hem moet stellen. Als ik zie hoe hij naar je kijkt, denk ik dat zijn interesse in jou duidelijk is. Ik weet niet waar jullie twee staan in jullie relatie en het gaat mij niet aan wanneer, en of, hij van plan was je te vragen die weg met hem in te slaan. Hij is een goede man die ik, in de korte tijd dat ik hem heb leren kennen, voor honderd en tien procent respecteer. Hij zou nooit iemand zijn levensstijl opdringen. Dat gezegd hebbende, als je even de tijd wilt nemen om de schok van je af te laten glijden en ons een paar vragen wilt stellen, zullen we die zo goed mogelijk beantwoorden."

Angie wendde zich tot Kristen, die instemmend knikte, haalde toen diep adem en zei het eerste wat in haar opkwam. "Godverdomme, wie was dat gekke wijf?" Toen de andere twee vrouwen lachten en zich ontspanden, ging ze verder. "Oké, dat was geen serieuze vraag - eigenlijk wel, maar we komen er later op terug. Dus, zijn jullie allemaal in . . . het? Ik bedoel ook de BDSM levensstijl?"

Kristen knikte weer. "Yup. Ik ben een nieuweling van slechts zes of zeven maanden nu. Ik ontmoette Devon in het café van zijn vriend en vroeg hem uiteindelijk mee uit, niet wetende dat hij een Dom was." Ze liet een ondamesachtige snuif horen. "Verdomme, ik wist niet eens dat ik een sub was. Hoe dan ook, als je *Satijn en Zonde* leest, weet je dat er BDSM bij komt kijken, en toen ik naar de club ging die Devon en Ian bezitten, met hun neef, Mitch, voor onderzoek... oeps."

Angie was er zeker van dat haar ogen wijder stonden dan die van Kristen. "Hebben zij een seksclub?"

Roxy leunde naar voren en nam de leiding van het gesprek weer over. "Ja, en ondanks wat sommige mensen... wat de meeste mensen zouden denken, is het een zeer besloten, zeer elitaire club. Het is waar gelijkgestemde mensen die genieten van een reeks van kink in hun leven veilige, gezonde en consensuele activiteiten kunnen beoefenen, die al dan niet seks kunnen inhouden. Kayla en ik zijn lid geworden van de Covenant na een lange sollicitatieprocedure waarbij ons leven met een fijne kam werd doorgenomen. Dit is geen plek waar iedereen zo maar binnen kan lopen en iemand kan gaan afranselen. En in tegenstelling tot Heather, kondigen de meeste mensen in deze levensstijl hun deelname, of die van iemand anders, niet aan als ze in het openbaar zijn. Er zijn hier vanavond verschillende andere mensen aanwezig die ik ken van de clubs, maar ze doen alsof ze me ergens anders van kennen of helemaal niet. Ik ben een Domme sinds de universiteit en Kayla werd mijn onderdanige, en daarna mijn vrouw, toen we elkaar ontmoetten een paar maanden nadat ik mijn medische opleiding had afgerond. Ik was degene die herkende dat zij een onderdanige was en introduceerde haar in de levensstijl waarvan ik was gaan genieten."

Angie probeerde alles wat ze zeiden in zich op te nemen en haalde nog eens diep adem. "Oké, ik ben niet helemaal naïef. Ik heb veel fictieve boeken over het onderwerp gelezen en ik heb zelfs een paar keer op het internet rondgesnuffeld toen mijn nieuwsgierigheid werd gewekt tijdens het lezen van die boeken. En ik moet toegeven, als ik eerlijk ben, sommige dingen hebben me geil gemaakt. Maar ik kende nooit iemand in die levensstijl, dus ik schoof de gedachten en vragen die ik had naar het achterste van mijn hersenen en liet ze daar. Ik dacht dat zulke plaatsen niet echt bestonden en dat alles wat ik hoorde of las deel uitmaakte van een fantasiewereld."

De deur van het toilet ging open, waardoor ze schrokken, en vier praatgrage vrouwen liepen naar binnen en naar de wc-hokjes. Roxy stond op, legde haar hand op Angies schouder en verlaagde haar stem zodat ze niet afgeluisterd zou worden. "Je moet met Ian praten. Zoals ik al zei, hij is een goede man. Als je geïnteresseerd bent in verkenning, is hij een van de mannen die ik je zou aanraden. Zo niet, dan begrijpt hij het wel en is er niets aan de hand."

"Mee eens," beaamde Kristen, terwijl ze met haar hoofd knikte. "Hij is een van de aardigste mannen die ik ken, en dat zeg ik niet omdat hij mijn zwager wordt. Oh, en trouwens, wat Heather zei over Ian als een varken... niets wat ik heb gezien of gehoord heeft me ooit de indruk gegeven dat hij een echte mannenhoer is." Ze giechelde. "Ik zeg niet dat hij een heilige is, maar welke man is dat wel?"

Angie grijnsde naar Kristen en toen naar Roxy, zich

iets meer op haar gemak voelend. "Oké, ik zal met hem praten, maar niet hier."

"Goed." De dokter deed een paar stappen in de richting van de deur en wierp een blik over haar schouder terug. "Kunt u mijn mooie vrouw zeggen dat ik over een paar minuten terug ben? Ik moet een gesprek aangaan met een collega van me."

Terwijl de andere vrouw met een missie de deur uit stormde, keek Angie naar Kristen om de verklaring te verduidelijken. "Heathers Mees ... um, vriendje ... is een dokter in hetzelfde ziekenhuis als Roxy. Kijk, ik weet dat dit een schok is, dat was het voor mij ook. Maar ik heb nooit spijt gehad van een deel van mijn relatie met Devon. In feite kan ik me niet voorstellen hoe ik ooit geleefd heb zonder de... um... dingen die hij met me doet. Mijn ex-man had me ervan overtuigd dat ik een koelkast in bed was. Het blijkt dat hij het probleem was, want mijn seksleven is nu ongelooflijk opwindend. Ik zou Devon voor geen enkele andere man ter wereld willen ruilen. Hij koestert me alsof ik de belangrijkste persoon in het universum ben." Ze leunde voorover en liet haar stem zakken tot een dramatische fluistering. "En liet me zien hoe het is om meerdere orgasmes te hebben." Kristen lachte om Angies verbaasde blik, sloeg hun armen in elkaar en trok haar nieuwe vriendin mee richting deur. "Laten we nu teruggaan naar onze knappe afspraakjes voordat ze een zoektocht organiseren."

Hoofdstuk 5

Ian kreeg een ongemakkelijk gevoel in zijn buik toen hij Angie en Kristen terug zag lopen naar Devon, Kayla en hem. Er moet een lange rij aan het damestoilet hebben gestaan, want ze waren erg lang weg geweest. Hoewel ze met elkaar kletsten toen ze naderden, hing er een peinzende sfeer over hen. "Alles oké?"

Toen Angie naast hem stopte, schoof Kristen naar Devon toe en legde haar arm om zijn middel. Hij zag hoe beide vrouwen naar elkaar keken voordat Angie iets interessants op de grond leek te vinden om naar te staren, en zijn bezorgdheid groeide. Wat de verloofde van zijn broer vervolgens zei, deed zijn maag ineenkrimpen en hij voelde het bloed uit zijn gezicht wegvloeien. "We... eh... hadden een aanvaring met Heather in het damestoilet, en het spijt me Ian, maar ze heeft haar mond voorbij gepraat en wat dingen gezegd over jou en de club die ze niet had moeten zeggen." Haar ogen flitsten naar Angie, die nu bloosde, en weer terug naar hem met een optimistische uitdrukking op haar gezicht. "Ik denk dat het wel goed zit, maar jullie moeten over een paar dingen praten."

Verdomme! Ian sleepte zijn hand langs zijn gezicht in woede en frustratie. Verdorie, Heather was een hatelijk kreng. Dit was niet de manier waarop hij wilde dat dit zou gebeuren. Hij was van plan om vanavond bij Angie binnen te gaan voor een slaapmutsje. Nadat hij haar had verteld dat Dominant zijn een belangrijk deel van zijn leven uitmaakte, hoopte hij dat ze nog steeds geïnteresseerd in hem was en hem niet op straat zou zetten. Hoewel zijn oren suisden, hoorde hij Kristen verslag doen van hoe Meesteres Roxanne een korte verschijning maakte en de zaken afhandelde.

Toen hij dat hoorde, reageerde Kayla met een pruillipje. "Verdomme. Ik haat het als ze in haar Wonder Woman-rol kruipt en ik er niet bij ben om het te zien. Ze weet hoezeer het me opwindt."

Ian negeerde het gegiechel van de vrouwen en nam Angies elleboog vast, leidde haar naar een onbezette hoek van de grote kamer, achter een beeld dat zo'n vijfenzeventigduizend dollar waard was. Toen hij er zeker van was dat ze buiten gehoorsafstand waren, keek hij haar aan met een gevoel van spijt. "Het spijt me, Angel. Het is niet hoe ik wilde dat je mij en mijn levensstijl zou leren kennen. Ik wachtte op de juiste gelegenheid om het je te vertellen."

"Dus, je *wilde* het me vertellen?"

Oké, ze rende nog niet weg. Haar gezicht leek gevuld met nieuwsgierigheid en iets anders waar hij zijn vinger niet helemaal op kon leggen. Het betekende niet dat hij veilig was, maar het gaf hem wel hoop. "Ja, natuurlijk. Ik ben... het is een deel van mij dat ik niet kan negeren of veranderen. Ik schaam me niet voor wie ik ben. Ik wilde het je later vanavond vertellen als we alleen waren. Nu het eruit is, begrijp ik het als je wilt dat ik je naar huis breng." En dat zou hij doen. Hij zou er kapot van zijn, maar als ze hierna niets meer met hem te maken wilde hebben, zou hij weglopen en proberen de herinnering aan hun kus uit zijn hoofd te wissen.

Ze leek er even over na te denken voor ze antwoordde: "Als je nu weg wilt, vind ik dat goed. Maar ik heb het naar mijn zin, dus ik blijf liever nog wat langer om de tentoonstelling af te maken. Dat wil zeggen, als je het niet erg vindt. Het zal me tijd geven om te herstellen van mijn eerste schok en even na te denken. Op deze manier, als we later praten, zal ik beter voorbereid zijn om je een aantal vragen te stellen. En jongen, heb ik vragen. " Hij grinnikte om haar wrange grijns. "Ik geef toe, Ian, dat ik nieuwsgierig ben. Dit kwam uit het niets en het is iets waar ik alleen maar over heb gelezen. Dat betekent niet dat ik bereid ben om er geblinddoekt in te springen ... eh, bij wijze van spreken ... maar ik ben bereid om later te praten als je dat wilt."

Ians hart steeg en zijn pik trilde in zijn broek. Hij had nog steeds een kans bij haar. Van wat ze zei, zou ze misschien zelfs interesse hebben. Hij streelde met zijn vingers langs haar kaaklijn en was blij toen er een flits van verlangen in haar ogen verscheen. "Dat zou ik heel graag willen, Angel."

"Vertel me alleen één ding."

Hij haalde diep adem. "Alles."

"Vertel me alsjeblieft dat dat vervelende kreng, Heather, en jij nooit..." Ze wist niet precies welke woorden ze wilde gebruiken, dus liet ze de zin maar hangen, in de hoop dat hij de lege plekken zou invullen.

"Oh, verdomde nee!" blafte Ian. "Geef me alsjeblieft wat krediet. Ze was een tijdje geleden lid van de club met haar Meester, maar had de slechte gewoonte om andere onderdanigen lastig te vallen, en haar lidmaatschap werd als gevolg daarvan ingetrokken. Ze koestert duidelijk nog steeds een wrok. Je moet Kristen vragen naar de avond dat ze de naam Ninja-girl kreeg. Mijn toekomstige schoonzus weet wel hoe ze een trut moet aanpakken."

Ian leidde haar terug naar hun groepje en was blij te weten dat hij nog een kans had bij zijn mooie engel.

* * *

Angie liep heen en weer door haar woonkamer om haar gedachten te ordenen en Ian maakte het er niet makkelijker op. Gedurende de rest van de avond was hij weer de persoon geworden die hij was voordat Kristen hem vertelde wat er in het toilet was gebeurd. Nu zat hij op haar bank en had zijn smokingjasje en stropdas uitgedaan. Zijn ene enkel rustte op zijn andere knie, zijn ene arm rustte op de armleuning van de bank en de andere lag op de rugleuning. Hij observeerde haar geduldig terwijl ze liep, draaide, liep en weer draaide, zonder haar te onderbreken. Ze wist niet wat ze moest zeggen. Er spookten zoveel gedachten door haar hoofd dat het een warrige warboel was. Voor ze het museum verlieten, hadden Kayla, Roxy en Kristen haar hun mobiele nummers gegeven voor het geval ze vragen had die Ian niet beantwoordde of als ze zich te veel schaamde om ze hem te stellen.

Angie schaamde zich niet toe te geven dat ze een van die vrouwen was die van seks hield. De meeste van haar vroegere vriendjes, en een paar tijdelijke relaties die ze zou kwalificeren als ergens tussen one-night-stands en echte relaties, waren plezierig in bed. Seks was zelden de reden geweest om met die mannen te breken. In feite hadden een paar van hen de controle in de slaapkamer overgenomen - niet in de mate van wat de BDSM-verhalen die ze las beschreven, maar genoeg om haar nog meer dan anders op te winden. Haar probleem met die mannen was buiten de slaapkamer geweest. Sommigen verveelden haar na een tijdje. Anderen waren alleen geïnteresseerd geweest in de seks en hun afspraakjes draaiden daaromheen. De langste relatie die ze ooit had gehad was iets langer dan zes maanden en het had al veel eerder over moeten zijn. De man was lief geweest en bleef maar zeggen dat hij van haar hield. En hoewel ze hem aardig vond, had ze hem niet willen kwetsen omdat ze niet hetzelfde voelde als hij. Maar uiteindelijk moest ze wel. Haar grootste probleem was dat ze geen man kon vinden die haar interesse kon vasthouden, zowel in als buiten de slaapkamer, en ze weigerde zich te schikken.

Ze kwam abrupt tot stilstand voor Ian en sloeg haar armen geërgerd opzij. "Oké, ik geef toe dat ik geen idee heb hoe ik dit gesprek moet beginnen, dus kun jij het doen, alsjeblieft?"

Met een verwoestende sexy glimlach stak hij zijn hand naar haar uit. "Dat is waar de Dom in mij op zat te wachten. Kom hier, Angel. Kom naast me zitten."

Ze aarzelde maar even voor ze haar hand in de zijne legde en plaatsnam. Hij liet haar hand niet los. Ze vond het troostend ondanks haar onverwachte nervositeit. "Rustig, lieverd, je trilt." Ze besefte het pas toen hij het zei. "Ik ga je niet op de grond gooien en je teisteren als een piraat die de zeven zeeën bevaart ... nou ja, tenzij je me dat vraagt." Ze giechelde en ontspande zich een beetje. "Zal ik je eens vertellen hoe ik met deze levensstijl begonnen ben, waarom ik er van hou en zo, hmmm?" Ze knikte, en hij kuste haar knokkels voor hij hun beider handen op zijn dij liet rusten. "Oké. Ik werd geïntroduceerd in

BDSM toen ik tweeëntwintig, bijna drieëntwintig was, door een van mijn chefs bij de marine. Hij vertelde me dat hij op een avond naar me keek toen we met een aantal collega's in een bar zaten met een paar marinegroepies. Hij zei dat hij iets in me zag waardoor hij dacht dat ik geïnteresseerd zou zijn in de levensstijl. Blijkbaar gedroeg ik me als een Dom voordat ik wist wat dat was."

"Op een avond namen hij en twee andere jongens die we kenden me mee naar mijn eerste club en, shit... over een cultuurschok gesproken. Daar stond ik, geen idee wat ik daar deed, en al die mannen en vrouwen van twintig tot zeventig liepen rond in alles van normale kleding tot leer, lingerie, of hun geboortekostuum. Geluiden van billenkoek, zweepslagen, hijgen en kreunen, seks en intense orgasmes kwamen uit verschillende scènes, en ik wist niet waar ik eerst moest kijken. Ik schaamde me en was geïntrigeerd tegelijk."

"Ik speelde niet tijdens mijn eerste nacht en ook niet tijdens mijn volgende bezoeken. In plaats daarvan liep ik gewoon rond en observeerde. Ik praatte met iedereen die bereid was om met me te praten en uit te leggen wat ze uit hun individuele kinks haalden en wat hen een Dom of een onderdanige maakte. Het duurde niet lang voor ik erachter kwam dat een onderdanige alle controle heeft in elke D/s relatie."

Angies ogen vernauwden zich in verwarring. "Hoe is dat mogelijk? Moeten ze de bevelen van hun Dom niet opvolgen?"

"Elke echte D/s-relatie - en dan heb ik het niet over mensen die beweren de levensstijl te volgen om te rechtvaardigen dat ze iemand pijn doen, zoals een huiselijk geweldpleger, of mensen die een beetje meppen en kietelen in de slaapkamer. Ik heb het over een echte machtsrelatie tussen een Dominant en onderdanige. In elke relatie of eenmalige ontmoeting, is het de onderdanige die vrijwillig toestaat dat zijn of haar Dom hem of haar geeft wat hij of zij wil en nodig heeft. Onderdanigen behouden alle controle over een scène. Van hun onderhandelingen met een Dom tot hun harde en zachte grenzen en hun stopwoorden. Ze kunnen een scène op elk moment beëindigen als iets niet goed voelt voor hen. In mijn club gebruiken we het universele kleurensysteem zodat er geen verwarring kan ontstaan over het 'stopwoord' van een sub. Groen is goed, geel is om iets te vertragen of te verduidelijken, en rood betekent stop. En ik bedoel dat alles stopt en de scene voorbij is. De Dom begint onmiddellijk met de nazorg, indien nodig, en ze praten over wat er mis ging. Waarom de sub het nodig vond om te stoppen, en hoe de situatie in de toekomst te vermijden."

Ian pauzeerde, en zij nam even de tijd om alles in zich op te nemen. Ze hoorde zijn adem stokken toen ze opstond, dus glimlachte ze om hem gerust te stellen. Ze trok haar schoenen uit, ging naar de keuken, haalde twee flessen water uit haar koelkast en gaf hem er toen een. Ze openden allebei hun fles en namen een slok. Ze voelde de raderen in haar hoofd draaien. "Oké, ik denk dat ik begrijp wat je bedoelt. Zoals ik al zei, ik heb al eerder boeken over BDSM gelezen, dus het is geen totaal vreemd concept. Maar het is moeilijk om wat ik dacht dat een fantasiewereld was, naar de echte wereld te brengen." Toen ze weer naast hem ging zitten, pakte hij haar hand weer en legde die met de zijne terug op zijn dij, alsof hij het directe contact met haar nodig had. "Je zei dat je me zou vertellen wat je er aan hebt om Dom te zijn."

"Het plezier en vertrouwen van mijn onderdanige,

puur en simpel." Het was niet het antwoord dat ze verwachtte, maar ze wist niet wat ze verwachtte. "Niets geeft me meer plezier dan te weten dat ik haar alles heb gegeven wat ze nodig heeft om haar eigen plezier en/of emotionele bevrediging te bereiken, en dat ze me vertrouwde om het haar te geven."

"Emotionele bevrediging?"

Voorover leunend zette hij zijn waterflesje op een onderzetter die op haar cocktailtafel stond en ging weer achterover zitten. "Mm-hm. BDSM gaat niet alleen om seks, verre van dat. Hoewel dat meestal een plezierig eindresultaat is van al het andere. Het gaat erom aan iemands individuele behoeften te voldoen en soms betekent dat dat er pijn bij komt kijken, of het eindresultaat nu genot is of iets anders. Laat me je een voorbeeld geven. Er was een onderdanige vrouw die ik ontmoette toen ik in de leer ging bij een paar ervaren Doms. En voordat je het vraagt, nee, ik heb nooit met haar gespeeld omdat ik veel te onervaren was voor wat zij nodig had. Ava was een heel aardige, maar gereserveerde vrouw, rond de vijfendertig jaar oud in die tijd. Haar kink was om geslagen te worden tot ze uiteindelijk huilend instortte. Maar er was nooit seks bij haar scènes betrokken. Op een avond had ik de moed haar te benaderen en ik legde haar mijn verwarring uit over het feit dat ze geen plezier beleefde aan haar scènes. Ze vertelde me dat ze heel jong was toen haar moeder met haar stiefvader trouwde, een verbaal wrede man. Kleine dingen leken de man altijd boos te maken. Als Ava huilde, werd hij bozer. Hij begon met dingen te gooien en brak haar speelgoed of gooide haar kleren en bezittingen weg. Dus, om de dingen te redden waar ze van hield, slaagde dit kleine zesjarige meisje erin haar emoties zo ver in zichzelf terug te duwen, dat ze niet meer kon huilen om wat voor reden dan ook."

Angie hijgde. "Wat vreselijk. Het arme meisje."

"Precies. Dat kleine meisje dat stopte met huilen veranderde in een volwassen vrouw die niet kon huilen tenzij een Dom door haar onderbewuste barrières brak, tot het punt dat ze haar emotionele ontlading kon vinden en haar tranen kon laten vallen. Dat is waarom ze in de levensstijl zat. Het was een soort reinigingstherapie voor haar." Hij pauzeerde. "Ik lijk op een zijspoor te zijn beland, want ik zou je moeten vertellen waarom ik in de levensstijl zit."

"Mijn fout, sorry."

Ian bracht haar hand naar zijn mond voor een snelle kus. "Je hoeft je niet te verontschuldigen voor het stellen van vragen, Angel. Daar gaat het vanavond om. Hoe dan ook, ik heb liever de leiding in de slaapkamer en soms ook daarbuiten. Als ik een scène maak of met een sub speel, hou ik ervan haar grenzen te verleggen. Haar dingen te leren die haar plezier en innerlijk beter kunnen maken dan ze daarvoor waren. Ik ben graag verantwoordelijk voor het plezier en de emotionele of fysieke gezondheid van mijn sub en geef haar wat ze nodig heeft, wat misschien niet altijd samenvalt met wat ze wil. De veiligheid en het welzijn van een sub zijn belangrijk voor mij. Als de Dom-in-Residence, of hoofd Dominant van de club, vallen de veiligheid en welzijn van alle subs uiteindelijk onder mijn bescherming. Ik ken de naam van elke sub en slaaf in de Covenant, en ik ben op de hoogte van hun harde grenzen en wat ze uit de levensstijl willen halen. Als ik zie dat een sub niet krijgt wat hij nodig heeft of zichzelf zo pusht dat het schadelijk kan zijn voor zijn fysieke of psychologische welzijn, dan grijp ik in en doe ik wat ik kan om hem weer op het rechte pad te krijgen. We hebben verschillende dokters en psychologen als leden die bereid zijn om met elk ander lid te praten, of het nu een sub of een Dom is, die voordeel zou kunnen halen uit hun expertise. Doms zijn niet perfect, en iedereen die beweert dat te zijn is een dwaas. We maken fouten, leren ervan en groeien samen met onze onderdanigen."

Op een bepaald moment begon Ians duim over de rug van haar hand te wrijven en de sensaties die het opriep hadden een directe verbinding met Angies clitoris. Ze vond het moeilijk om na te denken, maar één ding dat hij zei bracht haar in verwarring. "Je zei sub of slaaf. Is dat niet hetzelfde?"

Hij schudde zijn hoofd. "Nee, helemaal niet. Een slaaf heeft de neiging om 24/7 in een relatie te staan met hun Meester, waarbij ze de volledige controle over hun leven aan hem overgeven. Van wat ze dragen en eten, tot wat ze elke dag doen. En natuurlijk het seksuele aspect ervan. Het is niet voor iedereen, het is niet voor mij, en kan een hele onderneming zijn voor sommige Doms. Het is veel verantwoordelijkheid voor hen en na een tijdje vinden sommigen dat het niet is wat ze echt willen. Een Dom/onderdanige relatie is niet zo extreem en bestaat meestal uit controle over de veiligheid en het plezier van de sub, hoewel elke relatie uniek is."

"Wauw. Dit is veel meer betrokkenheid dan ik me realiseerde. Ik dacht dat het alleen ging om het vastbinden van een vrouw en haar een pak slaag geven."

Toen ze pauzeerde, liet hij de stilte een paar minuten voortduren terwijl ze alles wat hij haar verteld had verteerde, haar tanden knabbelend op haar onderlip. Toen hij zijn duim omhoog stak om haar tere vlees te redden, kwam ze in de verleiding om daar op te knabbelen. "Ik neem aan dat sommige delen van dit alles je interesseren, aangezien ik hier nog steeds zit en je me er nog niet uit hebt gegooid."

Angie glimlachte nerveus. "Ja, ik geef toe, ik ben geïntrigeerd, maar ik ben ook een beetje bang."

"Ik zou me zorgen maken als je dat niet was. Dit is iets nieuws en buiten je comfort zone. Maar, als je bereid bent je grenzen te testen... wil ik je graag helpen om het te ontdekken. Als je wilt, kunnen we een contract voor onbepaalde tijd tekenen waarin onze D/s-relatie wordt beschreven en waarin staat in welke delen van de levensstijl je wel of niet geïnteresseerd bent, en wat ik van je verwacht."

Haar glimlach veranderde in een kleine frons. Dat klonk zo formeel en zakelijk. "Een contract?"

"Het is niet zo koud als het klinkt, liefje. Vaker wel dan niet tekenen Doms en onderdanigen een overeenkomst waarin hun relatie wordt vastgelegd, zodat er geen verwarring of valse verwachtingen ontstaan. Er zijn algemene contracten die we in de club beschikbaar hebben, maar elke Dom en sub kunnen die aanpassen aan hun behoeften. De onderhandelingen die ze doen voordat ze een contract tekenen dwingen hen om over alles te praten zodat er geen gissingen tussen hen zijn. Denk terug aan sommige van je vorige relaties. Was er een tijd dat je je afvroeg waar je vriendje aan dacht, of dat je iets wilde wat je niet van hem kreeg, maar dat je niet zeker wist hoe je het ter sprake moest brengen?"

Ze knikte, begrijpend hoeveel communicatie er was tussen een Dom en sub. "Ja, die waren er. Soms werd ik gek van het proberen om een van hen mij te laten vertellen wat er in hun hoofd omging."

"Precies." Ian glimlachte. "Zie je, je leert het al. Is een D/s relatie iets wat je wilt proberen, Angel? Met mij?"

Haar blik ontmoette de zijne voor het eerst sinds ze weer ging zitten en toen ze hard slikte, vielen zijn ogen op de beweging in haar keel. De polsslag in haar hals nam toe, evenals haar ademhaling. Het leek erop dat dat alle aanmoediging was die hij nodig had. Zijn andere hand, die op de rugleuning van de bank had gelegen, legde hij om haar nek voordat hij de afstand tussen hen sloot. Hij wachtte terwijl hun lippen elkaar nog niet raakten. Toen haar adem stokte, bracht hij zijn mond op de hare. Een hartslag of twee later gingen haar lippen van elkaar en veranderde hij de hoek van zijn mond, zodat hij zijn tong in haar diepte kon laten glijden.

Hemel. Net als de vorige avond was zijn mond hemels met een beetje hel erin. Net genoeg om zich door hem te laten overhalen naar de duistere kant van seks. Zijn hand streek langs haar blote rug, stopte bij haar middel en ging toen weer omhoog. Haar rillingen maakten haar tepels nog harder dan ze al waren. Hij trok haar op zijn schoot, haar mond niet loslatend. Zo bleven ze een paar minuten zitten, elkaar verslindend. Haar handen bewogen zich rond zijn nek, en ze duwde haar vingers in het haar achter op zijn hoofd. Toen hij zich terugtrok en haar met wellustige ogen aankeek, wist ze dat haar groene ogen haar eigen verlangen onthulden. Ze hijgden allebei. Hoe graag ze ook wilde dat hij weer bezit nam van haar mond, hij had blijkbaar andere dingen die hij met haar wilde doen. "Laat me je vanavond een voorproefje geven van mijn wereld, Angel. Geen pijn, alleen genot. En geen geslachtsgemeenschap. Ik wil je laten klaarkomen voor mij. Ik wil dat je uit elkaar valt onder mijn aanraking. Laat je me je plezieren?"

De whisky zachte toon in zijn stem had vocht verzameld tussen haar benen, en ze aarzelde niet om hem te antwoorden. "Oh, God, Ian. Ja, alsjeblieft."

Hij pakte haar kin en wachtte tot hij haar volledige aandacht had. "Zeg het, Angel. Ik wil het je horen zeggen. Ik moet weten of je begrijpt waar je mee instemt. En als we gaan spelen, wil ik dat je me 'Sir' noemt."

Angie aarzelde deze keer. Was dit echt wat ze wilde? Haar lichaam en geest schreeuwden tegen haar om hem alles te vertellen waardoor hij haar zou kussen, aanraken en alles met haar zou doen wat hij maar wilde.

"Het is één ding om 'ja' tegen me te zeggen, maar ik wil dat je de woorden zelf zegt. Ik ga niet verder totdat je me precies vertelt wat je wilt. Ik moet weten of we op één lijn zitten."

Dit was een grote stap die ze nam. Ze wist dat als ze hem niet nam, ze er nog heel lang spijt van zou hebben. "Ja, Sir. Laat me alstublieft klaarkomen. Geef me een voorproefje, en laat me zien hoe het is om jouw onderdanige te zijn.

Hij streek met zijn duim langs haar kaaklijn en liet een tinteling achter. "Het zal mij een genoegen zijn, Angel, en jou ook. Nu wil ik dat je naar je slaapkamer gaat, je helemaal uitkleedt, en naakt op je rug in het midden van je bed gaat liggen. Je hebt drie minuten om dat voor me te doen voordat ik je volg." Toen ze weer aarzelde, verlaagde hij zijn stem en voegde eraan toe: "De klok tikt door, liefje."

Ze sprong van zijn schoot en haastte zich naar haar slaapkamer voordat ze zich kon bedenken. Ze rommelde aan de sluiting die haar jurk achter in haar nek op zijn plaats hield en stond op het punt hem uit elkaar te trekken voordat hij plotseling losliet onder haar trillende handen. Ze liet het hele kledingstuk van haar lichaam op de grond vallen, schopte het aan de kant en voegde haar string en kousen bij de stapel. Ze klom op haar queensize bed en nam haar plaats in zoals hij haar had opgedragen, haar hoofd op haar kussen steunend. En toen wachtte ze.

* * *

Athos liep heen en weer in de eenkamerstudio die hij in New Orleans had gehuurd. Hij nam nog een slok water uit een fles en wiste de laatste cocaïne uit zijn systeem. Waarom iemand vrijwillig deze troep in zijn lichaam zou stoppen was hem nog steeds een raadsel. De enige reden dat het op dit moment door zijn aderen en cellen pompte, was dat zijn andere keuze een kogel in zijn hersenen was. Als Angie er niet was geweest, had hij liever de kogel gehad.

Hij had geluk gehad en kwam een vent tegen die hem kende van vroeger, toen hij undercover was in het zuidwesten. Nadat hij de nacht had doorgebracht met doen alsof hij dronken was met die klootzak, was hij in de ondergrondse drugshandel van de stad beland. Na een paar kleine illegale activiteiten kreeg hij de kans om Manny Melendez te ontmoeten, een van de leiders van het plaatselijke kartel. De man die waarschijnlijk verantwoordelijk is voor de dood van Aaron en zijn familie.

Het was duidelijk dat de smeerlap nerveus was over een nieuweling die zijn operatie binnenwandelde. Maar tussen enkele recente arrestaties en bende-gerelateerde sterfgevallen van zijn handlangers, had hij nieuwe handen nodig die bereid waren om een beetje vuil te worden. Dus had Athos de keuze bij hun ontmoeting: poeder of een kogel in zijn neus.

Nadat Melendez tevreden was met zijn rekruut, gingen de twee en vijf andere stukken stront een beetje van hun tijdelijke supermannenenergie loslaten, veroorzaakt door de drugs. Melendez wou een boodschap sturen naar een opkomende bende en haalde uit naar een paar wanna-be bendeleden die ze een paar blokken in Melendez' territorium hadden gevonden. Als Athos iemand in elkaar moest slaan om zijn dekmantel te behouden, dan verdienden die kleine rotzakken het tenminste.

Nu hij van zijn roes aan het bekomen was, kwamen de paar snijwonden en kneuzingen die hij had opgelopen in de vechtpartij tevoorschijn. Maar met de coke in zijn lijf, wilde hij er niets meer aan toevoegen. Of het nu medicijnen of alcohol waren. Hij plofte neer op het bed en rommelde met de afstandsbediening van de TV tot hij een wedstrijd vond om naar te kijken. Wie er speelde, wist hij niet en het kon hem ook niet schelen, zolang er maar een bekend geluid op de achtergrond was.

Hij sloot zijn ogen en dacht aan Angie. Hij wist dat het goed was dat iemand haar in de gaten hield, en Carter zwoer dat de mannen van Trident de beste waren. Hij was niet blij met hun buitenschoolse activiteiten in de club van de Sawyer broers, maar zolang ze daar niet heen hoefde, was het geen probleem.

Terwijl hij zijn laarzen uittrok, liet hij zijn gedachten dwalen en uitputting begon hem onder een sluier van slaap te trekken. Misschien was het tijd om met de DEA te breken. Hij had in de loop der jaren honderden dealers in de gevangenis of onder de zoden gelegd. Misschien was het tijd voor hem om een leven te vinden buiten zijn zoektocht naar wraak. Hij kon naar Tampa verhuizen om dicht bij Angie te zijn. Misschien een baan krijgen bij Trident. Misschien. Misschien. Misschien.

Hoofdstuk 6

Ian telde de honderdtachtig seconden af in zijn hoofd. Intussen maakte hij de diamanten manchetknopen los, stopte ze in zijn jaszak en stroopte zijn mouwen op tot aan zijn ellebogen. Hij nam nog een slok van zijn flesje water en zette het terug op zijn onderzetter. Zijn erectie deed pijn in zijn broek. Hij probeerde het te negeren. Hij zou daar later zelf wel voor zorgen. Toen hij haar vertelde dat er vanavond geen geslachtsgemeenschap zou zijn, meende hij dat. Vanavond ging niet over zijn eigen bevrediging. Het ging er om zijn engel kennis te laten maken met de machtsuitwisseling tussen een Dom en een onderdanige.

Honderdachtenzeventig. Honderdnegenenzeventig. Honderdtachtig. Klaar of niet, Angel, hier kom ik.

Ze had de slaapkamerdeur op een kier gezet, dus er was maar een klein duwtje nodig om hem helemaal te openen. Hij hapte naar adem en de pijn in zijn liezen werd tien keer zo groot. Hij had niet gedacht dat ze er mooier uit kon zien dan toen ze eerder op de avond zijn klop op haar voordeur had beantwoord. Hij had het mis.

Terwijl hij naar het einde van haar bed liep, nam hij de sensuele aanblik voor hem in zich op. Haar haar zat nog steeds in de knot, of hoe vrouwen dat in godsnaam ook noemden. Haar hoofd en schouders rustten tegen twee pluchen kussens. Ivoorkleurige huid bedekte elke centimeter van haar lichaam. Ze had geen gebruinde strepen, wat hem niet verbaasde omdat het een koudere dan normale februari en maart was geweest. Hij vroeg zich af of ze een eendelig of bikini badpak zou dragen als het weer warmer zou worden en kon niet wachten om dat uit te vinden. De meeste Doms verkozen hun onderdanigen naakt onder hun kleren, maar Ian niet. Hij hield van een vrouw in sexy kleding en nog sexier ondergoed. Hij had een fetisj voor kanten beha's, slipjes en lingerie, en vond dat vrouwen zich mooier voelden als ze die droegen - en ondeugender.

Haar bescheidenheid had op een gegeven moment toegeslagen terwijl ze op hem wachtte. Haar handen bedekten elk een grote borst en één knie was gebogen, leunend over het tegenoverliggende dijbeen, zodat haar poesje aan zijn zicht onttrokken was. De onzekere houding wond hem meer op dan wanneer ze helemaal bloot voor hem zou liggen. Hij wilde dolgraag alles van haar zien. Hij wierp een blik boven haar hoofd en was blij te zien dat het hoofdeinde van smeedijzer was gemaakt met ingewikkeld krulwerk en openingen waar haar handen doorheen konden. Het zou haar iets geven om zich aan vast te houden. Zijn blik ging van haar hoofd naar haar tenen en weer omhoog naar haar angstige, maar verhitte ogen. Door het licht dat door de open deur naar binnen viel, zag hij haar pupillen verwijden van verlangen. Haar tong glipte uit haar mond, bevochtigde haar lippen, nu ontdaan van lippenstift, en hij kreunde. Zijn engeltje zou zijn dood worden voor de nacht voorbij was.

"Je bent de mooiste vrouw die ik ooit heb gezien." Hij hield ervan hoe haar blos dieper werd bij zijn woorden. "Maar ik ga je laten zien hoe je die schoonheid kunt voelen. Als je op enig moment bang of onzeker wordt, wil ik dat je het woord 'geel' zegt. Als je iets absoluut niet kunt verdragen, zeg dan het woord 'rood'. Maar wees gewaarschuwd, liefje, als je het woord rood zegt, stopt alles voor de nacht. We bespreken je angsten, dan ga ik naar huis, en proberen we de volgende keer iets anders. Begrepen?"

Ze knikte zwijgend met haar hoofd, en hij fronste zijn wenkbrauwen. Zich haar vergissing realiserend, corrigeerde ze die. "Ja, ik begrijp het. 'Geel' voor bang, 'rood' voor stop alles."

"Goed zo meisje. Als we aan het spelen zijn, moet je me 'Sir' noemen. We zijn nu niet op het vertrouwensniveau waar ik je zou kunnen bestraffen, dus ik ga je jezelf laten bestraffen. Beweeg langzaam en breng je handen boven je hoofd. Pak het hoofdeinde vast en zorg ervoor dat je comfortabel zit, want je gaat ze daar voor mij houden." Hij hield zijn adem in toen haar handen haar weelderige borsten verlieten en omhoog bewogen, over haar sleutelbeenderen en schouders, langs haar hoofd voordat ze twee dunne stukken ijzer vastpakten. Hij had gelijk over haar tepels - ze waren roze en opgewonden en deden hem watertanden.

Hij liep naar de zijkant van het bed, trok zijn nette schoenen uit en ging naast haar op het matras zitten, tussen haar borst en heupen. Hij legde een hand op het dekbed aan de andere kant van haar, gebruikte het om een deel van zijn gewicht te ondersteunen. Bestudeerde haar vanaf de borsten omhoog, haar alleen aanrakend met zijn blik. "Vertel me eens, Angel, als je alleen bent in dit grote bed, hoe bevredig je jezelf dan?"

Ze staarde hem met grote ogen aan, beet weer op haar onderlip, maar antwoordde niet. Hij liet de Dom in hem het overnemen. Hij kneep even aan een van haar tepels voor hij hem losliet, en ze piepte. "Ik heb je een vraag gesteld en ik verwacht een antwoord, of je kunt een gepaste straf verwachten. Ik zal het wat makkelijker voor je maken, aangezien dit nieuw is. Gebruik je je hand om aan die prachtige tepels te plukken terwijl je andere hand met je clitoris en natte kutlippen speelt? Vinger je jezelf naar een orgasme of gebruik je een vibrator of dildo? Er is geen goed of fout antwoord. Ik wil een eerlijk antwoord. En er kan maar beter een 'Sir' tussen zitten."

"Ik . . . Ik . . ." Angie schraapte haar plotseling droge keel en probeerde het opnieuw. "Ik doe dat allemaal, S-Sir. Soms samen of soms zonder mijn vibrator en alleen mijn hand."

"Waar bewaar jij je speeltjes, liefje?"

WAT? Hij wilde haar vibrators zien? *Oh verdomme.* Als ze hem vertelde waar ze lagen, zou hij misschien de kleine anaalplug zien die ze soms gebruikte als ze zich extra ondeugend voelde. Misschien zou hij het niet merken in de verduisterde kamer. Ze sloot haar ogen, telde tot drie, en flapte eruit: "In de onderste la van mijn nachtkastje naast je, Sir."

Ze keek toe hoe hij weer rechtop ging zitten en zich voorover boog om de lade te openen. Hij haalde haar favoriete 23 centimeter siliconen vibrator eruit en hield hem voor haar omhoog, zijn wenkbrauwen geamuseerd opgetrokken. "Ik heb nog nooit een fluorescerend-groene gezien. Interessant."

Hij legde de vibrator op het bed en leunde weer naar de lade nadat hij het bedlampje had aangedaan zodat hij beter kon zien. *Oh, machtige Zeus, sla me alsjeblieft dood met een bliksemschicht zodat ik niet hoef te sterven van schaamte.* Voor ze het wist hield hij haar roze anaalplug omhoog en in haar gedachten kwam het beeld op van hem die haar daarmee in haar kont verwende, waardoor ze kreunde en haar dijen tegen elkaar klemde.

"Nou, dit is een onverwachte, maar heerlijke verrassing." Ze keek hem door haar neergeslagen wimpers aan en zag een tevreden grijns op zijn gezicht. "Maar dit bewaren we voor de volgende keer, ook al is het aan de kleine kant. We zullen je moeten opwerken tot iets groters."

Hij grinnikte toen haar ogen verwijdden. *Groter?* Waarom maakte die gedachte haar bang en opwindend tegelijk? Nadat hij de plug weer in de lade had gelegd, haalde hij haar flesje K-Y glijmiddel en een kleine paperback tevoorschijn. Ze kreunde opnieuw toen ze het boek in zijn hand zag. Soms, als ze zichzelf sneller wilde opwinden, las ze er een kort erotisch verhaaltje uit en stelde zich voor dat zij de ondeugende vrouw was die werd geslagen, gegeten en geneukt door de knappe kerel. De vieze woorden wonden haar op, en het duurde niet lang voor ze klaarkwam.

"*Sla me.* Pakkende titel. Mijn broer zei dat Kristen hem soms de seksgedeelten van haar boeken voorleest als ze die geschreven heeft. Hij zegt dat het opwindend is. Dat moeten we een andere keer ook eens proberen, maar voor nu heb ik andere plannen met jou."

Hij gooide het boek terug in de lade en deed hem weer dicht. Ze zag dat haar groene vibrator en K-Y er nog steeds lagen en vroeg zich af wat die plannen van hem waren. "Strek je knie en spreid je benen uit elkaar, Angel. Hou ze zo. Als je ze sluit of je handen van het hoofdeinde haalt, stop ik met wat ik aan het doen ben en laat ik je naderende orgasme wegebben voordat ik helemaal opnieuw begin. Dat heet orgasme ontzegging, en het is heel frustrerend, zoals je je kunt voorstellen. Begrijp je?"

Ze kon haar ademloze antwoord nauwelijks uit haar droge mond krijgen. "Ja." Fronsend trok hij zijn wenkbrauw op, en ze voegde er snel aan toe: "Sir."

"Braaf meisje." Ian wachtte tot ze haar benen bewoog en duwde dan tegen de binnenkant van haar knieën tot ze ze nog wijder spreidde. "Gewoon zo. Hou ze daar."

Ze was verbaasd toen hij het glijmiddel en de vibrator op het dekbed tussen haar benen liet vallen en ze daar liet liggen voordat hij zich weer omdraaide om haar aan te kijken. Ze was verder geschokt toen hij haar lichaam niet aanraakte met zijn handen. In plaats daarvan leunde hij voorover en streek met zijn lippen over haar voorhoofd. "Sluit je ogen, mijn lieve engel."

Toen ze dat deed, kreeg ze lichte kusjes op haar oogleden, neus, wangen, oren en kaak. Hij vermeed haar mond en nam zijn tijd om haar gezicht te verkennen voordat hij naar beneden ging. Haar nek, schouders en sleutelbeenderen waren de volgende en tegen die tijd ademde ze zwaarder. Elke kus leek een stroomstoot door haar lichaam te sturen naar haar kloppende kern, die haar opwinding steeds verder aanwakkerde. Telkens als zijn lippen haar huid raakten, voelde ze het puntje van zijn tong even naar buiten steken om te proeven en dan verder te gaan naar de volgende plek. Haar lichaam was bedekt met kippenvel. Ze was meer opgewonden dan ze ooit in haar hele leven was geweest. Hij was nog niet eens aan haar borsten of kutje toegekomen. God helpe haar als hij dat deed, want ze was er zeker van dat ze zou ontploffen als een ton vuurwerk. Ze wilde wanhopig haar benen sluiten om een beetje wrijving te creëren en zichzelf wat verlichting te geven, maar zijn waarschuwing voor wat er zou gebeuren als ze dat deed, galmde door haar hoofd. Ze wilde absoluut niet dat hij zou stoppen en opnieuw zou beginnen.

Ian leurde met zijn mond verder langs haar heerlijke lichaam, omzeilde haar tepels, maar gaf de bovenste en onderste zwellingen van haar borsten kleine likjes en knabbeltjes. Hij schoof op handen en knieën en kroop tussen haar benen terwijl hij haar buik verkende, nog steeds met alleen zijn mond en tong. Toen hij diep inhaleerde, mengde de geur van haar bodylotion zich met het aroma van haar opwinding. De combinatie maakte hem licht in zijn hoofd en harder, wat hij niet voor mogelijk had gehouden. Hij voelde de rillingen die door haar lichaam gierden toen hij de plooien van haar heupen kuste en likte. Opnieuw ging hij voorbij aan de plek waarvan hij wist dat zij hem het meest wilde en proefde haar van haar heup tot aan haar linkervoet. Nadat hij aan elke teen had geknabbeld, likte hij haar voetboog, waardoor haar voet en been trilden. Toen ze tegelijkertijd giechelde en kreunde, ging hij naar haar andere voet en deed hetzelfde. Hij vond het heerlijk hoe ze, ook al was ze daar kietelig, toch haar benen wijd voor hem kon houden.

Ze was een natuurlijke onderdanige, gretig om hem te

behagen, en besefte het niet eens. Op zijn weg terug langs haar rechterbeen, staarde hij naar haar kutje en liet het hem dichterbij komen met een onzichtbaar touwtje. Ze was bijna kaal, maar had een klein stukje blond haar op haar heuveltje boven haar clit, wat bewees dat het haar op haar hoofd haar natuurlijke kleur had. Hij hield ervan als zijn vrouwen geschoren waren, omdat dat hun gevoeligheid en genot verhoogde. Terwijl hij de binnenkant van haar knie kuste en zoog, zag hij hoe haar billen en vagina zich tegelijk samenknepen. Haar heupen zweefden een beetje van het bed en sappen stroomden uit haar plooien, waardoor ze nog meer doordrenkt raakte. Ze was drijfnat voor hem. Hij dwong zichzelf er niet in te duiken om te proeven. Hij wilde haar zo graag dat ze hem smeekte zich aan haar tegoed te doen.

Hij kroop weer over haar lichaam, greep een tepel en zoog die hard in zijn mond voordat hij er met korte halen van zijn tong overheen ging. Hij begon afwisselend te zuigen, te likken en met zijn tanden de harde tepel te schrapen, aangemoedigd door haar hedonistische kreunen en kreten, verhoogde ademhaling en gemompelde woorden van overgave. Toen haar heupen weer van het bed afsprongen, op zoek naar bevrediging in haar binnenste, ging hij naar haar andere borst en gaf die dezelfde behandeling. Haar reacties namen toe en werden bijna uitzinnig. Ze hield nog steeds haar geordende positie. Met een plof liet hij haar borst los van zijn mond en keek omhoog naar haar gezicht. "Zeg me wat je wilt, Angel. Welk deel van je lichaam wil je dat ik nu ga eten?"

Ze wiegde haar hoofd heen en weer, haar heupen schokten terwijl ze hem smeekte. "Alsjeblieft, Sir! Eet mijn poesje, alstublieft! Laat me klaarkomen! Ik moet klaarkomen!"

Ian ging weer tussen haar benen zitten, schoof zijn handen onder haar kont en tilde haar naar zijn wachtende mond. "Kom dan voor mij, liefje." Hij at haar als een uitgehongerde man- likte en zoog op haar schaamlippen voor hij zijn tong in haar spleet stak zo diep als hij kon gaan. Ze spatte om hem heen uiteen en schreeuwde haar bevrediging naar de hemel boven haar, maar hij hield niet op en rekte haar orgasme zo lang mogelijk uit.

Toen ze eindelijk terug naar de aarde begon te zweven, vertraagde hij zijn verwennerij terwijl hij ervoor zorgde dat hij elke druppel van haar zoete room opdronk. Ze hijgde, maar wist er toch een paar woorden uit te krijgen. "Oh, oh, mijn God, d-dat was ongelooflijk. Godverdomme!"

Grijnzend naar haar opkijkend, bleef hij staan waar hij stond en reikte naar haar vibrator en het flesje glijmiddel. "Maar ik ben nog niet klaar, mijn kleine engel. Sterker nog, ik ben nog niet eens halverwege klaar met jou. Je hebt nog een paar orgasmes die ik vanavond als de mijne wil claimen."

Terwijl ze haar hoofd optilde zodat ze hem beter kon zien, staarde ze hem aan alsof hij gek was. "W-wat? Dat kun je niet menen. Dat kan ik echt niet zo snel nog een keer doen."

Met een duivelse grijns grinnikte hij. "Oh ja, je kan, en je zal."

Niet wachtend op haar antwoord, aangezien het geen verschil zou maken tenzij ze haar stopwoord zei, draaide Ian de dop van het flesje omhoog en goot wat glijmiddel op de wijs- en middelvinger van één hand. Toen hij er zeker van was dat er genoeg was, deed hij het flesje weer dicht en gooide het aan de kant. "Houd je benen gespreid, maar buig je knieën omhoog en plaats je voeten plat op het bed." Toen ze deed wat haar gezegd werd, kon hij door de nieuwe houding de gebobbelde rozet verder naar achteren van haar kutje zien. Hij begon met zijn ingeoliede vingers in korte bewegingen op en neer over haar kontje te wrijven en genoot ervan hoe ze kreunde toen de sensaties haar overvielen. "Ontspan je, liefje. Dit is net als wanneer je die kleine plug bij jezelf gebruikt." Zijn middelvinger omcirkelde haar rand en duwde toen naar binnen. Hij gleed makkelijker naar binnen dan hij had verwacht, en het deed hem goed te weten dat haar lichaam zijn penetratie gewillig accepteerde door haar gebruik van de plug. Langzaam neukte hij haar kont met die ene vinger, terwijl hij hem steeds verder in de verboden holte van haar lichaam duwde. Terwijl ze kreunde en smeekte, klemden haar anus en vagina zich tegelijkertijd samen, en de druk verpletterde bijna zijn vinger.

Hij ging door met het vingeren van haar gat en pakte met zijn andere hand haar vibrator. Terwijl hij met zijn duim op het "aan"-knopje drukte, grijnsde hij toen haar hoofd naar voren vloog bij de geluiden die uit haar speeltje kwamen. Haar ogen werden groot. "Oh, nee! Ian, Sir! Alsjeblieft niet doen!"

Grinnikend raakte hij het trillende speeltje aan haar binnenkant van haar dij aan en trok het omhoog, de anticipatie uitlokkend. "Zes kleine woordjes, en niet één ervan was een kleur."

Ze gebruikte geen van beide stopwoorden, en hij wist dat ze dat ook niet ging doen omdat ze hier veel te veel van genoot. Haar clitoris had zich allang uit haar kapje losgemaakt. Op het moment dat hij de vibrator tegen het harde, kleine knopje aanraakte, ging Angie weer als een raket tekeer, harder gillend dan daarvoor. Ze bokte wild, en de vinger in haar kontje kwam bijna los. Hij haalde de vibrator van haar clitoris af tot ze weer begon te zakken voor hij het zoemende speeltje weer aanbracht en haar weer omhoog stuurde... en weer... tot ze hem niets meer te geven had. Ze was half bewusteloos toen hij zijn vinger uit haar strakke kleine gaatje trok. Hij had nooit de kans gekregen om zijn tweede vinger erin te steken, en zijn tong was het enige dat in haar zoete kutje kon doordringen. Hij staarde haar verbaasd aan. Ze was de meest ontvankelijke, sensuele vrouw die hij ooit had ontmoet. Hij wist dat als hij uiteindelijk zijn lul in haar zou krijgen, ze hem wel eens zou kunnen vermoorden.

Ian stond op van het bed, liep naar haar badkamer en deed het licht aan. Hij zeepte zijn handen in en spoelde ze af voordat hij twee washandjes pakte van een stapel in de rieten toren naast het bad. Hij liet ze inweken, deed zeep in een van de twee en wrong het overtollige water uit beide. Hij keerde terug naar het bed en maakte haar met zachte hand schoon. Toen hij klaar was tilde hij haar in zijn armen, zodat hij het dekbed en het laken naar beneden kon werken. Toen ze weer aan de ene kant van het bed lag en de dekens tot haar middel waren opgetrokken, sloot hij de deur van de slaapkamer om het licht van haar huiskamer te doven. Hij liep naar de andere kant van haar bed en klom naast haar, nog steeds volledig gekleed. Als hij zijn kleren uittrok, zou hij zichzelf er niet van kunnen weerhouden haar te nemen. Hij trok haar dicht tegen zich aan en toen ze in slaap viel, hoorde hij haar mompelen: "Dank u, Sir."

* * *

De volgende ochtend werd Angie alleen wakker en volledig uitgerust. Ze wist dat Ian niet voor vier uur was vertrokken, want dat was de laatste keer dat ze in zijn armen wakker was geworden voordat ze dichterbij kroop en weer in slaap viel. Terwijl ze zich uitrekte, keek ze om zich heen en zag een stuk papier op haar nachtkastje liggen. Ze vouwde het briefje open, las de woorden erop en glimlachte.

Ik hoop dat je goed geslapen hebt. Ik zou je vandaag graag willen zien voor de lunch. Ik bel rond tienen. Trek iets sexy's aan. Ik heb het ondergoed dat je moet aantrekken klaar gelegd. Ian.

Hij had haar ondergoed lade doorzocht? Hoewel het stalkerig had moeten klinken, deed het dat niet. In plaats daarvan wond het haar op. Ze scande de kamer opnieuw en zag haar pure, witte, kanten beha en string set die hij boven op haar dressoir had laten liggen. Het was een van haar favorieten met zijn roze randjes en kleine strikjes. De snit van de beha gaf de meisjes een lift naar boven en naar binnen, met één strikje tussen hen in. De andere zat op de "y" splitsing van de string, en zou precies op de top van haar kont zitten.

Ze was opgewonden dat hij haar zo snel weer wilde zien en sprong met een brutale grijns op haar gezicht onder de douche. Terwijl het water opwarmde, verwijderde ze alle haarspeldjes die nog in haar nu geruïneerde opgestoken kapsel zaten. Haar lichaam tintelde nog na van alle aandacht die ze had gekregen van Ians handen, mond en tong. Nooit in haar leven had ze meervoudige orgasmes gehad en, eerlijk gezegd, dacht ze dat het een mythe was. Maar hij had haar ongelijk keer op keer bewezen. Pas halverwege haar doucheroutine realiseerde ze zich dat, hoewel zij meerdere keren was klaargekomen, hij helemaal niet. In feite had hij de hele nacht zijn kleren aan gehouden. De gedachte verbijsterde haar. Geen enkele van haar ex-minnaars had haar ooit klaar gekregen zonder hetzelfde te doen.

Een paar minuten later was ze klaar met douchen, droogde zich af en wikkelde haar natte haren in een handdoek voordat ze haar favoriete bodylotion opdeed. Ze liep terug naar haar slaapkamer en pakte de bh en string die Ian voor haar had uitgezocht. Terwijl ze ze aantrok kon ze zijn handen en vingers bijna op haar voelen, haar strelend. Ze vroeg zich af welke andere setjes van haar ondergoed hij had aangeraakt en of ze dezelfde sensaties zou voelen als ze die droeg.

In haar ondergoed ging ze naar haar kast om iets sexy's te vinden om aan te trekken, volgens zijn instructies. Ze koos voor een strakke grijze minirok en een nauwsluitend truitje met korte mouwen. De diepe V-hals was laag genoeg om sexy te zijn, maar niet te onthullend om als sletterig te worden beschouwd. Voordat ze uitging, zou ze de outfit afmaken met haar kniehoge, zwarte leren laarzen - die met de zeven en halve centimeter hakken. Voor nu legde ze de kleren op haar bed. Met haar korte zijden badjas aan, waarin ze zich altijd sensueel voelde, liep ze naar de keuken voor een kop koffie en muesli als ontbijt.

Vijf minuten na tien ging haar mobiele telefoon van de andere kant van de kamer. In de hoop dat het Ian was, drukte ze op het save icoontje op haar laptop, zodat ze niet kwijtraakte waar ze aan gewerkt had, en dook naar de telefoon. "H-hallo. Verdorie!" Ze liet de telefoon op de grond vallen. "Wacht! Wacht even!" Toen ze hem weer oppakte, keek ze snel of ze het gesprek niet had verbroken en zag dat er nog steeds verbinding was. "Hallo?"

Zijn lage gegrinnik kwam over de lijn, en het wekte haar onmiddellijk op. "Hoi, Angel. Alles oké?"

Giechelend plofte ze neer op de bank. "Nu wel. Sorry daarvoor, ik liet de telefoon vallen."

"Dat dacht ik al. Heb je goed geslapen?"

Lieve hemel. Hoe kon hij een simpele vraag zo geladen met seks laten klinken? "Ik heb wel geslapen. Je hebt me uitgeput, en ik heb langer geslapen dan ik normaal doe."

"Blij dat ik je van dienst kon zijn." Hij pauzeerde. Toen werd zijn stem dieper, zijdeachtiger. "Wat heb je nu aan?"

Een heerlijke rilling ging door haar lichaam. "Wat je voor mij hebt achtergelaten, en mijn badjas."

"Doe je badjas uit."

Terwijl ze rondkeek in haar woonkamer, besefte ze dat de verticale jaloezieën van haar glazen schuifdeur zoals gewoonlijk waren opengetrokken. Niet dat er iemand in haar achtertuin was om haar te zien, maar Brody had er een gewoonte van gemaakt om overdag even langs te wippen om gedag te zeggen. "Um, een momentje. Laat me naar mijn slaapkamer gaan."

"Nee," gromde hij in de telefoon. "Dat is niet wat ik je gezegd heb te doen, Angel. Waar ben je? En zeg niet je slaapkamer."

Echt? Meent hij dat?

"Beantwoord de vraag, Angel. Je wilt niet dat ik het nog een keer vraag want je kont zal er later voor boeten."

Verdomme! "Ik ben in mijn woonkamer, maar de

gordijnen van mijn deuren en ramen zijn open. Wat als Brody langskomt om gedag te zeggen?" Hij was de enige persoon die op haar achterdeur klopte.

Ian wist dat dat niet zou gebeuren, want zijn werknemer zat verderop in de oorlogskamer, op afstand werk af te maken van Orlando. Maar hij was niet van plan om Angie dat te vertellen. Hij had het gevoel dat ze het idee wel leuk zou vinden om betrapt te worden terwijl ze wild en ondeugend was. "Dat is niet mijn zorg. Als hij dat doet, zal hij een mooi uitzicht krijgen en zich waarschijnlijk aftrekken. Nu, doe wat je gezegd wordt en trek je badjas uit. Laat het van je lichaam glijden tot het bij je voeten valt. Laat het me weten als je daar in je ondergoed staat."

Zijn stem was puur fluweel en Angie liet het om zich heen slaan toen het zijdeachtige materiaal van haar schouders gleed en op de grond viel. Ze was er zeker van dat hij haar verhoogde ademhaling kon horen. Haar hart bonsde ook, in afwachting van zijn volgende bevel. "Oké, het is uit. Ik sta in mijn slipje en beha."

"Goed zo meisje. Ga nu naar je keuken en open je vriezer." Angie fronste verward, deed wat haar gezegd werd en opende de deur. *Oh, nee!* Hij nam haar in de maling! Vooraan en in het midden, zodat ze ze niet kon missen, zaten haar fluorescerende groene vibrator en haar flesje K-Y.

Zodra hij haar hoorde hijgen, gniffelde Ian. "Je speeltje en glijmiddel zouden nu lekker gekoeld moeten zijn. Zet de telefoon op de speaker en leg hem neer." Toen ze dat deed, gaf hij haar verdere instructies. "Haal je groene ijs reus eruit en doe de batterijen er weer in, ze liggen op het aanrecht."

Ze kreunde bij zijn woordspeling. "Echt, Ian? De 'groene ijs reus' is een naam voor mijn erwten en wortelen, niet voor mijn vibrator." Haar hand trilde een beetje toen ze het volwassen speeltje vastpakte en haar angst ging een paar tandjes omhoog, net als haar opwinding toen ze het ijskoude plastic voelde. Ze wist precies wat hij haar ermee ging laten doen.

"Ik noem het hoe ik wil, liefje, en nu we toch aan het spelen zijn, moet je me maar 'Sir' noemen. Zitten de batterijen er al in?

"Ja, Sir."

Terug in zijn kantoor stond Ian op en sloot zijn kantoordeur voordat hij een handdoek pakte uit de aangebouwde badkamer. Hij ging weer aan zijn bureau zitten en liet zijn kloppende erectie los. De masturbatie die hij zichzelf vanochtend had gegeven, gevolgd door een koude douche, had niets gedaan om de pijn in zijn liezen te verlichten. Hij opende de onderste la van zijn bureau en vond achterin een tube glijmiddel die hij al een hele tijd niet meer had gebruikt. Hij wou dat hij haar gezicht had kunnen zien toen ze haar vibrator voor het eerst in de diepvriezer zag liggen. Voordat hij haar had gebeld, had hij Brody gezegd haar verborgen keukencamera's en audio afluisterapparatuur een tijdje op zwart te laten gaan. Hij zou de scène die op het punt stond plaats te vinden graag bekijken, maar het zou een vertrouwensbreuk zijn zonder haar medeweten. Hij zou haar tenminste over de telefoon kunnen horen. "Pak de K-Y en spring op het keukeneiland, Angel. Je gaat jezelf neuken met die ijskoude pik en me in mijn hand laten klaarkomen terwijl ik naar je luister."

Verdomme! Het was lang geleden dat Angie zich had overgegeven aan telefoonseks met een man. Dit was nu al heter dan alles wat ze ooit had meegemaakt. Ze verplaatste de telefoon naar het eiland en legde het glijmiddel en de vibrator ernaast. Met haar handen en armen sprong ze op en draaide zich om, hijgend toen het koude graniet op haar blote billen inwerkte. "O-ok, ik zit op het eiland. Wat nu?" Haar hart bonsde en haar kutje trilde.

"Doe je string uit, maar laat de sexy beha aan. Doe wat glijmiddel op je kutlippen en maak ze lekker nat."

"Ik denk dat ik nat genoeg ben." Ze scheurde haar string langs haar benen naar beneden en gooide hem op de grond. "Ik heb de K-Y niet nodig, Sir."

Zijn stem werd strenger. "Ik heb je mening niet gevraagd, Angel. Als ik je zeg iets te doen, doe je dat zonder me in twijfel te trekken, tenzij het je veiligheid in gevaar brengt of je bang maakt. Begrijp je dat?"

Ze pakte het koude flesje en besefte meteen waarom hij wilde dat ze het gebruikte. De gekoelde vloeistof op haar hete geslacht zou een marteling zijn. "Ja, Sir."

"Goed zo meisje. Praat nu tegen me, lekker vies, terwijl je jezelf vingert."

Dat kon ze doen. Ze genoot altijd van vieze praatjes tijdens de seks. "Ik heb het koude glijmiddel op mijn vingers, heel veel ervan. Ik spreid mijn benen wijd en mijn blote kutje is open voor jou om te zien. Ik ben doorweekt. Al sinds ik je stem voor het eerst hoorde aan de telefoon." Angie hijgde toen ze haar schaamlippen aanraakte, het gekoelde glijmiddel stuurde rillingen en kippenvel door haar lichaam. "Oh, God! Het is zo koud, maar het warmt snel op. Ik smeer het overal op. Een vinger gaat in mijn spleetje, ooohhhhhh, nu twee. Ik wrijf over mijn clit met mijn andere hand en neuk mezelf met mijn vingers. Je knielt voor me en staart naar mijn kutje. Oh, Sir, het voelt zo goed. Ik ben doorweekt en ik wou dat je hier was om mijn sappen op te likken met je tong. Oh ja, eet me en neuk me met uw vingers, Sir... Sneller."

"Rustig aan, Angel." Ians gekreun klonk gekweld. "Je vermoordt me hier. Ik heb mijn vuist om mijn lul. Hij is zo verdomde hard, en allemaal voor jou. Pak de vibrator, liefje. Zet hem aan en raak je tepels aan door je kanten beha, maar blijf jezelf vingeren. Wat je ook doet, kom niet klaar tot ik het zeg, liefje. Je zult het pak slaag dat je dan krijgt niet leuk vinden."

Jammerend bij de aantrekkelijke gedachte dat hij met zijn hand op haar blote kont zou slaan, pakte ze het koude, plastic speeltje en draaide de schakelaar aan het uiteinde om. "Oké, het is aan en... oh shit! Het is zo koud en mijn tepels zijn zo hard. Oh, lik ze, Sir. Alsjeblieft, zuig ze in je mond en warm ze weer op. Oh kut, ik voel het van mijn tieten naar mijn kutje gaan."

"Schatje, je bent zo verdomd heet. Ik wou dat ik er was om je te zien. Ik denk niet dat ik langer dan een minuut naar je zou kunnen kijken, voordat ik mijn pik in je hete kutje ram en je neuk tot we geen van beiden meer kunnen lopen. Zet de vibrator op je clit, Angel, en blijf die vingers in en uit bewegen."

"Ik pomp ze nog steeds. Ik ben zo strak en nat, en jij voelt zo goed aan. Ik sta op het punt om... ooohhhhhh! Shit ! Oh, het is zo fucking koud, en het maakt mijn clit harder kloppen. Alstublieft Sir, raak mijn clit nog eens aan... Aaahhhh! Oh, verdorie ja... Oh alsjeblieft, Sir, laat me mezelf neuken met je harde lul. Laat me je schacht diep in mijn kutje stoppen."

"Verdomme, schatje, doe het. Stop die bevroren lul in je hete kutje en neuk hem hard." In zijn kantoor hield Ians eigen ademhaling gelijke tred met Angies gehijg. Hij zou ontploffen op het moment dat hij haar liet klaarkomen. Hoe lang was het geleden dat hij telefoonseks had gehad met een vrouw? En was het ooit zo goed geweest? Hij betwijfelde het.

Angie gilde. "Aaahhh, veerrrrdommmmme!!! Oh k-kut, het is nog steeds ijskoud, maar mijn strakke hete wanden smelten het snel. Oh, neuk me, Sir! Hard en snel."

Ians hand spande zich om zijn lul en versnelde het. Hij gromde en kreunde toen de geluiden van haar neuken voor hem over de telefoon gierden. "Ja schatje. Verdomme, ik kan je hete, natte kut rond mijn lul voelen. Het voelt zo verdomde goed. Wrijf over je clit. Kom daar, Angel, maak je klaar om te komen."

"Ik ben er klaar voor, Sir, schiet alstublieft op!"

"Kom nu!"

Aan de andere kant van de telefoon bereikten de geluiden van extase elkaars oren toen ze beiden explodeerden, hun individuele vocht spoten, terwijl golf na golf van intense bevrediging hen raakte. Angie schreeuwde haar bevrijding uit. Ian wilde niet dat zijn secretaresse of iemand anders hem zou horen masturberen in zijn kantoor. Het was moeilijk om zijn kreten van bevrediging te beperken tot grommen en mompelen, maar op een of andere manier lukte het hem. Voor het eerst sinds hij haar gekleed zag voor haar blind date twee avonden geleden, was zijn lul eindelijk verzadigd en slap. Hij was nog steeds niet in haar klaargekomen... nog niet.

Hoofdstuk 7

Om twaalf uur 's middags reed Angie met haar Toyota Camry tot aan het beveiligingshuisje bij de poort die toegang gaf tot het omheinde terrein. Gelukkig had Ian haar verteld dat er vier blauwe metalen pakhuizen in het complex stonden, anders had ze gedacht dat ze ergens een verkeerde afslag had genomen. Hoewel ze maar één afslag van de hoofdweg had genomen. Het complex lag in het midden van nergens, maar hij had gezegd dat zowel zijn bedrijf als zijn huis op het terrein lagen. Ze vroeg zich af waar zijn huis was, want ze zag geen huizen. De bewaker bij de poort kwam naar haar auto toe. Ze draaide haar raampje naar beneden. "Hallo, mijn naam is Angie en ik ben hier om Ian te zien. Hij zei dat u zou weten dat ik kwam."

De forse, besnorde man met een pistool op zijn heup, richtte zijn marineblauwe baseballpet op haar en glimlachte. "Goedemiddag, Ms Beckett. Ik ben Murray, en Ian heeft me inderdaad verteld dat u zou komen, maar ik moet nog steeds een identiteitsbewijs zien."

Ze pakte haar handtas. "Oh juist, het spijt me, dat

heeft hij me verteld. En je gaat een foto van mij maken voor toekomstige referentie?"

"Ja, mevrouw. U heeft uw ID niet meer nodig, maar totdat de andere bewakers u hebben leren kennen, scannen ze uw registratiesticker en laten ze uw foto op de computer zien voordat ze u binnenlaten. Vanwege de aard van Ians zaken zijn veiligheid en privacy een hoge prioriteit hier." Hij nam haar rijbewijs en haalde het door een scanner die hij in zijn hand hield. Toen het apparaat piepte, gaf hij het aan haar terug en scande haar kentekenplaat op de voorruit. "Dank u, mevrouw. Bijna klaar. Ik pak even de camera."

Enkele ogenblikken later, nadat haar foto was genomen, schoof het hek open en reed Angie erdoor. Het sloot achter haar en ze parkeerde naast het eerste gebouw, zoals Ian haar had verteld. Er was nog een poort en een hek die dit pakhuis scheidde van de andere, maar die was onbemand. Toen ze uit haar Toyota Camry stapte, zag ze Ian een trap afrennen aan de buitenkant van het gebouw met een grote, zwarte Labrador mix strak tegen zijn linkerbeen. Hij glimlachte toen hij haar bereikte, zijn handen omklemden haar gezicht en zijn mond kwam hard op de hare neer. Zijn kus was indringend en op het moment dat haar lippen van elkaar gingen, dook zijn tong naar binnen - likkend, proevend, verorberend. Maar zo snel als de kus begon, eindigde hij ook toen hij zijn lippen wegtrok en kreunend zijn voorhoofd tegen het hare drukte. "Die telefoonseks was een van de heetste ervaringen van mijn leven, Angel. Als ik niet stop met je te kussen, buig ik je over de motorkap van je auto en neuk ik je als een gek, en het kan me niet schelen of Murray of iemand anders toekijkt."

Angie kon de huivering niet tegengaan die door haar

heen ging, noch de kreun die uit haar mond ontsnapte. Ian hief zijn hoofd op en staarde haar een moment aan voordat zijn gezicht oplichtte met een verleidelijk kwade uitdrukking. "Dat vind je leuk klinken, nietwaar? Het lijkt erop dat mijn engeltje een beetje exhibitionistisch is." Ze bloosde en probeerde weg te kijken, maar zijn handen hielden haar kaak nog steeds vast en hij liet haar niet gaan. "Ik denk dat we die theorie zullen moeten onderzoeken. In de tussentijd, kom met me mee en ik zal je de club laten zien. Zoals ik je al aan de telefoon vertelde, hebben we strikte regels die voor iedereen gelden, van de eigenaars tot beneden. Er wordt niet gespeeld tussen een lid en een gast in de club, totdat een volledige achtergrondcontrole en gezondheidsonderzoek zijn voltooid. En als Devon, Mitch, en ik beknibbelen op de regels, dan zullen leden om gunsten gaan vragen en dat zal alleen maar voor problemen zorgen. Dus, helaas... wordt dit een 'niet aanraken' rondleiding als we binnen zijn, want als ik je toch aanraak, gooi ik het regelboek uit het raam."

Ze lachte, ondanks het feit dat ze er net zo over dacht. Toen ze haar aandacht op de hond richtte die angstig aan hun voeten zat, bewonderde ze zijn geduld. Hij leek te wachten tot hij op haar mocht springen en haar dood mocht likken. "Wie is deze lieve jongen? Ik heb hem toch een keer bij Brody gezien? Wat voor ras is hij?" Ze strekte haar hand uit en probeerde de hond haar te laten besnuffelen, maar in plaats daarvan keek hij op naar Ian. Zijn dikke staartje kronkelde als een gek, maar hij bleef naast zijn baasje zitten.

Ian keek trots naar zijn pupil. "Dit is Beau. Ik vond hem als pup, en het enige wat we weten is dat hij een lab-pit mix is. Als hij geen mafkees is of een lastpak met zijn rubberen bal, is hij een getrainde waakhond en speurder. Beau, dit is Angie. *In Ordnung.*"

Met toestemming stak Beau zijn neus in haar hand en snuffelde gretig. Angies verwarring was duidelijk. "*In Ordnung?* Wat betekent dat?"

"Het betekent 'oké' in het Duits. Hij kent maar een paar woorden Engels. De meeste militaire, politie- en veiligheidshonden worden in het Duits getraind omdat het in de Verenigde Staten geen gangbare taal is."

Angie leunde voorover om de hond over zijn kop te aaien en aan zijn zachte, fluweelachtige oren te krabben. Ze lachte toen hij een hondachtige versie van een vreugdedansje deed. "Dat heb ik eerder gehoord, of ergens gelezen. Op die manier, tenzij de slechteriken Duits kennen, kunnen ze de hond geen commando's geven."

"Precies." Ian pakte haar andere hand en wees naar het hek tussen de gebouwen, Beau's hoofd draaide in dezelfde richting. "*Geh rein.*"

De hond sprong op het hek af, zijn grote tong hing uit de zijkant van zijn bek, en Angie zag dat er een hondenluikje was geknipt in een deel van het hekwerk. Er stond een klein zwart doosje boven, onder een doorzichtig plastic kapje. Toen Beau het naderde, ging het lampje op het apparaat van rood naar groen en weer terug naar rood, nadat de hond door het deurtje naar de andere kant was gegaan. Hij rende naar het volgende gebouw en verdween door een ander hondendeurtje.

Ian trok aan Angies hand en leidde haar naar de trap die hij eerder had genomen. "Hij heeft een microchip onder zijn huid die de hondendeuren voor hem opent. Dat is het hoofdkwartier van Trident, en hij zal daar iemand vinden om lastig te vallen voor een spelletje apporteren."

Ian legde zijn hand op een scanner naast de deur en ze hoorde een klik toen de deur ontgrendelde. Ze keek om zich heen voor een teken, maar zag er geen. "Is dit de club?" Dat kon niet. Het gebouw was blauw metaal en bruin beton, een standaard pakhuis.

Hij liet haar eerst binnen en ze keek haar ogen uit bij het zien van het interieur. "Ja, dit is mijn club, hoewel je dat aan de buitenkant niet kunt zien."

De afgesloten ruimte waar ze binnenstapte leek op de kleine lobby van een vijfsterrenhotel met een receptie en een zithoek bestaande uit een bank, stoelen, tafels en lampen. Met de grijze vloerbedekking, de donkerrode muren, de stijlvolle meubels, kunstwerken en accessoires was het eerste woord dat in haar opkwam 'opulent'. Er hing een stel antieke, gebeeldhouwde houten deuren met smeedijzeren handvaten die pasten bij het decor en ze nam aan dat ze toegang gaven tot de rest van de club. Haar oog viel op een schilderij aan een muur. Ze stapte naar voren om het van dichtbij te bekijken. Het tafereel was erotisch maar toch mooi en elegant, met twee naakte vrouwen aan de voeten van wat een al even naakte, bebaarde Griekse god leek te zijn. Handenvol haar van de vrouwen waren rond zijn handpalmen en polsen gewikkeld terwijl hij hun hoofden naar achteren trok, hun overgave eisend. En, *verdorie*, de god was geschapen als een paard! Toen ze haar ogen losmaakte van de enorme erectie, keek ze naar de handtekening van de kunstenaar en was verbaasd dat ze die herkende. "Ik ken haar. Ik bedoel, ik ken haar niet persoonlijk, maar ze komt uit de buurt. Ik heb haar schilderijen in een paar galeries in de buurt van Tampa gezien. Ze is erg goed."

Ze had zich niet gerealiseerd dat Ian zo dicht achter haar stond tot ze zijn warme adem op haar oor voelde, en ze sprong bijna op bij het lage gerommel van zijn stem. "Ja, dat is ze. We hebben nog verschillende stukken van haar binnen. Ze is lid van de club, maar een beetje excentriek en komt niet vaak langs. Het lijkt erop dat als ze langskomt, ze meer op zoek is naar creatieve inspiratie dan naar kink."

Angie snoof en giechelde. "Ik begrijp dat als je stijl erotica is, dat je dan naar een kinky seksclub gaat om inspiratie op te doen."

Hij stapte weg en lachte met haar mee terwijl hij de kamer doorliep naar de receptie. Hij pakte een stapel papieren en overhandigde ze aan haar, met uitzondering van twee. "Doe deze in je tas en lees ze later nog eens door. Het bevat de regels en protocollen van de club en een onderdanige limietenlijst. Leer de regels en protocollen, passende straffen worden toegediend voor overtredingen. De eerste regel die je moet leren is dat je mij en alle andere Doms in de club aanspreekt met Meester of Meesteres en hun naam als je die kent. Maar als je die niet kent, gebruik dan Sir of Mevrouw. De tweede regel is dat onbeleefde of beledigende opmerkingen worden afgekeurd en meestal zullen resulteren in een vorm van discipline voor een sub. Onschuldige plagerijen van andere Doms zijn normaal. Als een Dom onbeleefd is tegen je, laat het me weten en ik zal het oplossen. Maar ik betwijfel of dat zal gebeuren. Als je hier bent, draag je een simpele collar die ik je later zal geven. Het laat andere Doms zien dat je bezet bent. Ze moeten met mij praten voordat ze met jou praten. Het betekent ook dat niemand je mag aanraken of straffen zonder mijn toestemming. Aangezien dat iets is wat ik zelden geef, hoef je je geen zorgen te maken. Andere onderdanigen zullen mijn toestemming vragen om met je te praten als we bij elkaar staan. Als ik hen mijn toestemming geef, is het impliciet dat je ook met hen mag spreken, tenzij ik je anders zeg. Ik weet dat dit veel is om in één keer te verwerken, maar het meeste staat in de protocollen die ik je heb gegeven. Begrepen?"

Godverdomme. Dit was veel meer dan ze had verwacht, maar het weerhield haar er niet van. Hoe meer ze leerde, hoe meer ze het wilde ervaren. "Ja, Sir. Tot zover begrijp ik het."

"Er zit een onderdanige limietlijst bij waarvan ik wil dat je die later invult en aan mij teruggeeft. Vink aan welke activiteiten je leuk vindt, welke je wilt proberen en welke harde limieten zijn die je niet wilt proberen. De activiteiten met een sterretje aan het eind zijn extreme activiteiten die in de club niet zijn toegestaan." Hij pauzeerde. "Als je echt met mij BDSM wilt leren, dan zijn er nog een paar eisen die we moeten doornemen om in de club te kunnen spelen."

Als gisteravond en vanochtend indicaties waren van het "spel" waar hij op doelde, dan was ze er helemaal voor. "Ja, Sir, dat is wat ik wil."

Duidelijk tevreden met haar antwoord en ook met haar gemakkelijke gebruik van het woord 'Sir', vervolgde hij. "Je moet een volledig onderzoek ondergaan, inclusief bloedonderzoek, bij je gynaecoloog of een van onze stafartsen en ze het formulier achterin de regels laten invullen. Gebruik je voorbehoedsmiddelen?"

Ze knikte, niet in het minst gegeneerd over de belang-rijke vraag. "Ja, ik krijg elke drie maanden de prikpil omdat ik dat makkelijker vind dan de pil. Ik heb een paar weken geleden ook mijn jaarlijkse onderzoek bij mijn gynaecoloog gehad, dus het zal geen probleem zijn om haar het formulier te laten invullen."

"Goed. Leden moeten elke zes maanden een lichamelijk onderzoek ondergaan om speelprivileges te behouden. Condooms zijn verplicht hier in de club, maar ik gebruik ze altijd. Mijn gezondheidsverklaring staat hier in het dossier, als je die wilt zien." Ze schudde haar hoofd. "Oké, het volgende is dat elk potentieel lid en gast een achtergrondcontrole moet ondergaan om er zeker van te zijn dat ze geen bedreiging vormen voor de veiligheid en privacy van anderen. Zal dat een probleem voor je zijn?"

Angie beet op haar lip en haar ogen werden groot van schrik, waardoor Ians glimlach verdween. "Eh, nou, laat eens kijken, je weet al van mijn verslaving aan Ben & Jerry's, maar er is een incident waar ik bij betrokken ben geweest dat misschien een probleem kan zijn."

Ze kon haar grijns niet inhouden en het werd duidelijk dat ze hem aan het plagen was. Hij liet zijn adem stokken en stak zijn vinger naar haar op. "En wat is dat dan, mijn kleine snotaap?"

"Toen mijn vriendin en ik twaalf waren, werden we uit het padvinderskamp voor meisjes gezet omdat we stiekem naar het padvinderskamp voor jongens waren gegaan om hen te bespioneren terwijl ze zich omkleedden uit hun badpak."

Hij gooide zijn hoofd achterover en lachte hartelijk. "Oh, jij ondeugende kleine slet."

Ze probeerde onschuldig te kijken, maar dacht niet dat ze hem kon overtuigen. "Wat? We waren nieuwsgierig nadat we twee van de oudere meisjes hadden horen praten over hoe de plasser van jongens eruitzag. Ze waren dertien en meer ervaren dan wij. Helaas werden we betrapt voordat we iets goeds konden zien. Toen ik aan het eind van de week thuiskwam, nam mijn moeder me mee voor mijn eerste afspraak bij de gynaecoloog en gaf mijn vader me een maand huisarrest."

"Ik heb het gevoel dat het niet de eerste of de laatste keer was dat je huisarrest had." Hij lachte weer en schudde zijn hoofd toen ze hem een brutale grijns toeschoot. "Je bent absoluut schattig. Je hebt je ouders duidelijk alert gehouden." Hij gaf haar een van de twee papieren die hij nog in zijn hand had en reikte haar ook een pen aan. "Oké, dit zijn de laatste dingen die we moeten doornemen. Het eerste is een privacycontract waarin staat dat er geen camera's of opnameapparatuur zijn toegestaan in de club. Mobiele telefoons moeten op trillen staan en in een broekzak of handtas gedragen worden. Als iemand gebeld of ge-sms't wordt, mogen ze hun telefoon niet tevoorschijn halen, tenzij ze in de lobby of buiten zijn en dat geldt ook voor de kleedkamers. Je mag tegen niemand herhalen wie of wat je hier in de club ziet. Privacy en anonimiteit in BDSM worden gewaardeerd en verwacht. Als je iemand van de club ergens in het openbaar tegenkomt, doe dan alsof je hem of haar ergens anders van kent of zeg helemaal niets tegen of over hem of haar. Het is niet onbeleefd om te doen alsof je ze niet kent en je hoeft niet beledigd te zijn als zij hetzelfde doen. Lees dit door en onderteken het onderaan. Het is een bindend contract met juridische consequenties als het geschonden wordt."

Angie las het papier door en het was precies wat hij haar verteld had. Toen ze zich omdraaide, leunde ze over de koffietafel in de zithoek om iets hards te zoeken om op te schrijven terwijl ze het ondertekende en hoorde Ian kreunen. Over haar schouder kijkend, zag ze dat hij naar haar kont staarde. Wetend dat de zoom van haar rok nog maar een centimeter verwijderd was van wat ze eronder verborg, gaf ze een verleidelijke zwaai met haar heupen, waardoor hij deze keer gromde. Hij gaf haar een snelle en stekende klap op haar kont die haar deed gillen en hem deed grinniken.

"Je maakt me gek, Angel. Ga zo door en ik ga je binnenkort een pak slaag geven. Ik hou net zoveel van brutale onderdanigen als van hen te disciplineren." Er leek een idee in hem op te komen. Ze wierp hem een op haar hoede zijnde blik toe terwijl hij zijn telefoon pakte, een snel sms'je verstuurde voordat hij het terug stopte in de zak van zijn cargo broek.

"Waar ging dat over?"

Grijnzend schudde hij zijn hoofd. "Niets om je zorgen over te maken ... nog niet." Hij nam de pen en het contract aan die ze hem teruggaf en legde ze op de balie van de receptie. "Een van de onderdanigen die aan de balie werkt, zal dit later indienen. Deze laatste pagina is een algemeen contract. We zullen het later doornemen en ondertekenen. Voor nu, laten we verder gaan met de rondleiding, zullen we?"

Hij opende een van de dubbele deuren en gebaarde haar hem voor te gaan. Angies mond viel open van verbazing twee stappen over de drempel. De momenteel lege club was prachtig en het decor van de lobby liep door in de grote ruimte voor hen. De enorme U-vormige bovenverdieping waar ze zich bevonden, keek uit over de verdieping eronder. Er was een gebogen, donkerhouten bar aan de basis van de 'U', of hoefijzer, en aan het andere uiteinde waren er een kleine winkel en kantoren. Langs de zijkanten van het balkon waren talrijke zithoeken tegen de muren en café-achtige tafels en stoelen bij de koperen balustrade, zodat men kon zien wat er op de gelijkvloers gebeurde. Tegenover de bar was een elegante grote trap die naar beneden leidde. In het midden, hangend aan het plafond boven de eerste verdieping, hingen drie grote smeedijzeren kroonluchters die bij de wandkandelaars pasten. "Wow, Ian dit is prachtig. Het lijkt wel iets uit een oud Frans kasteel of zo. Ik weet niet wat ik verwachtte, maar dit was het niet."

"Bedankt, ik ben blij dat je het mooi vindt." Hij was duidelijk trots op de club. "Er is hard gewerkt om van de Covenant de beste BDSM-plek in de regio Tampa te maken. Devon en ik hebben met Mitch een aantal elite-clubs in de VS bezocht en een paar in Europa, voordat we besloten over de uiteindelijke plannen. We vonden en raadpleegden ontwerpers die ervaring hadden met de levensstijl voordat we ons op deze look vastlegden. Nieuwe leden en gasten hebben vaak dezelfde reactie als jij. De deur naast de bar daar leidt naar de trappen naar de kleedkamers beneden, en er zijn ook ingangen beneden. Sommige mensen komen rechtstreeks van hun werk of een andere plaats. Op deze manier kunnen ze zich hier omkleden in hun clubkleding. Kom, ik zal je de pit laten zien."

"De pit?" vroeg ze nieuwsgierig.

Hij grinnikte. "Zo noemen we het beneden."

"Ik zou denken dat je het een kerker zou noemen."

Terwijl hij op zijn horloge keek, versnelde hij zijn pas en leidde haar de grote trap af. Ze vroeg zich af waarom hij zo'n haast had.

"In het begin werd het de kerker genoemd, maar leden die graag van bovenaf toekeken noemden het niet lang na onze opening de 'pit' en de naam bleef hangen." Ze bereikten de bodem van de trap. Hij keek naar haar gezicht toen ze de grote speelruimte in zich opnam met een mengeling van ontzag, nieuwsgierigheid, en zelfs een vleugje gretigheid.

Langs de muren waren individuele scène-stations, elk

afgezet met fluwelen rode touwen en koperen statieven die normaal in een theater worden gebruikt. Vanwege de vierkante meters konden ze tien grote afgezette gebieden aan elke kant onder de rechte stukken van het hoefijzer boven zetten. De kleedkamers bevonden zich onder de trap en de bar. In twee aparte gangen aan het einde van de pit, onder de winkel, kantoren en opslagruimten, bevonden zich twaalf suites en themakamers voor privéspelen. In de 'U' beneden waren talrijke zithoeken. Sommige daarvan hadden banken, leunstoelen en chaise lounges, terwijl andere bestonden uit kleine tafeltjes met bijpassende stoelen waar gesprekken en/of seksueel spel kon plaatsvinden. Al het meubilair was ofwel van leer of van hout, wat gemakkelijk schoon te maken was.

Maar het pièce de résistance van de club was het grote Andreaskruis boven op een klein, zestig centimeter hoog podium in het midden van de pit. Het twee meter hoge middeleeuwse martelwerktuig was bedekt met zwart leer en had aan de uiteinden pols- en enkelbanden. En dat was waar Ian haar nu heen leidde. "We gebruiken dit voor demo's en ceremonies zoals die van Kristen en Devon een paar maanden geleden. Ga op het podium staan, lieverd."

Zijn stem daalde tot die whisky-achtige toon die ze begon te herkennen als zijn Dom-stem en haar ogen verwijdden zich. Ze aarzelde maar heel even voor ze de twee stappen zette en zag zijn blik langs haar lichaam gaan. "Ik hou van de kniehoge leren laarzen. Die mag je aanhouden. Wat de trui en rok betreft... kleed je uit tot op je beha en slipje, Angel."

"Ik dacht dat we niet konden spelen?" Ze was nerveus en opgewonden tegelijk, en de uitspraak kwam eruit als een vraag. Ians mond veranderde in de kwade grijns die hij haar graag gaf - een grijns die haar lichaam deed sidderen en haar kutlippen deed trillen van anticipatie.

Hij kruiste zijn armen over zijn borst en spreidde zijn benen schouderbreedte uit elkaar. "Het is niet omdat we niet zullen spelen of aanraken, dat ik de mooie lingerie die je aan hebt niet mag zien. Ik heb er de hele dag over gefantaseerd. Kleed je nu uit of zeg je stopwoord."

Angie slikte. Ze pakte de onderkant van haar trui en trok hem over haar hoofd en gooide hem naast haar op de grond. Haar tepels verstrakten onder het kant van haar beha door zijn verhitte blik. Ze voelde hoe haar sappen uit haar kutje stroomden en haar string doordrenkten. Haar ogen bleven op de zijne gericht terwijl ze achter zich reikte, de sluiting boven aan haar rok losmaakte en de rits naar beneden trok. Ze voelde hoe elke tand van haar rits loskwam. Toen het kledingstuk in een plas aan haar voeten viel, stapte ze eruit en schopte het om zich bij haar topje op de vloer van het podium te voegen.

"Je bent mooi, liefje. Absoluut voortreffelijk. Draai je langzaam voor me om, helemaal ... godverdomme! Ik zou op mijn knieën moeten vallen om de Heer te danken dat hij jouw achterste zo mooi heeft gemaakt, Angel. Ik wil in dat roze strikje bijten en het met mijn tanden van je afrukken. Zijn woorden deden haar hart sneller slaan. Ze was niet gewend dat een man zich zo uitliet over haar lichaam. Toen ze klaar was met draaien, wees hij het kruis achter haar aan. "Stap achteruit tegen het kruis. Til je armen op en pak de polsriemen vast en blijf dan zo staan."

Ze had net de tweede klittenband beetgepakt toen ze beiden de dubbele deuren boven hoorden opengaan en het geluid van mannenstemmen hoorden. Angie wilde net haar handen naar beneden brengen om zich te bedekken of naar haar kleren te duiken toen hij haar tegenhield. "Uh-uh, Angel. Tenzij je je stopwoord wilt gebruiken, blijf dan zoals je was. Ik heb besloten om je grenzen vandaag wat meer te verleggen. Het team en ik moeten vergaderen, en daarna laat ik je de rest van het complex zien. Natuurlijk mag je je eerst weer aankleden voordat we naar buiten gaan." Hij draaide zijn hoofd en verhief zijn stem zodat de anderen hem konden horen. "Blijf boven en tel tot dertig."

De stemmen verstomden, en hij keek haar weer aan. "Je hebt twintig van die seconden om je stopwoord te gebruiken. Als je dat doet, dan kun je je aankleden en een paar minuten op de bank daar gaan zitten tot we klaar zijn. Ik zal helemaal niet boos of teleurgesteld zijn. Als je je stopwoord niet gebruikt, zullen mijn mannen en ik onze vergadering hebben terwijl jij ons iets moois geeft om naar te kijken. Niemand zal je aanraken of iets zeggen waardoor je je ongemakkelijk voelt. Ze zullen gewoon je mooie lichaam bewonderen zoals ik dat doe."

Terwijl Ian op zijn horloge keek, ging Angie door het lint. Ze had zich nog nooit uitgekleed in het bijzijn van meer dan één man. Hoewel de gedachte haar nerveus maakte, wond het haar nog meer op. Ze slikte en maakte haar besluit bekend. "Ik blijf waar ik ben, Sir."

Hij glimlachte en haar hart kneep samen omdat ze wist dat ze hem tevreden stelde.

"Verdomme, ze is een mooi sieraad. We zouden al onze ontmoetingen op deze manier moeten houden."

Angie hijgde en haar wangen brandden rood, maar ze bleef waar ze was en sprak geen woord. Ze had zich niet gerealiseerd hoe snel dertig seconden om zouden zijn. De vijf andere leden van zijn team, waaronder haar buurman, waren de trap af gekomen en naderden de twee. Ze wist niet zeker wie de opmerking had gemaakt, want ze staarden allemaal naar haar - niet onzedelijk, maar waarderend - en het gaf haar een mooi, sexy en ronduit ondeugend gevoel. Hier stond ze in haar ondergoed, eruitziend als een danseres in een stripclub, en ze schaamde zich er niet voor. *Verdomme!* Ze was een exhibitionist. Hoe komt het dat ze dat nooit wist?

Ze zag dat Jake zich eerst losmaakte, glimlachte en zijn hoofd schudde, voordat hij plaatsnam in een stoel met gevleugelde rugleuning. De rest glimlachte of knipoogde naar haar voordat ze ook gingen zitten, totdat Ian de enige was die nog voor haar stond. "Je bevalt me, Angel, heel erg." Ze straalde onder zijn lof. "Ik zou graag willen dat je nu je armen omhoog houdt, maar als het ongemakkelijk wordt, laat het me dan weten. Begrepen?"

Toen ze knikte, schudde hij met een frons zijn hoofd. Oh ja! "Ja, Sir. Ik begrijp het."

"Goed zo meisje. Dit zal zo'n vijftien à twintig minuten duren, maar ik vermoed dat je veel eerder moe zult zijn dan we klaar zijn. Maak je geen zorgen over onderbreken, want je bent al een heerlijke afleiding."

Hij draaide zich om en nam de laatste stoel tegenover haar. Zoals ze allemaal zaten, konden ze haar gemakkelijk zien, behalve Jake die met zijn rug naar haar toe zat. Ze vond het vreemd dat hij niet naar haar keek zoals de anderen deden, maar het deerde haar niet. In feite werd ze met de seconde natter en klemde haar dijen tegen elkaar. Devon begon met de vergadering. Haar ogen bleven op Ians gezicht gericht. Toen hij haar zag kronkelen, wees hij naar haar voeten en gaf met zijn handen aan dat hij wilde dat ze haar benen wijd spreidde. *Verdomme.* De string gaf haar beperkte bedekking in haar kruis. Ze zouden allemaal in staat zijn om het grootste deel van haar glinsterende kutje te zien. Ze sloot haar ogen en haalde diep adem voordat ze haar benen spreidde en weer naar Ian keek om zijn goedkeurend knikje te zien. Daarna stond ze daar, in haar ondergoed, terwijl de mannen hun vergadering hielden. Ze negeerden haar bijna allemaal, behalve af en toe een blik, grijns of knipoog.

Devon opende een dossier in zijn hand. "We hebben het nieuwe team van zes teruggebracht tot veertien kandidaten. Elf mannen en drie vrouwen, allemaal sterk aanbevolen door hun superieuren, of in sommige gevallen, hun ondergeschikten of beschermde activa. Vier zijn bij de FBI met een militaire achtergrond. Zeven zijn onlangs afgezwaaid of gaan binnenkort afzwaaien uit verschillende elite teams, van wie er één een week lang een krijgsgevange was in Afghanistan. Twee zijn van SWAT-teams, een in L.A. en de andere uit Chicago. De laatste is van de Geheime Dienst en heeft ervaring met doelen op hoog niveau. Hij was degene die vorig jaar persoonlijk en in zijn eentje de ontvoering van de jonge dochter van de voorzitter van het Huis tijdens een vakantie met het gezin naar Jamaica heeft voorkomen. Ik weet zeker dat iedereen zich dat incident herinnert." Drie overijverige leden van Al Qaeda op laag niveau probeerden het twaalfjarige meisje mee te nemen uit het hotel waar haar familie verbleef. Twee andere agenten van de Geheime Dienst werden doodgeschoten, en als Cain Foster er niet was geweest, was het kind misschien ooit onthoofd voor een op video opgenomen jihad.

Ian nam het over, zijn blik ging om de zoveel tijd naar haar toe om te zien of ze in orde was. "We willen proberen tenminste één van de drie vrouwen in het team te krijgen als dat mogelijk is, maar niet ten koste van een beter gekwalificeerde aanwinst. Als we een vrouw op afroep hebben voor een operatie, als er een nodig is, hoeven we er niet een te zoeken via onze aannemers. We overwegen om een van de vrouwen in te huren voor andere redenen dan het Omega team, hoe het tweede team zal heten."

Boomer snoof. "Zolang ze maar weten dat ze niet het Alpha team zijn, wat ik net besloten heb hoe ons team gaat heten." De groep mannen grinnikte om de woordspeling, aangezien ze allemaal alfamannetjes waren in de club en ze, voordat ze een nieuw team toevoegden, nog nooit een teamnaam voor zichzelf nodig hadden gehad.

"Wat is de extra positie?" Vroeg Jake.

Devon grijnsde als een jongen met een nieuw speeltje. "Helikopterpiloot."

"Godverdomme, krijgen we een helikopter?" Het was Boomers beurt om te klinken als een kind in een speelgoedwinkel... of een Dom in een seksspeelgoedwinkel, want hij zag eruit alsof hij klaar was om een lading op te blazen, en dat was niet omdat er een vrouw in sexy lingerie op minder dan tien meter afstand van hem stond.

Ian knikte. "Yup, ik heb er een op het oog en ik hoop dat we tegen het einde van de maand een deal kunnen sluiten. Zoals je weet, hebben we vorige maand de tien hectare ten noorden van de compound gekocht en daar komt het helikopterplatform. Polo, ik weet dat je genoeg vlieguren hebt. We zullen je als reserve gebruiken. Ik wil geen lege plek in het team als je met de helikopter achter moet blijven tijdens een operatie."

Marco knikte met zijn hoofd. "Mij best. Ik neem het op me en ga wat trainen met de nieuwe piloot voor het geval ik het in noodgevallen moet overnemen."

"Goed idee." Ian pauzeerde toen hij zijn blik op Angie richtte. "Excuseer me even," zei hij tegen zijn team terwijl hij opstond en het podium naderde. "Zijn je armen moe, Angel?"

Haar armen waren een beetje ongemakkelijk, maar ze deed haar best om ze omhoog te houden. Ze schudde haar hoofd, wilde hem niet teleurstellen. "Nee, Sir, niet echt."

Zijn ogen vernauwden zich, zijn uitdrukking streng. "Je kronkelt, en ik kan aan je gezicht zien dat je je niet op je gemak voelt. Zou je nu willen proberen de vraag opnieuw te beantwoorden, deze keer eerlijk, en niet met wat je denkt dat ik wil horen?"

Verdomme, ze had hem de waarheid moeten vertellen toen hij het de eerste keer vroeg. "Eh, sorry Sir, maar ja, mijn armen zijn moe."

"De verontschuldiging kan beter zijn omdat je me niet de waarheid hebt verteld, en niet omdat je het jammer vindt dat je armen moe zijn geworden in die positie. Je hebt het langer volgehouden dan ik had verwacht. Je mag je armen naar beneden doen." Hij liep een paar meter weg en kwam terug met een houten stoel met rechte rugleuning, draaide hem rond en zette hem op het podium, zodat als ze er goed op zou zitten, ze met haar gezicht naar het kruis achter haar zou staan. "Ga op de stoel zitten, Angel, en leg je handen op je dijen."

Angie wist niet wat haar meer schokte, de positie waarin hij haar wilde hebben zodat ze allemaal haar kruis konden zien door de smalle latten van de stoel, of het feit dat ze hem zonder aarzelen gehoorzaamde. Nadat ze had gedaan wat haar was opgedragen, zei hij dat ze haar knieën wijder moest spreiden. Toen hij tevreden was, ging hij terug naar zijn eigen stoel en ging verder met zijn bespreking terwijl zij daar zat, haar sappen druipend uit haar spleetje. Ze wilde niet naar beneden kijken, maar ze was er zeker van dat ze een plasje maakte op de zitting onder haar kutje. Haar wanden verkrampten van verlangen naar een pik om haar te vullen. En niet zomaar een pik, haar geslacht wilde er maar één... Die van Ian. Ze was zo lustig dat ze in de verleiding kwam hun ontmoeting te onderbreken en hem te smeken haar te neuken waar iedereen bij was en die gedachte wakkerde haar verlangen natuurlijk nog verder aan.

Nog geen tien minuten later stond Ian op en sprak zijn mannen toe. "Lees de dossiers van de kandidaten, en geef Devon of mij eventuele aanbevelingen of zorgen. We beginnen volgende week met de interviews, en ik wil dat jullie zoveel mogelijk van hen ontmoeten als jullie kunnen. Als er geen vragen zijn... ...ga weg en geniet van de rest van je zondag. Ik neem de rest van de middag vrij om tijd door te brengen met m'n mooie onderdanige.

Grijnzen en knipogen kwamen weer haar kant op toen de mannen allemaal afscheid van haar namen. Toen was ze alleen met Ian. Seksueel meer gefrustreerd dan ze ooit was geweest, kreunde ze toen hij haar kleren oppakte, ze uitschudde en ze aan haar gaf. Ze was vergeten dat ze geen seks konden hebben of iets wat er op leek terwijl ze in de club waren. Terwijl ze zich haastig aankleedde, hoopte ze dat zijn huis in de buurt was. Als dat niet zo was, zou ze hem dwingen te doen wat hij eerder had gezegd. Hem haar op de motorkap van haar auto laten neuken terwijl Murray, en iedereen die in de buurt was, toekeek.

Hoofdstuk 8

"Waar gaan we heen?"

Ian leidde haar te voet over het parkeerterrein en door de voetgangerspoort in het hek naar het grotere deel van het terrein. Toen ze langs het gebouw liepen waar de kantoren van Trident waren gevestigd, kwam Beau erachter vandaan gerend en hielp Ian zonder dat hij het wist. "Mijn huis. We hebben het laatste gebouw omgebouwd tot grote appartementen. De mijne is op de eerste verdieping, en Devon en Kristen wonen op de tweede."

Ze liepen verder over de verharde weg met hun hondachtige escorte. Ian, harder dan graniet, paste zich voor de derde keer aan sinds ze de grote trap opliepen en Angie grijnsde toen ze hem betrapte. Hij was net zo opgewonden als zij, zo niet meer, en hij kon niet wachten tot ze alleen waren. Toen ze bij de buitendeur kwamen, legde hij zijn handpalm op een scanner zoals die buiten de club. Hij opende de deur voor haar en liet haar voor hem binnen. Er was een binnendeur naar zijn appartement en ernaast was een kleinere hondendeur voor Beau. Hoewel de hond binnenkwam via dezelfde buitendeur als zij, wachtte hij niet op Ian om de tweede deur te openen, maar verkoos hij zijn eigen ingang te gebruiken. Hij verdween naar binnen toen Ian naar voren stapte om zijn handpalm nog eens te scannen. Links van hen was een trap die naar het tweede appartement leidde.

Toen de deur voor hen openging, trok hij haar ongeduldig mee naar binnen. De deur sloeg dicht op hetzelfde moment dat hij haar tegen de muur ernaast duwde en zijn mond tegen de hare drukte. Er was niets zachts aan de kus. Hij was dankbaar dat ze geen bezwaar maakte. In feite was ze net zo ruw. Hij nam het heft in handen en een van zijn handen dook in haar haar en maakte een vuist. Hij trok net genoeg aan de lokken om te prikken en hield ervan hoe ze daardoor nog uitzinniger reageerde. Hij manoeuvreerde haar hoofd naar de plaats waar hij het wilde hebben, zodat hij beter toegang had tot haar mond, die hij aan het verslinden was. Haar handen sloten zich om zijn nek en hielden hem net zo bezitterig vast. Van hun borsten tot hun liezen waren ze met elkaar versmolten. Haar tepels waren hard, maar niet zo hard als de erectie die hij tegen haar klit drukte. Ze pasten in elkaar als de stukjes van een legpuzzel. Zijn andere hand sleepte langs haar zij naar haar heup en onder haar rok naar haar kont. Hij kneep en ze kreunde in zijn mond. Ze boog haar knie, bracht die naar zijn heup en sloeg haar been om zijn dij. Wanhopig proberend om dichter bij hem te komen, ook al was dat fysiek onmogelijk.

De deur naast hen knalde open en Ian rukte zijn lippen van de hare op hetzelfde moment dat ze een vrouwelijke kreet hoorden. "Oh mijn God, oom Ian! Het spijt me zo. Oh, verdorie. Laat maar, ik ga naar boven naar oom Devon."

"Nee." Het woord kwam er schor uit en Ian schraapte

zijn keel. "Nee, niet doen, meid. Ze zijn weg om Will en wat vrienden te ontmoeten voor de lunch. Ga gewoon naar de keuken en geef ons een minuutje, oké."

Ze waren nog steeds heup aan heup verbonden. Hoewel hij wist hoe het eruit zag, was er geen sprake van dat Ian zich van haar zou losmaken met zijn kloppende erectie in het bijzijn van zijn nichtje. Zijn voorhoofd rustte op dat van Angie terwijl ze beiden probeerden hun ademhaling te vertragen.

"Het is al goed, ik ga wel ergens anders heen."

Hij wierp een blik op de mooie jonge blondine toen ze op het punt stond de deur weer te sluiten. Hij wierp een blik op haar gezwollen ogen en met tranen besmeurde gezicht en pakte haar arm vast. "Baby-girl? Wat is er?"

Op het moment dat hij het zei, wist hij wat ze zou gaan zeggen. Morgenavond was de verjaardag van de moord op haar ouders. Verdomme. Hij had moeten nagaan of alles vandaag in orde was. Ze was gisteravond in orde geweest toen hij met haar sprak. Hij dacht dat ze de volle impact pas morgen zou voelen. Hij had het mis gehad.

"Het spijt me. Ik dacht te veel na en wilde vandaag niet alleen zijn. Mijn kamergenoot is weg tot morgen en ik wilde niet aan iemand anders uitleggen wat er mis was. Maar ik zal Brody of Jake gaan zoeken."

Hoewel hij nog steeds tegen Angie aanleunde, trok hij Jenn de kamer in en draaide haar naar de keuken. "Ga naar de keuken. Neem alles voor de boterhammen. We komen er zo aan. We hebben nog niet geluncht." Ze leek te willen tegenstribbelen, maar dat liet hij niet toe en de bezorgdheid in zijn stem was duidelijk. "Dat is een bevel, Jenn."

Nadat ze had gedaan wat haar was opgedragen, met

Beau op haar hielen, sloot hij de deur en draaide zijn hoofd terug naar Angie die in stilte had staan toekijken hoe hij met zijn nichtje omging. Hij pakte haar kaak in zijn handen en kuste haar zachtjes op de lippen. Hij hield zijn stem laag en zei tegen haar: "Het spijt me zo, Angel. Ik had niet verwacht dat dit zou gebeuren, maar morgen is een slechte dag voor haar. Ze is mijn petekind."

"Het is goed, Ian. Je hoeft je niet te verontschuldigen. Morgen is het de verjaardag van de dood van haar ouders, toch?" Ze fluisterde en toen zijn wenkbrauwen verward opgetrokken waren, voegde ze eraan toe: "Brody heeft me verteld wat er gebeurd is en waarom ze nu bij jou woont."

Hij knikte en stapte eindelijk van haar lichaam weg. Terwijl hij over zijn schouder keek om zeker te zijn dat de kust veilig was, paste hij zich aan, kreunend terwijl hij dat deed. "Als ze niet in haar studentenhuis aan de U.T. is, is ze hier." Hij keek toe hoe ze haar kleren rechttrok. "Ik zou graag willen dat je blijft om haar te ontmoeten, maar ik begrijp het als je dat op dit moment niet wilt."

"Ik wil haar graag ontmoeten, maar zou ze zich niet beter voelen als ik wegging?"

Hij liep met zijn handen langs haar armen naar haar handen en hield ze vast. Hij hield ervan hoe haar tere vingers verstrengeld waren met zijn grotere, ruwere vingers. Haar huid was zo zacht, hij wilde niet ophouden die aan te raken. "Nee, ik denk dat ze de afleiding wel kan gebruiken. Bovendien, als je weggaat, gaat ze me twintig miljoen vragen stellen en zich schuldig voelen omdat ze denkt dat je door haar bent weggegaan. Typische tiener gedachten. Ik weet het, en als ze haar gedachten erop zet, is ze beter dan de meeste militaire ondervragers. Ze zal het jou een stuk makkelijker maken dan mij, omdat ze je nog niet kent."

Ze lachte en keek omlaag naar zijn uitpuilende kruis. "Prima. Weet je wat? Zorg maar dat je je plasser onder controle krijgt, dan zal ik me aan je nichtje gaan voorstellen."

Zijn opgetrokken wenkbrauw deed haar harder lachen. Hij draaide zich om en kneep in haar kont. Ze slikte haar verbaasde kreet in. "Slet. En hou op met lachen, want je wordt straks formeel voorgesteld aan mijn 'plasser', en ik beloof je dat dat de laatste keer is dat je hem zo noemt."

Ze duwde zich van de muur af en liet haar hand tegen zijn schaamstreek strijken terwijl ze naar de keuken liep. Seksueel meer gefrustreerd dan hij ooit was geweest, bonkte hij dramatisch met zijn hoofd tegen de muur en hoorde haar naar hem lachen. Grijnzend keek hij toe hoe ze zijn keuken binnenliep en zijn petekind begroette. "Hoi, ik ben Angie."

* * *

Vier uur later lag Angie onder Ians arm op de bank terwijl Jenn opgekruld in haar favoriete extra brede stoel lag met Beau snurkend op de grond naast haar. Nadat Ian zijn lichaam weer langzaam had laten afkoelen, was hij bij hen in de keuken gaan zitten. Jenn had haar eigen sandwich gemaakt en legde de laatste hand aan zijn gebruikelijke keuze, terwijl Angie haar eigen creatie afmaakte. Ze hadden ook wat koolsla en Jenn's geliefde zure room en uien chips meegenomen.

De twee vrouwen waren meteen weg van elkaar. Het duurde niet lang om Jenn ervan te overtuigen dat ze zich niet hoefde te verontschuldigen voor haar onderbreking. Angie had zijn nichtje al snel aan het praten over school en haar baan als serveerster in Jakes broers pub. Terwijl ze de sandwiches en chips naar de woonkamer brachten en het zich gemakkelijk maakten, pakte Ian drie flessen water uit de koelkast en volgde hen. Nu keken ze naar The Princess Bride die volgde op Robin Hood: Men in Tights. Gelukkig waren beide vrouwen in de stemming voor een komedie in plaats van tranentrekkende meidenfilms.

Hoewel hij ervan genoot, vond Ian het moeilijk te accepteren hoe comfortabel het huiselijke tafereel aanvoelde. Het kwam zelden voor dat hij een vrouw meenam naar zijn huis. Dit was de eerste vrouw in lange tijd die hij had voorgesteld aan zijn petekind. Sinds zijn verloving tien jaar geleden was geëindigd, had hij talloze afspraakjes gehad met vrouwen. Sommige relaties duurden zelfs een paar maanden. Telkens als een vrouw meer van hem eiste, maakte hij het uit. Hij begon niet aan een relatie met de bedoeling er op een bepaald moment een eind aan te maken. Dat gebeurde uiteindelijk gewoon altijd. Zolang de vrouw het luchtig en ongecompliceerd hield, vond Ian het prima. Hij weigerde om een vrouw weer te dicht bij hem te laten komen. Ondanks zijn pogingen om verder te gaan, kwam het altijd op één ding neer: hij wilde niet meemaken wat hij had meegemaakt toen Kaliope zijn hart had gebroken.

Er was een tijd geweest dat hij in zielsverwanten geloofde en dacht dat hij de zijne had gevonden. Hij was nooit de meest romantische man in de wereld geweest. Hij spuugde geen poëzie uit of dacht er niet aan om een vrouw bloemen te brengen alleen omdat hij daar zin in had. Ze wist hoe hij was vanaf het begin van hun relatie, maar Kaliope dacht dat ze hem kon veranderen. Hij had geprobeerd haar te laten zien dat hij van haar hield op zijn eigen unieke manier - hij zorgde ervoor dat haar auto altijd tiptop in orde was, zodat hij niet kapot zou gaan; hij deelde de huishoudelijke taken met haar, waarbij hij ervoor zorgde dat hij het zwaardere werk deed en haar nooit het vuile vuilnis buiten liet zetten; hij prees en steunde haar in alles wat ze deed, of het nu een succes of een mislukking was. Ze was een lokale nieuwslezeres in Virginia geweest toen hij in de buurt gestationeerd was, en fantaseerde over een positie als presentator bij een nationaal nieuwsprogramma. Helaas fantaseerde elke andere TV reporter in de Verenigde Staten daar ook over. De concurrentie kon hard zijn en ook al was Ian trots op haar, wat ze ook deed, het was niet genoeg voor haar geweest. Als hij haar probeerde te troosten nadat een auditie bij een groter netwerk was mislukt, werd ze kwaad en schreeuwde dat hij haar alleen maar betuttelde. Het ergste was toen ze hem vertelde dat hij haar weerhield van haar dromen. Hij had Kaliope gekoesterd en uiteindelijk was het niet goed genoeg voor haar geweest. Nu hield Ian zijn relaties simpel, weigerend om zijn hart er ooit nog uit te laten scheuren.

Toen de aftiteling begon te rollen op de zestig inch flatscreen TV, stond Jenn op en verzamelde de met kruimels gevulde borden die over waren van hun eerdere maaltijd. "Ik ga naar mijn kamer om aan mijn scriptie te werken. Maak je geen zorgen over mij voor het eten. Ik maak straks wel een bakkie." Ze leunde voorover en kuste zijn wang. "Bedankt voor alles, oom Ian. Jij ook, Angie. Het was zo leuk je te ontmoeten. Nogmaals, het spijt me echt dat ik jullie middag heb verstoord."

Ze glimlachten allebei naar haar en zeiden dat het goed was en dat ze moest ophouden zich te verontschuldigen omdat ze gezelschap nodig had. Nadat zij en Beau hen alleen hadden gelaten, pakte Ian de laatste restjes van hun lunch en een lege kom popcorn, droeg alles naar de keuken terwijl Angie nog eens rondkeek in het appartement. Als ze het al een appartement kon noemen, want het leek meer op een enorme penthouse suite in een luxe hotel. In de woonkamer stonden banken en stoelen die plaats boden aan minstens tien mensen, samen met een enorm multimediacenter. Achter de bank was nog een gespreksruimte waar een houten en gespiegelde bar met vier stoelen stond. Een dartbord hing tussen de bar en de hoek van de kamer, met een stuk kurk om de muur te beschermen tegen verkeerde worpen. In de aangebouwde eetkamer stond een formele tafel met acht stoelen en een servieskast met twee extra stoelen die gebruikt konden worden als het tafelblad in gebruik was. Aan de andere kant van de eetkamer bevond zich een gastronomische keuken, compleet met roestvrij stalen apparatuur. Het was de droom van iedere gastvrouw.

Eerder op de middag had Angie haar laarzen uitgetrokken en geprobeerd op de bank naast Ian te kruipen zonder dat haar kruis zichtbaar was onder haar korte rokje. Toen Jenn merkte dat ze zich ongemakkelijk voelde, had ze haar een yogabroek en een T-shirt van de Universiteit van Tampa aangeboden om aan te trekken. Dankbaar had Angie het aanbod aangenomen en de ouderslaapkamer gebruikt om zich snel om te kleden. Er waren ook twee extra slaapkamers, de verst van Ians kamer was duidelijk die van Jenn, en een logeerkamer in de gang. De twee kleinere slaapkamers waren groter dan Angies eigen woonkamer. Het enige vreemde aan het appartement was dat de horizontale ramen in elke kamer op een hoogte van ongeveer drie meter tegen de drie meter hoge muren stonden, waardoor er veel licht binnenkwam zonder dat iemand van buiten naar binnen kon kijken. Ze dacht dat het een veiligheidsmaatregel was, vanwege zijn werk. Met uitzondering van de roze en paars chique slaapkamer van de jonge vrouw, was de rest van het huis prachtig ingericht in aardetinten. Ian had uitgelegd dat zijn moeder het had overgenomen nadat de appartementen bewoonbaar waren geworden en een binnenhuisarchitect had ingehuurd voor haar beide zonen. Anders zouden ze eruit hebben gezien als typische vrijgezellenflats met slecht bij elkaar passende meubels en niets aan de muren, behalve het dartbord. Hij moest de binnenhuisarchitect ervan overtuigen om het in het decor op te nemen.

Ze bekeek een oudere foto op een van de bijzettafeltjes toen Ian de kamer weer binnenkwam. De foto was van hem en zijn broers, ongeveer twintig jaar geleden. Ian stond in het midden met twee iets jongere jongens aan weerszijden van hem en hij hield een andere jongen, ongeveer zes jaar oud, bij zijn oksels vast. "Dit ben jij, de oudste, maar wie van deze twee is Devon? Zijn ze een tweeling?"

Hij wees naar de tiener links van hem. "Deze is Dev. De kleine vooraan is onze broer Nick, en dit is John. Nee, Devon is elf maanden ouder, maar veel mensen hadden moeite om ze uit elkaar te houden."

"Wonen Nick en John ook in Florida?"

Hij pakte haar hand, rukte haar van de bank en trok haar dicht tegen zich aan. "Nick is nu vijfentwintig en zit bij de marine in San Diego." Een droevige uitdrukking maakte zich van zijn gezicht meester. "En John stierf toen hij zeventien was."

Ze voelde zich rot om zijn verlies en besefte dat ze meer gemeen hadden dan ze aanvankelijk had gedacht.

"Het spijt me. Ik verloor mijn broer toen hij zeventien was en ik negen. Hij is omgekomen bij een auto-ongeluk met drie van zijn vrienden."

Ian omklemde haar wang, zijn duim streelde haar kaaklijn. "Het spijt me ook voor jouw verlies. John was alcoholist geworden en werd dronken op een dag spijbelen. Hij stierf nadat hij flauwviel en moest overgeven. Gestikt. Mijn vader heeft hem gevonden." Hij slikte hard bij die herinnering. "We namen het allemaal zwaar op. Devon nam het heel zwaar op. Hij kwelde zichzelf vanwege een misplaatst schuldgevoel dat hij had kunnen voorkomen dat John in een neerwaartse spiraal terechtkwam. Het probleem was dat de jongen zijn verslaving goed verborg en niemand van ons wist ervan. Wij zijn een hechte familie. Dev vond dat hij het probleem had moeten inzien en de situatie onder controle had moeten krijgen. Het feit dat hij dat niet deed werd een probleem voor hem. Zijn pijn en woede begonnen de overhand te krijgen, dus nadat we in hetzelfde SEAL-team zaten, introduceerde ik hem in de levensstijl om hem te helpen ermee om te gaan. Door andere aspecten van zijn leven onder controle te krijgen, kon Dev met Johns dood omgaan.

Terwijl ze haar handen van zijn middel naar zijn borst bracht, verkende ze zijn lichaamsbouw terwijl ze sprak. "Is dat waarom Devon niet drinkt? Ik zag hem gisteravond alleen tonic drinken." Was het gala pas gisteravond geweest? Het leek alsof er sindsdien zoveel gebeurd was tussen Ian en haar.

"Ja." Hij trok haar heupen tegen de zijne en wreef zijn erectie tegen haar aan. "Maar ik wil het nu echt niet over Devon of iemand anders dan jou hebben. We hebben nog wat onafgewerkte zaken af te handelen, kleintje."

Ze likte haar lippen, langzaam en verleidelijk. Hij kreunde bij het zien terwijl ze met haar vingers langs zijn borstkas ging. "En Jenn?"

Hij boog voorover en gaf haar een kus in haar nek. "Ze zal bezig zijn met haar werkstuk, en mijn slaapkamer is ver genoeg weg dat ze niets zal horen, zolang we onze stemmen en jouw geschreeuw op een fluistertoon houden."

"Sorry," mompelde ze terwijl ze bloosde.

Hij nam haar hand en leidde haar door de gang langs Jenns gesloten deur. "Dat hoeft niet. Ik hou ervan hoe vocaal je bent. Ik wil alleen niet dat mijn nichtje het weet. Ik weet zeker dat zij het ook niet wil. En maak je geen zorgen, want ze gebruikt altijd haar koptelefoon en luistert naar haar iPod als ze schoolwerk doet." Nadat hij de deur van zijn slaapkamer achter hen op slot had gedaan, trok hij haar weer in zijn omhelzing en kuste haar. Het begon niet zo explosief als hun eerdere zoen, maar het duurde niet lang of ze waren weer op dat niveau. Ze consumeerden elkaar enkele minuten voordat Ian zich terugtrok en haar losliet. Hij liep naar een kleine zithoek naast een gashaard aan de andere kant van zijn bed en ging op een blauw en groen gestreepte stoel zitten. Hij pakte een afstandsbediening en zachte jazzmuziek vulde de lucht. "Kleed je uit voor mij, Angel. Lekker langzaam. Plaag me maar. Weet je nog wat je stopwoord is?"

Verdomme, hij maakte haar heter dan lava als hij tegen haar sprak met die diepe, gebiedende stem. "Mijn stopwoord is rood, Sir."

Ze hield van dansen en met haar heupen zwaaien op de muziek ging haar als vanzelf af. Ze begon Ian de beste striptease en lapdance van zijn leven te geven. Het duurde niet lang voor ze haar T-shirt en yogabroek uit had. Toen ging ze langzamer. Met haar handen sensueel op en neer lopend, speelde ze met haar borsten en clitoris door de stof van haar ondergoed heen, totdat Ian zijn broek los moest maken om wat ruimte te krijgen voor zijn gespannen erectie. Ze was geschokt en opgewonden te zien dat hij geen ondergoed droeg. Ze kreunde, wetende dat zijn harde schacht het grootste deel van de dag een rits verwijderd was geweest van haar aanraking. De donkerpaarse kop huilde en ze keek ernaar uit om hem te proeven. Nu nog niet. Ze was nog niet klaar met hem te plagen.

Ze draaide zich om, boog zich voorover en reikte naar achteren om haar billen te spreiden, glimlachte en kronkelde met haar heupen toen hij gromde. "Fuck, Angel. Op een dag zal ik je lekkere kontje nemen en het hard en snel neuken. En ik beloof je, je zult er elke minuut van genieten."

Haar kutje trilde bij de gedachte dat hij haar daar zou neuken, een plek waar nog geen andere man was geweest. Ze stond weer op en bleef met haar gezicht naar hem toe staan, terwijl ze naar achteren reikte en haar beha loshaakte. Terwijl ze de voorkant op zijn plaats hield, liet ze de bandjes zakken, centimeter voor centimeter, tot haar armen vrij waren. Ze pakte het kanten kledingstuk en gooide het over haar hoofd in zijn richting. Toen ze zag dat hij het ving, begon ze met haar heupen te wiegen en liet haar string zakken, het proces zo lang als ze kon rekkend. Ze stapte er uit, draaide zich om en gooide ook die naar hem toe. Toen hij dit keer het kledingstuk greep, bracht hij het naar zijn gezicht en ademde diep in. Zijn blauwe ogen vlamden op en werden donker van verhit verlangen. "Verdomme, liefje. Ik wou dat ik je geur kon bottelen en het overal mee naartoe kon nemen. Haal je vingers door je kutje en proef jezelf. Ik wil dat je proeft wat ik doe als ik je opeet."

Jezus Christus! Ze had zichzelf nog nooit geproefd. Ook al bloosde ze, de vraag schrok haar niet af. Sterker nog, ze voelde haar reactie erop van tussen haar benen gutsen, alsof haar lichaam haar genoeg te proeven gaf. Op haar gemak ging ze met haar afgeplatte hand langs haar buik, terwijl haar vingers zich naar beneden uitstrekten en de weg leidden. Ze streelden over haar clitoris en in haar verzadigde plooien. Nadat ze haar vocht had verzameld, bracht ze haar vingers naar haar mond en likte elke vinger een voor een, kreunend van de kruidigheid toen het haar tong raakte.

Ian stak een vinger naar haar uit. "Kom hier, schatje, en doe het nog eens. Het is mijn beurt om te proeven."

Ze deed een paar stappen naar voren en stopte met haar benen over zijn knieën. Ze herhaalde het proces van het verzamelen van haar crème, bracht haar hand omhoog en hield het een paar centimeter van zijn mond, zodat hij naar haar reikte. Hij greep haar pols en spreidde zijn lippen. Hij nam twee van haar vingers en zoog ze schoon alvorens de volgende twee te nemen en als laatste haar duim, waar hij op sabbelde. De geluiden van zijn geslurp en tevreden gebrom maakten dat ze andere dingen in zijn mond wilde stoppen, voornamelijk haar tieten en clitoris.

"Op je knieën, Angel. Ik wil dat je me pijpt."

Oh, godzijdank! Ze vond het heerlijk om te pijpen en wilde zijn voorvocht proeven dat uit zijn topje sijpelde. Ze knielde voor hem en kroop tussen zijn knieën toen hij ze spreidde. Hij had nog steeds zijn broek en T-shirt aan, en deze keer voelde ze zich slecht dat hij gekleed was en zij naakt. Toen ze naar zijn pik reikte, hield hij haar tegen. "Alleen je mond, liefje. Handen achter je rug. Net als toen je nog een kind was, appels proeven."

Glimlachend likte ze haar lippen en deed wat haar gezegd werd. Met duim en wijsvinger plaatste hij zijn lul zo dat hij naar het plafond wees. Met zijn andere hand pakte hij een handvol van haar haar en leidde haar mond om zijn topje op te nemen. Ze veegde met haar tong over de kop en proefde hem. Hij was verrukkelijk, en ze deed het nog een keer voor hij zijn schacht langzaam in haar mond begon te steken. Hij bewoog zijn heupen naar voren zodat ze meer van hem in zich op kon nemen, en bepaalde het langzame tempo dat hij wilde dat ze zou gebruiken terwijl haar hoofd op en neer bewoog. Hij versoepelde zijn greep in haar haar en duwde de losse lokken die rond haar gezicht waren gevallen weg en stopte ze achter haar oren zodat hij haar mond beter kon zien.

Hij reikte naar beneden en speelde met haar tepels terwijl ze hem in en uit haar mond werkte. Hij kneep, trok en rolde haar stijve kleine pieken. Toen ze spinde, wist ze dat hij het voelde langs de lengte van zijn pik en in zijn ballen. Met haar tong likte ze hem bij elke opwaartse beweging als een ijshoorntje, plagend aan de v-vormige inkeping aan de onderkant van zijn pik, en het was zijn beurt om te neuriën van voldoening.

Ians ogen rolden terug in zijn hoofd. "Verdomme, Angel. Het enige wat beter is dan hoe dit voelt is hoe je eruit ziet met mijn pik tussen je dikke, rode lippen. Zuig me, baby, zo hard als je . ...aaahhhh, Verdomme! Kut ! Doe het nog eens." Hij begon zwaar te ademen, zijn heupen schoten omhoog, en ze nam hem zo ver terug in haar mond dat hij haar keel raakte. Verdomme! Ofwel had ze geen kokhalsreflex ofwel had ze een uitzonderlijke controle.

Toen ze slikte, sloot haar keel zich om hem heen. Hij zag sterretjes terwijl hij kreunde in extase. Hij zou haar snel moeten stoppen want hij wilde in haar kutje zitten als hij voor de eerste keer in haar lichaam klaarkwam, maar het voelde te goed om haar nu al te stoppen. "God-verdomme, baby. Ik wil de klootzak die jou heeft leren pijpen bedanken en daarna vermoorden, want je bent er zo verdomd goed in. Maar ik wil me niet voorstellen dat je dit bij iemand anders doet dan bij mij."

Hij kon er niet meer tegen. Hij pakte haar haren weer vast en trok haar van zich af. Ze wist nog een laatste keer met haar tong over zijn hoofd te wrijven, de kleine snot-aap. Hij gaf haar een hand en hielp haar overeind. Terwijl ze haar gezwollen lippen likte, zei hij tegen haar: "Klim op mijn bed en ga op je handen en knieën zitten, zodat ik je van achteren kan nemen. Je was me aan het plagen met je lekkere kontje eerder in de lobby, en nu ga ik je een pak slaag geven voor ik je neuk. Er zijn consequenties als je een Dom plaagt zonder dat je dat is opgedragen."

Angie dook bijna op het bed. Ze had hem in haar nodig en schaamde zich niet toe te geven dat ze verlangde naar de ruwheid die hij haar bood. Ze had altijd al eens een pak slaag willen krijgen, maar het enige vriendje dat ermee had ingestemd om het te doen, was er niet al te happig op geweest en de ervaring had haar naar veel meer doen verlangen dan ze had gekregen. Twee van haar andere vriendjes hadden haar aangekeken alsof ze gek was toen ze hen vertelde wat ze wilde, dus vroeg ze er niet meer om. Maar ze had het gevoel dat Ian haar niet alleen zou geven wat ze wilde, maar ook wat ze verlangde.

Nadat ze in positie zat, keek ze over haar schouder

naar hem. Hij stond naast het bed en keek naar haar kont terwijl hij zijn kleren uittrok. "Ogen naar voren."

Ze draaide haar hoofd weer om en hoorde hoe hij een lade van het nachtkastje opende en daarna het geluid van condoomverpakkingen die werden opengemaakt. Het bed kantelde toen hij achter haar kwam staan, en ze schrok toen hij haar kont begon te strelen en te knijpen in plaats van haar meteen een pak slaag te geven. "Mooi, Angel. Je hebt de mooiste kont die ik ooit heb gezien. En hij zal er nog mooier uitzien als ik hem een mooie kleur roze geef."

Ze was niet voorbereid op de eerste klap, en hoewel hij haar niet te hard had geraakt, gaf ze toch een gil en probeerde instinctief naar voren te komen. Ian greep haar heupen en hield haar op haar plaats. "Ga je ergens heen, liefje?"

Verdomme. Hij klonk geamuseerd, en ze rolde met haar ogen, dankbaar dat hij haar gezicht niet kon zien. "Nee, Sir. Ik had het gewoon niet verwacht."

"Nou, nu wel. Onthoud, Jenn is in de hal, dus niet schreeuwen."

Ze was blij dat hij haar aan zijn nichtje herinnerde, want Angie was de jongere vrouw vergeten. Daarom had hij vast de muziek wat harder gezet voor hij bij haar op het bed kwam liggen, want dat zou het geluid dempen van zijn hand die tegen haar blote lijf sloeg. Zijn andere hand ging omhoog en sloeg tegen haar andere wang. Deze was iets harder dan de eerste, maar ze bleef op haar plaats en slaakte een gilletje. Tegen de tijd dat hij haar de derde, vierde en vijfde tik gaf, begon haar kont aan te voelen alsof hij in brand stond. Hij had geen twee keer op dezelfde plek geslagen, maar verspreidde ze over haar wangen en bovenbenen. En in plaats van te proberen weg te komen, kromde ze haar rug en duwde haar heupen hoger, zodat hij er beter bij kon. Was het verkeerd om van de pijn te genieten tot het punt dat ze kletsnat was en klaar om hem te smeken haar te neuken? Hij stopte na de achtste en hield zijn hand boven het vlees waar hij net op geslagen had, om de warmte binnen te houden, en ze kreunde. "Ben je oké, Angel? Geef me een kleur. Groen, geel, of rood?

"Groen... Sir." Haar ademhaling was toegenomen na de derde of vierde klap en nu was ze aan het hijgen. "Oh, God... zo groen."

"Echt? Ze kon de glimlach in zijn stem horen. "Waarom voel ik niet voor mezelf, hmm?" Voor ze kon antwoorden, gleed zijn hand tussen haar benen. "Mmmm. Zo lekker en nat. Maar niet klaarkomen zonder toestemming."

Hij haalde zijn verkennende vingers weg en ze hoorde hem ze schoonmaken met zijn mond. Ze voelde hoe hij dichter naar haar toe bewoog en de kop van zijn pik door haar drijfnatte plooien wreef voordat hij hem in één snelle beweging diep in haar kutje stootte, kreunend terwijl hij dat deed.

Verdomme, hij is zo groot! Ze voelde zich zo vol terwijl hij zich in haar vasthield, wachtend tot haar lichaam zich aan zijn omvang had aangepast. Ze moest de drang inhouden om hem te smeken te bewegen en bad dat hij haar niet te lang zou laten wachten voor hij haar toestemming zou geven om te komen, want ze stond aan de rand van de afgrond.

Hij trok zijn schacht terug naar buiten terwijl haar gulzige kutje zich vastklemde in een poging hem binnen te houden. Hij stopte met het hoofd net in haar. Ze duwde haar heupen terug in een poging om hem weer diep te laten gaan. Zijn hand sloeg tegen haar rechterbil, en ze hijgde. "Jij bepaalt het tempo niet, liefje. Dat doe ik. En op dit moment, geniet ik van het gevoel van jou om me heen, dus blijf stil liggen."

"J-ja, Sir. S-sorry, maar je voelt zo goed."

* * *

Ian ging terug in haar tot hij tot aan het uiterste was ingegraven en herhaalde de cyclus, compleet met een paar harde klappen op haar kont, nog een paar keer. "Verdomme, Angel. Je voelt ongelooflijk aan. Zo heet en strak. Ik denk niet dat ik het lang ga volhouden."

Het zou misschien sneller gaan dan hij wilde, maar hij zou ervoor zorgen dat het goed voor haar was voordat hij zijn eigen bevrijding vond. Het slepen van haar wanden tegen zijn pik voelde zo goed, het was absoluut zondig. Hij greep haar heupen vast en kon het niet laten om zijn tempo op te voeren. Hij zette een bijna razend ritme in terwijl hij van achteren in haar stootte. Het geluid van vlees dat tegen vlees sloeg vulde de kamer terwijl zijn heupen tegen haar weelderige achterwerk stuiterden.

"Oh God, ik ga komen. Alsjeblieft Ian!" Hoewel haar woorden smekend gefluisterd waren, kon hij haar wanhoop horen.

"Nog niet, Angel. Bijna." Na nog een paar stoten, toen hij de tinteling in zijn ruggengraat en zijn ballen voelde schieten, wist hij dat hij haar moest laten klaarkomen. Hij reikte rond haar heup, vond haar clit en kneep erin. "Nu!"

Dat ene woord en kneepje waren alles wat ze nodig had toen ze om hem heen viel. Haar kreten van bevrediging werden gedempt toen ze schreeuwde in het dekbed en het zaad uit zijn lichaam melkte. Ze verstrakte om hem heen, en hij zag zwarte vlekken voor zijn ogen. Hij bleef met zijn heupen pompen, in een poging hun orgasmes zo lang mogelijk te rekken, tot haar hele lichaam uiteindelijk op het bed wegzakte. Hij viel voorover op zijn onderarmen, aan weerszijden van haar hoofd. Met zijn borst tegen haar rug, slaagde hij erin een deel van zijn gewicht van haar af te houden. Beiden snakten naar lucht, hun lichamen bedekt met zweet. Hoe erg hij het ook vond om te doen, trok Ian zich uit haar terug.

Toen hij er zeker van was dat hij kon staan zonder in elkaar te zakken, streelde hij haar rug en kont terwijl hij van het bed kroop. "Blijf daar, liefje. Ik ben zo terug."

Hij glimlachte om haar gemompelde antwoord terwijl ze haar knieën rechtte en plat op haar buik ging liggen. Hij gooide zijn condoom weg in de badkamer, ging onder de douche staan en zette het water aan om het op te warmen. Hij ging terug naar het bed en keek neer op haar verzadigde lichaam, niet verbaasd toen hij weer hard begon te worden bij het aangezicht. Hij kon niet genoeg krijgen van zijn kleine engel. Nadat hij nog een condoom had gepakt, legde hij zijn handen rond haar enkels en trok haar naar zich toe. Toen ze een zwak protest liet horen, gaf hij haar een tik op haar roze kont om haar aandacht te trekken.

Ze draaide zich om en staarde hem aan. "Waar was dat voor nodig?"

Hij gaf haar een kwade grijns. "De Dom in mij had er zin in."

"Nou, vertel de Dom in jou om een beetje sympathie te hebben voor de half bewusteloze. Je hebt me uitgeput."

Grinnikend nam hij haar in zijn armen en droeg haar de badkamer in, recht in zijn extra grote inloopdouche.

"Ik hoop dat ik je niet te veel heb uitgeput, want ik ben klaar voor meer."

Ze keek geschokt naar zijn schaamstreek toen hij haar benen losliet en haar toestond te staan. Grijnzend liep hij met haar naar achteren onder de straal warm water die van beide kanten van de douche en ook van boven kwam. Ze reikte naar beneden en maakte een vuist rond zijn nog steeds groeiende erectie. "Ik denk dat ik misschien nog wat energie over heb, aangezien jij er duidelijk zin in hebt."

Hij liet haar langzaam over zijn schacht pompen terwijl hij het condoom op een plank gooide en een fles douchegel pakte en wat in zijn hand spoot. Hij begon haar nek en schouders in te zepen en reinigde haar hele lichaam, waarbij hij extra aandacht besteedde aan haar borsten, haar kont en haar kruis. Toen hij klaar was, stond hij haar toe hetzelfde bij hem te doen en liet haar haar gang gaan, tot haar duidelijk genoegen. Ze bewonderde zijn twee tatoeages - de band rond zijn linker bovenarm en de Amerikaanse vlag met anker boven zijn rechter-schouderblad. Haar handen volgden zijn verschillende littekens en vroegen hoe hij aan elk litteken was gekomen. Hij kon zich niet herinneren hoe hij aan sommige was gekomen, maar er waren er drie die hij in de strijd had opgelopen en die hij nooit zou vergeten. Het litteken van drie centimeter op zijn linker bovenarm en een ander litteken van vijf centimeter op zijn buik waren messteken die weinig schade hadden aangericht. Maar een schot-wond op zijn linkerborst boven zijn hart was een voortdu-rende herinnering aan hoe gevaarlijk sommige van zijn missies bij de marine waren geweest. De dokters hadden hem verteld dat als hij iets lager was geraakt, hij Irak in een lijkzak zou hebben verlaten.

Hij had zijn kogelvrije vest niet aan toen hij de eetzaal verliet, toen een Irakese politieman, die op hun basis was toegelaten voor training, besloot dat hij zijn loyaliteit wilde veranderen. Twee mariniers waren gedood, hij en een andere SEAL waren gewond geraakt in de drie seconden durende aanval voordat de verrader werd neergeschoten door Marco die een paar stappen achter Ian stond. Gelukkig hield een van zijn ribben de laag kaliber kogel tegen. Na slechts twee dagen in het ziekenhuis kon hij terugkeren naar de Verenigde Staten tot hij weer vrijgegeven werd voor dienst. Zijn Purple Heart werd samen met de rest van zijn medailles opgeborgen in een kastje op zijn dressoir.

Nadat hij haar verteld had over de littekens die hij zich kon herinneren, kuste ze ze allemaal. Hij was ontroerd door haar tedere handelingen. Die gedachten schudde hij al snel uit zijn brein, wilde haar niet dicht bij zijn hart laten waar hij het meest kwetsbaar was, want hij liet de geschiedenis zich nooit herhalen. Hij pakte haar heupen vast en draaide haar om, zodat ze tegenover een ingebouwde betegelde bank stond. Hij greep naar het condoom dat hij eerder had weggegooid. "Buig voorover, liefje, en leg je handen op de bank. Je kan klaarkomen wanneer je maar wil deze keer." Ian deed de condoom om en spoot nog wat zeep in zijn handen. Hij liet zijn vingers langs haar kont glijden en bracht zijn glibberige vingers in haar kontgaatje. Eerst een, gevolgd door twee. Hij liet haar al snel kreunen en kronkelen terwijl hij ze in en uit stootte, ze scharend om haar verder uit te rekken. Hoe graag hij haar ook wilde nemen, ze was nog niet klaar voor zijn grootte. Hij zou een set van progressieve anale plugs moeten halen om haar goed voor te bereiden. Voor nu zou hij zijn vingers gebruiken. Terwijl hij haar kont bleef neuken, bracht hij zijn met latex bedekte pik naar haar kern en stootte in haar. Ze kwam onmiddellijk klaar. Hij had deze keer meer controle en zette een rustig tempo in, vastbesloten om nog een of twee orgasmes uit haar te krijgen.

* * *

Angies benen trilden terwijl het ene orgasme wegebde en het andere zich opbouwde als golven in de oceaan. Was het mogelijk om dood te gaan van te veel ongelofelijke seks? Ze hoopte van niet want ze wilde er zoveel mogelijk van meemaken voor ze stierf. Ian was een ervaren minnaar die in staat was haar lichaam te laten zingen op een manier die het nog nooit eerder had gedaan. Hij verschoof zijn heupen en met de nieuwe hoek vond hij haar verborgen G-spot en stuurde haar weer over de rand. De combinatie van zijn pik en zijn vingers die haar tegelijkertijd beroerden deden haar hard klaarkomen, en als hij haar niet met zijn vrije hand rond haar middel had vastgehouden, zou ze op de tegelvloer in elkaar zijn gezakt. De derde keer dat ze ontplofte, nam ze hem mee, en hij gromde zijn bevrediging.

Enkele uren later werd Angie wakker met Ians mond en tong tussen haar benen. De man was onverzadigbaar en zij blijkbaar ook, want ze kwam twee keer klaar voor hij haar poesje opnieuw nam. Met tegenzin had hij ermee ingestemd om haar naar huis te laten gaan nadat ze hem had verteld dat ze niet de hele nacht wilde doorbrengen met zijn nichtje dat op de gang sliep. Nadat hij haar had laten beloven dat ze hem een sms zou sturen als ze veilig thuis was gekomen, stond hij haar toe zich aan te kleden in de kleren en slippers die Jenn haar had geleend.

Ondertussen trok hij zijn eigen joggingbroek aan en een T-shirt. Ze pakte haar andere kleren. Hij liep met haar naar haar auto, die nog steeds bij de club geparkeerd stond, met Beau als escorte. De parkeerplaats was leeg sinds de club een uur eerder gesloten was en de bewaker had de buitenpoort beveiligd nadat iedereen vertrokken was voordat hij zelf naar huis ging. Voordat Angie in haar auto stapte, kuste Ian haar met de belofte haar in de namiddag te bellen en liep toen naar het hek om het voor haar te openen. Ze reed naar huis met een zeer tevreden glimlach op haar gezicht en heerlijke pijnen door haar hele lichaam.

Hoofdstuk 9

Angie stond naakt in haar badkamer terwijl ze de haardroger op haar natte lokken richtte. Het was vrijdagavond en Ian zou haar vanavond meenemen naar zijn club. Ze hadden elkaar twee keer gezien tijdens de week. Trident vergaderingen, interviews en zaken verhinderden dat ze meer dan een volledige nacht samen alleen konden zijn. Ze had hem niet meer gezien sinds woensdagochtend. Hoewel ze nog wat telefoonseks hadden gehad, die zo heet was dat het haar verbaasde dat de lokale zendmast niet ontplofte, wilde ze hem dolgraag weer zien.

Maandag had Ian haar uitgenodigd om langs te komen bij Devon en Kristen. Het team kwam er samen voor Jenn om haar door de eerste verjaardag van haar ouders dood te helpen. Pizza, bier en frisdrank dienden als een eenvoudig diner terwijl ze poker speelden en naar een video keken met foto's van de jonge vrouw en haar ouders van voor haar geboorte tot haar late tienerjaren. De laatste foto's van haar ouders waren genomen tijdens hun laatste kerst samen. Op veel van de foto's waren enkele of alle leden van het Trident team te zien, naast andere voormalige SEALs die de uitgebreide familie van Jenn vormden. De mannen en hun nichtje vermaakten Kristen en Angie met ontelbare grappige verhalen over de capriolen van het team door de jaren heen. Angie had de groep iets na middernacht verlaten toen Ian en Brody 's avonds laat nog een videoconferentie moesten houden met een cliënt die hen had gebeld met een dringend verzoek om hun hulp bij een of andere zaak.

Ze had de dinsdagavond doorgebracht in Ians armen toen ze eindelijk zijn appartement voor zichzelf hadden. Ze hadden ook het contract doorgenomen en haar grenzen en zijn verwachtingen besproken. Ze was verbaasd dat geen van zijn verzoeken haar stoorde. Hij zou controle over haar hebben in de slaapkamer en haar grenzen verleggen, alles binnen haar groene en gele grenzen. Hij had ook controle over haar welzijn en veiligheid. In plaats van dat ze dat niet leuk vond, voelde ze zich verwend en gewaardeerd omdat hij genoeg om haar gaf om ervoor te zorgen dat haar niets overkwam. Hoewel het contract niet wettelijk bindend was, nam het veel van het giswerk van de relatie weg. Maar bovenal benadrukte het dat zij de ultieme controle over hun relatie had door haar stopwoord en limietlijst.

Hij was in Miami sinds woensdag, maar belde haar gisteravond en vroeg haar of ze met hem naar de Covenant wilde gaan. Hij zag af van het maandelijkse lidgeld en had haar achtergrond al snel gecontroleerd. Zij, op haar beurt, had haar medische verklaring voor hem ingevuld, zodat ze vrij waren om in de club te spelen. Ze sprong op de kans om te gaan.

Ze was geschokt toen Brody eerder op de dag langs kwam en haar een kleine zwarte boodschappentas had gegeven met een rode rand. Hij vertelde haar dat Ian twee outfits voor haar had uitgezocht in de clubwinkel en dat ze er een moest kiezen om voor de eerste keer naar de club te gaan. Knipogend en grijnzend voordat hij zich omdraaide om weg te lopen, had Brody haar verteld: "Mijn persoonlijke favoriet is de roze met wit."

Hij had haar met open mond achtergelaten. Toen ze weer bijkwam, was hij allang weg. Ze rende naar haar slaapkamer om te zien wat er in de tas zat. De eerste outfit - eigenlijk waren het geen outfits, maar lingeriesetjes - was een donkergroene, zijden beha met bijpassend shortje. Maar het was het bleke, roze babydoll topje en string met witte bies die ze zonder nadenken koos om te dragen. Het materiaal was doorschijnend op twee kleine driehoekjes na - één over elke borst.

Toen ze zich aankleedde, realiseerde ze zich dat de zoom precies op de onderkant van haar billen stopte en als ze voorover zou buigen, zou iedereen haar blote kont zien, ook al was die al bloot door het dunne materiaal. De zijden driehoekjes van het topje bedekten de tepels van haar 38D, maar lieten verder weinig aan de verbeelding over. Ze bewonderde zichzelf in de spiegel. In plaats van zich sletterig te voelen, voelde ze zich mooi, sexy, en heel, heel ondeugend. Technisch gezien liet het iets meer zien dan haar bikini deed in de zomer. Ze had nog nooit een badpak met een string gedragen. Nadat ze een beetje make-up op had gedaan en een paar witte sandalen, die Brody had aanbevolen omdat ze in de club op blote voeten zou lopen, trok ze een knielange zwarte katoenen jurk aan. Het was licht van gewicht en ze droeg het soms als overslag over haar badpak. Met een dunne sjaal voor de koelere avondlucht en haar weekendtas verliet ze haar appartement en reed naar het terrein, opgewonden dat

Ian haar zou zien in de outfit die hij voor haar had uitgezocht.

Hij had haar gezegd voor zijn appartement te parkeren. Toen ze parkeerde, stapte Ian net buiten. Ze kwijlde bijna bij het aangezicht. Verdomme, die man was prachtig. Een strakke, zwarte leren broek bedekte zijn lange, krachtige benen en een open zwart leren vest toonde zijn gebeeldhouwde borst, buik en armen. Voeg daarbij zijn zwarte leren laarzen en hij zag eruit alsof hij van de set van een motorfilm kwam. Als de rest van de cast er net zo uitzag als hij, zou zij op de openingsavond vooraan in het theater zitten.

Hij opende haar autodeur en stak zijn hand uit om haar te helpen uitstappen. Zijn blik ging bezitterig en verleidelijk over haar lichaam. Dat was alles wat nodig was om haar opgewonden te krijgen. Nadat hij haar een lange, ontspannen begroetingskus had gegeven, nam hij haar sleutels, handtas en weekendtas en plaatste ze binnen in zijn appartement voordat hij naar haar terugkeerde. Hij haalde een wit met zwart gevlochten band uit zijn zak en klemde de leren collar om haar nek. Hij zei haar dat ze die altijd moest dragen als ze in de club waren. "Ik wil ook niet dat je in de club bent tenzij je bij mij bent, tenminste totdat je meer op je gemak en vertrouwd bent met de protocollen." Hij pauzeerde. "Schrap dat. Ik wil je nooit in de club zonder mij."

Ze vond het niet erg, want ze wist niet zeker of ze daar zonder hem heen wilde. Om de een of andere reden leek het alsof ze hem zou bedriegen als ze dat deed. "Ja, Sir."

Ze babbelden terwijl ze over het terrein naar de lobby van de club liepen. Hij stelde haar voor aan Matthew, de onderdanige die dienst had bij de balie, en Tiny, de massieve, kale, afro-Amerikaanse uitsmijter bij de deur.

Ondanks zijn intimiderende omvang was Tiny een zeer lieve man en noemde alle vrouwen "Juffrouw" samen met hun voornamen, wat Angie vertederend vond. Ian vertelde haar dat de man het hoofd van de beveiliging van de club was en ook af en toe bodyguard werk deed voor Trident.

Nadat Tiny een van de dubbele deuren had geopend, gaf Ian haar opdracht door de andere deur te gaan, die naar de kleedkamers leidde, en haar sjaal, jurk en schoenen in een kastje achter te laten. Hij gaf haar een eenvoudig slot om te gebruiken en zei haar terug te keren naar hem aan de bar, wijzend naar waar hij van plan was een paar meter verderop op haar te wachten. Ze ging de deur door en de dichtstbijzijnde trap af, waarop een bordje stond dat de dameskleedkamer was. Naast de kluisjes waren er ook de badkamer en de douche, en een kleine lounge met wastafel. Een paar vrouwen waren er al en twee van hen zeiden haar beleefd gedag toen ze de deur uitliepen die naar de pit leidde. Een van hen droeg een zwart vinyl catsuit, terwijl de andere slechts gekleed was in een string met pleisters om haar tepels. Angie kon het niet helpen dat ze gapend naar hun ruggen staarde. Een andere vrouw van ongeveer haar leeftijd glimlachte naar haar en stak haar hand uit ter begroeting. "Hoi, ik ben Shelby. Jij bent vast nieuw hier."

Angie grijnsde om de sprankelende persoonlijkheid van de vrouw en haar elektrisch-blauwe sluike haar dat paste bij haar bh en korte rokje. Ze schudde Shelby de hand. "Hoi, ik ben Angie en, ja, vanavond is mijn eerste avond. Ik ben nog nooit in een club als deze geweest, dus ik ben een beetje nerveus."

Shelby's ogen verwijdden zich een beetje en ze lachte. "Een newbie-newbie? Wauw, dat wordt een cultuurschok. Ik herinner me mijn eerste keer zo'n twaalf jaar geleden. Soms ben ik nog steeds verbaasd dat ik een tweede keer terugging na sommige dingen die ik zag. Wie is je Meester?" Op Angies verwarde blik, voegde ze eraan toe, "Je collar betekent dat je iemands sub bent."

Ze was zo nerveus en opgewonden dat ze was vergeten dat ze hem om had. Vingerend aan het zachte leer, zei ze, "Oh, juist. Ik ben hier met Ian... Ik bedoel, Meester Ian."

De andere onderdanige kreeg een dromerige blik op haar gezicht. "Meester Ian is zo'n droomvent. In feite zijn zijn broer en de rest van de jongens bij Trident dat ook. Ik denk dat het een soort vereiste is dat ze daar hebben."

Hoewel Angie het ermee eens was, voelde ze een plotselinge jaloezie en vroeg zich af of Ian en Shelby ooit iets met elkaar hadden gehad. Ze schudde het van zich af en zei tegen zichzelf dat ze niet het recht had om te informeren naar zijn vroegere minnaars. Ook al had ze op de avond van het gala gevraagd naar die trut, Heather. Hij had haar niet gevraagd naar haar vroegere relaties, dus nam ze aan dat ze allebei hun eigen persoonlijke bagage achter zich lieten. Het punt was, hij was hier met haar. Hij had haar eerder in de week verteld dat terwijl ze daten, hij erop stond dat ze exclusief waren. Ian hield er niet van om te delen, wat goed uitkwam omdat Angie dat ook niet deed.

"Denk eraan," zei Shelby tegen haar, "wees niet onbeleefd of snauw niet tegen een Dom of Domme en blijf uit de problemen. Dat zijn de makkelijkste manieren om straf te krijgen." Ze giechelde. "Tenzij het is waar je zin in hebt. Onthoud je stopwoord en als je ergens onzeker over bent, zeg het dan meteen tegen Meester Ian. De Doms zijn geen gedachtelezers, dus je moet het zeggen als er een probleem is of als je ergens bang voor bent. En als Meester Ian om een of andere reden niet naast je staat en er is een probleem, grijp dan een van de Dungeon Masters - ze dragen gouden vesten - of een uitsmijter in een rood shirt en vlinderdas."

Toen Shelby haar alleen liet en zei dat ze haar later zou zien, zocht Angie een leeg kastje uit. Ze voelde zich iets beter na het gesprek met de vriendelijke vrouw. De vlinders in haar buik fladderden nog steeds rond. Voordat ze de moed verloor, gooide ze haar sjaal en schoenen in de kleine metalen ruimte en tilde haar jurk over haar hoofd en hing hem aan het daarvoor bestemde haakje. Ze sloot het kastje af, deed er het driecijferige slotje op en liep toen naar een passpiegel om te kijken of haar haar en make-up nog goed zaten. Tevreden haalde ze diep adem en liep weer naar de trap, zichzelf ervan overtuigend dat ze klaar was voor alles.

Ian was precies waar hij had gezegd dat hij zou zijn, pratend met Devon, Kristen, en een andere man die Angie niet herkende. Ze was blij Kristen weer te zien en voelde zich minder nerveus toen ze de andere vrouw zag in een rode, kanten teddy en slipje. De anderen groetten haar toen ze naderde, maar haar blik was gericht op de waardering die ze in Ians gezicht zag. Het was duidelijk dat hij blij was met haar keuze van lingerie voor de avond. Hij trok haar naar zich toe en gaf haar een kus die haar van haar sokken zou hebben geslagen als ze die aan had gehad. Toen hij haar eindelijk losliet, stelde hij haar voor aan de andere man die naast hem stond. "Angie, dit is Meester Carl. Carl, wees lief voor mijn onderdanige, Angie. Dit is haar eerste keer in een club."

De oudere man leek in de vijftig en was slank en iets korter dan Ian. Zijn grijzende zwarte haar, sikje, zwart overhemd en leren broek gaven hem bijna het uiterlijk van een vampier, minus de hoektanden, maar zijn glimlach stelde haar op haar gemak. "Ian, ik hou van de smaak van de Sawyer broers in vrouwen. Angie, mijn liefste, Meester Ian weet hoe leuk ik het vind om nieuwe onderdanigen te plagen, maar omdat hij me gevraagd heeft het niet te doen, zal ik je hoffelijk welkom heten in de Covenant. Maar als je ooit in de stemming bent voor een afranseling, kom dan alsjeblieft naar me toe."

Angies ogen verwijdden zich van verbazing, maar ze ontspande weer toen Ian gromde terwijl Devon en Kristen lachten. "Noem je dat aardig zijn?" Hij draaide zijn hoofd weer naar haar. "Meester Carl is een sadist, Angel, en een plaaggeest is. Hij houdt ervan om de onderdanigen nerveus te maken, maar je hoeft je nergens zorgen over te maken, want daaronder is hij echt een grote softie."

Carl spotte. "Oh, bedankt, Ian. Als je al mijn geheimen verklapt, zal ik geen plezier meer hebben."

De anderen lachten en Angie hoorde een andere mannenstem van achteren in haar oor fluisteren: "Ik ben blij te zien dat je voor de witte hebt gekozen, schat."

Brody. Hij zag er sexy uit in een strak, zwart T-shirt, een nauwsluitende versleten spijkerbroek en cowboylaarzen. De onderdanigen van de club moeten de hele tijd om hem vechten. Voor een computernerd zag hij er verre van sullig uit, met zijn brede schouders en gebeiteld torso. En om de een of andere reden was hij de enige voor wie ze zich een beetje schaamde om in haar huidige, ongeklede staat voor te staan. Misschien omdat, afgezien van de dag dat ze in haar ondergoed in hun teamvergadering stond, hij haar bijna elke dag volledig gekleed had gezien. Terwijl haar wangen tomaatrood werden, knipoogde

Brody en gaf haar een snelle kus op haar wang en deed hetzelfde bij Kristen. "Hé daar, Ninja-girl. Je ziet er net zo sexy uit als altijd."

Angie was dankbaar dat Ian een glas wijn voor haar bestelde en een biertje voor zichzelf nam. Ze wist dat er een dranklimiet was als ze van plan waren te spelen, wat hij haar verteld had. Hij had haar lidmaatschapskaart voor haar bij zich. Zo hielden de barmannen en het beveiligingspersoneel ieders alcoholgebruik in de gaten. De toegang tot de pit werd geweigerd als een lid meer dan twee drankjes op had.

Ze praatten een paar minuten met z'n zessen, en Angie begon zich steeds meer te ontspannen, ondanks Ians bezitterige hand die onder haar babydolltopje op haar rechterbil rustte en af en toe in haar blote vlees kneep. Ze keek rond in de bar en op het balkon, naar mensen in alle vormen, maten, leeftijden en etnische achtergronden. Ze waren ook allemaal in verschillende staat van kleding, en ze vond het vrij gemakkelijk om uit te vinden of iemand dominant of onderdanig was door te kijken naar wat ze droegen. Het was heel vreemd om een paar naakte onderdanigen onbekommerd te zien rondlopen, maar ze stelde zich voor dat het minder afleidend was dan op een naaktstrand waar iedereen ontkleed zou zijn.

Een serveerster, gekleed in een kort, zwart rokje, rode beha en zwarte vlinderdas, naderde de groep en stopte naast Brody. Ze wachtte tot hij zou stoppen met praten, terwijl ze haar ogen de hele tijd naar beneden gericht hield. Brody was klaar met wat hij tegen Meester Carl zei en wendde zich tot de geduldige onderdanige. "Ja, Cassandra. Wat kan ik voor je doen?"

"Goedenavond, Meester Brody." De mooie brunette

hield haar blik afgewend van het gezicht van de Dom. "Meester Marco is vanavond een DM bij station vier en verzoekt je naar hem toe te gaan als je even tijd hebt."

Hij glimlachte en met behulp van twee vingers kantelde hij het gezicht van de vrouw omhoog zodat ze hem wel moest aankijken. "Dank je, liefje. Als je interesse hebt om een scène te doen als je dienst erop zit, kom me dan opzoeken. Oké?"

Cassandra's gezicht lichtte op. "Ja, meester Brody. Dat zal ik doen. Dank u, meneer."

De onderdanige liep weg, glimlachend, en Brody verontschuldigde zich voordat hij in de richting van de grote trap. Meester Carl verliet hen een minuut later. Ian keek Angie aan. "Klaar om naar beneden te gaan?"

Ze haalde diep adem en knikte. Ze had het tot nu toe gered, dus wat maakt het uit. "Ja, Sir. Dat ben ik."

"Goed, ik ook." Hij had die glimlach op zijn gezicht waar ze altijd nerveus en nat tegelijk van werd en haar hartslag steeg. Hij nam haar bijna lege glas en liet het op de bar staan bij het zijne, waarbij hij uitlegde dat in de pit alleen flessenwater was toegestaan, zodat de onderdanigen die op blote voeten rondliepen zich geen zorgen hoefden te maken over gebroken glas. Hij nam haar hand en leidde haar naar de trap en gaf haar lidmaatschapskaart aan de bewaker die boven stond. De man scande de kaart en daarna die van Kristen voordat hij ze teruggaf aan de twee Doms. Ian begeleidde haar de trap af, gevolgd door Devon en Kristen. Ze stonden op het punt zich los te maken van het andere koppel, toen een veel jongere Dom hen benaderde met het verzoek om even met Ian en Devon onder vier ogen te praten. Ian had eerder gezegd dat zijn neef, Mitch, die de club leidde, een paar dagen thuis zat met de griep, dus Ian of Devon zouden misschien een paar dingen in zijn plaats moeten regelen. "Kristen, zou jij Angie de wachtruimte voor onderdanigen willen wijzen? Dit duurt maar een paar minuten."

Kristen keek naar haar Dom voor toestemming en hij knikte. "Ja, Sir. Kom op, Angie. Ik zal je voorstellen aan enkele van de andere onderdanigen."

Voordat Kristen de kans had om haar weg te leiden, gaf Ian Angie een snelle kus. "Blijf daar tot ik je kom halen. Er is een DM in de buurt als er problemen zijn, wat er niet zou moeten zijn. Oké?"

"Ja, Sir."

Ze was blij dat hij de tijd nam om er zeker van te zijn dat hij haar kon verlaten, dat gaf haar een veilig gevoel. Kristen bracht haar naar een zithoek halverwege de trap en het podium waar verschillende andere onderdanigen zaten en praatten. Een van hen was Shelby, die opsprong en Kristen een knuffel gaf. Haar vriendin legde uit dat Shelby een van haar Beta-lezeressen was en had geregeld dat zij met Meester Mitch een rondleiding door de club kon krijgen. Het was tijdens de noodlottige rondleiding dat de schrijfster ontdekte dat haar afspraakje voor die avond, Devon, deels eigenaar was van de club.

De twee vrouwen stelden haar voor aan vier andere onderdanigen, twee mannen en twee vrouwen. Ze namen allemaal plaats op de banken, poefs en stoelen en begonnen het nieuwste lid van de club in te lichten over alle roddels. Plotseling hijgde een van de mannelijke ondergeschikten, die ook een nieuw lid was. "*Wie* praat daar met Meesters Devon en Ian? Hij is absoluut verrukkelijk."

Iedereen draaide zich om en keek naar de trap om te zien dat de jongere Dom zich van de twee mannen had verwijderd. Ze stonden nu te praten met een oudere

Chris Hemsworth look-a-like. Zelfs van waar de onderdanigen zaten, konden ze zijn prachtige blauwe ogen zien. Met zijn schouderlange, donkerblonde haar en zijn gebeiteld gezicht was de man een echte spetter. Als een onderdanige de één meter vijfennegentig lange man buiten een club zou ontmoeten, zouden ze onmiddellijk zijn status als Dom herkennen. Hij gedroeg zichzelf op een bevelende, mysterieuze manier. Angie gokte dat de man populair was bij de onderdanigen, tenzij hij er zelf een had. Gekleed in een bruine leren broek, laarzen en een bruin T-shirt, dat zijn gespierde torso en armen omarmde, was de man zwijmel-waardig.

Het was Shelby die iedereen inlichtte na een dramatische zucht. "Dat is Meester Carter. Hij is zo'n droomjongen."

Angie grinnikte bijna, omdat het leek alsof Shelby dacht dat de meeste knappe mannen "droomjongens" waren, maar Kristens scherpe inademing trok haar aandacht. Ze keek naar haar nieuwe vriendin en zag dat de vrouw haar mond open had en met grote ogen naar de drie mannen staarde. "Is dat meester Carter? Allemachtig!"

Shelby keek ongelovig. "Heb je hem nog niet ontmoet, Kristen? Oh, dat klopt. Ik denk dat hij hier al zes maanden niet meer is geweest, dus ik denk dat het logisch is."

"Ik heb hem wel ontmoet, maar ik wist niet hoe hij eruitzag." Kristen keek niet weg van de mannen. Haar antwoord liet de andere onderdanigen haar nieuwsgierig aankijken.

Terugkijkend naar het mannentrio stond Angie op het punt haar te vragen waar ze het over had toen ze merkte dat Meesters Devon en Carter breed glimlachten terwijl ze Kristen aanstaarden. Ze dacht dat er misschien een verhaal achter de blikken van de mannen zat, maar Angie wist niet zeker wat het was. Meester Carter knipoogde plotseling naar Kristen terwijl meester Devon zijn vinger naar zijn verloofde stak in een bevel dat ze naar hem toe moest komen. Kristen stond op, leek zich te herinneren dat ze naar Angie omkeek voor Ian en pauzeerde. Shelby verlichtte haar duidelijke bezorgdheid. "Ik zorg wel voor Angie. Ga maar voordat je een pak slaag verdient, al wil ik wel met je ruilen als je dat wilt."

Shelby giechelde toen Kristen haar geen antwoord gaf en haastte zich naar haar Dom, terwijl ze hevig bloosde toen Meester Carter haar hand pakte en kuste. Angie wist nu dat er zeker een verhaal was tussen de drie en besloot haar vriendin er naar te vragen als ze haar later zag. Ze was zo in beslag genomen door wat er gaande was met het trio, dat ze niet doorhad dat Ian naar haar toe was gekomen totdat hij voor haar stond en zo het zicht op de rest van de enorme ruimte blokkeerde. Hij begroette de andere subs bij hun naam, stak zijn hand uit en hielp haar opstaan. "Kom mee, Angel. We lopen wat rond, dan kun je wat van de scènes observeren en misschien kunnen we er dan zelf een doen."

Angie voelde warme, natte warmte tussen haar benen terwijl ze zich afvroeg wat Ian zou gaan doen voor haar eerste openbare scène. Hoewel ze haar limietenlijst hadden doorgenomen, had hij nog niet besloten wat er vanavond zou gebeuren, hij vertelde dat hij eerst haar reacties wilde zien.

Ian begon haar rondleiding op een spanking bank, omdat ze daar al een voorproefje van had gekregen eerder in de week. Naast billenkoek met blote handen, kreeg ze ook geseling, paddling en cropping te zien. Op andere plaatsen was er een onderdanige geketend aan de muur met tepelklemmen, een grote vibrerende anaalplug en een penisring. Zijn Domme zoog op de pik van haar onderdanige, maar ontzegde de man een orgasme als straf voor een onbekende overtreding. Angie had bijna medelijden met de man.

Een scène met een violette wandvibrator trok Angies aandacht. Nadat ze die tot het einde had gezien vroeg ze Ian of ze haar limietlijst mocht aanpassen. Ze had niet geweten wat elektrisch spelen inhield en had het daarom in haar hard-limit kolom gezet, maar nu wilde ze het wel een keer proberen. Hij vertelde haar dat hij blij was dat ze een open geest had en bereid was om te groeien met haar nieuwe kennis.

Ze stopten bij een station dat groter was dan de anderen omdat het gebruikt werd voor zweep scènes. Het gaf de Doms de ruimte die ze nodig hadden voor de langere zweep. Op dit moment zweepte Meester Jake een vrouwelijke sub, terwijl een man op de grond knielde, wachtend op zijn beurt. Ian legde uit dat Jake de zweep gedurende vele jaren onder de knie had gekregen en vaak door ongebonden subs werd gevraagd om zweepscènes met hen uit te voeren. Andere Doms vroegen Jake ook om hun subs te behandelen als ze niet de expertise hadden om het zelf te doen. Meesteres China en Meester Carl waren ook veelgevraagd als zweepmeesters. De drie hadden de neiging om donderdag-, vrijdag-, en zaterdagavonden af te wisselen om de anderen een kans te geven om vrije avonden te hebben. Elke sessie met een sub duurde gemiddeld vijftien minuten, en met meerdere sessies per avond gepland, was het zwaaien met een zweep gedurende bijna twee uur achter elkaar een belasting voor de bovenarmen en rug.

De naakte sub, vastgebonden aan het Andreaskruis, gleed in subspace. Jake vertraagde zijn slagen, maar het gekraak van de zweep was nog steeds te horen boven de clubmuziek. Haar rug, billen en bovenbenen waren bedekt met rode striemen. Niet één van de slagen had haar huid gebroken. Zonder waarschuwing begaven de knieën van de kreunende vrouw het. Jake liet de zweep vallen en haastte zich om haar Dom te helpen de vrouw uit haar boeien te bevrijden. Haar Meester wikkelde haar in een deken, nam haar op in zijn armen, en droeg haar naar een chaise lounge, gevolgd door de Zweep Meester. Hij legde haar zachtjes op haar buik, duwde haar haren uit haar gezicht en zei iets in haar oor waardoor ze haar hoofd knikte, hoewel ze haar ogen niet opende. Jake volgde het gesprek van naast hen tot hij zeker was dat de onderdanige in orde was. Hij liet haar aan de nazorg van haar Dom over en liep terug naar het station waar de wachtende sub het kruis met een naar citrus geurende reiniger afveegde zodat hij aan de beurt kon komen.

Angie keek toe hoe Jake een handdoek over zijn bezwete gezicht haalde en vroeg zich af waarom hij zijn drijfnatte T-shirt niet uittrok, omdat ze zeker wist dat hij zich comfortabeler zou voelen. Hij had een gespierd lichaam. Ze twijfelde er niet aan dat hij de onderdanigen zou doen kwijlen als hij zonder shirt zou rondlopen.

"Hij heeft wat littekens op zijn rug die hij niet aan de meeste mensen laat zien," legde Ian uit. "Ze zijn niet zo erg als hij lijkt te denken, maar hij is er nog steeds zelfbewust over."

Ze realiseerde zich niet dat ze haar gedachte hardop had uitgesproken. "Heeft hij ze opgelopen tijdens het gevecht, zoals jij?

Ian schudde zijn hoofd toen een andere Dom en zijn

mannelijke onderdanige naderden om met hem te spreken. "Nee, liefje, hij kreeg ze toen hij jonger was. Het is zijn verhaal om je te vertellen als hij daarvoor kiest. Excuseer me even." Hij draaide zich om en begon met de andere twee mannen te praten, terwijl Angie toekeek hoe Jake de mannelijke onderdanige, die zich van zijn kleren had ontdaan en daar naakt stond, in bedwang hield.

Terwijl de Dom begon met een lichte afranseling als opwarmertje, scande Angie de gebieden om haar heen. Vlakbij zag ze een man met Shelby praten, maar het was duidelijk dat de vrouw niets met hem te maken wilde hebben. De blauwharige sub wilde net van hem weglopen toen de man terugdeinsde en haar, tot Angies afgrijzen, met een vuistslag in het gezicht sloeg.

Hoofdstuk 10

Ian praatte met een D/s koppel toen er achter hem verschillende dingen bijna tegelijk gebeurden. Eerst hoorde hij een vrouw schreeuwen van de pijn. Het was geen normale schreeuw die hij regelmatig in de club hoorde. Een seconde later hoorde hij Angie zijn naam roepen en andere mensen schreeuwen. In de luttele seconden die hij nodig had om zich om te draaien en het probleem te lokaliseren, was Angie van zijn zijde verdwenen.

Paniek greep hem aan en hij rende naar de plek waar zich al snel een menigte had verzameld bij de wacht-ruimte voor onderdanigen. Terwijl hij zich een weg baande, zag hij het tafereel. Marco, in zijn gouden vest als Dungeon Master, had een of andere kerel met zijn gezicht naar beneden op de grond, zijn ogen glinsterend van woede. Een arm was in de rug van de man getrokken, in een greep waar hij niet uit kon komen, ook al schreeuwde hij en deed zijn best om de DM los te schud-den. Angie en Meesteres China knielden op de grond en troostten Shelby, die tranen in haar ogen had en een tril-lende hand voor haar gezicht hield. Aan de blik van Meesteres China te zien, had de man die vastgehouden werd geluk dat Marco hem eerst te pakken had gekregen. De kleine Aziatisch-Amerikaanse vrouw schepte er groot genoegen in onderdanigen pijn te doen en op dit moment leek ze klaar om haar woede te ontketenen. Ian herkende de man niet, maar zag het gele bandje om zijn pols, dat aangaf dat hij de gast was van een lid, net toen Meester Parker zich door de menigte begaf.

Parker Christiansen was een gekend lid, wiens bouw-bedrijf een groot deel van de renovaties in het gebouw had gedaan. Hij was een geliefde en gerespecteerde Dom. Op dit moment keek hij echter verward en nijdig toen hij de man aansprak die Marco had vastgepind. "Godver-domme, Dave? Wat heb je in godsnaam gedaan?"

"Ik heb niets gedaan. Haal die verdomde gorilla van me af. Ik ga hem aanklagen als hij niet van me afgaat." Wie Dave ook was, hij was het tegenovergestelde van Parker. Terwijl Parker een zelfverzekerde Dom was, kwam deze kerel over als een zeurderige ezel.

Marco gromde maar liet de man niet opstaan. In plaats daarvan keek hij boos naar Parker en Ian. "Deze klootzak sloeg Shelby met de achterkant van zijn hand. Er stonden mensen in de weg en kon niet snel genoeg zijn om hem te stoppen."

Ian was kwaad, Parker was meer dan razend. Hij keek naar de huilende onderdanige en het leek erop dat hij ging ontploffen. Zijn kaken klemden zich samen. "Hij is mijn broer. Laat hem los, Marco."

Marco keek naar Parker en toen naar Ian. Tiny en enkele andere veiligheidsagenten hadden de menigte teruggedrongen om de Doms wat ruimte te geven. Ian stond met zijn armen over elkaar en bestudeerde Parkers gezicht. Wat hij zag liet hem één keer knikken naar Marco die Dave losliet en opstond nadat hij de man een laatste duw in zijn rug had gegeven. Terwijl Dave stond, was hij stom genoeg om te zeggen: "Wat is het probleem? Iedereen slaat hier vrouwen, en ik kom in de problemen door wat jullie allemaal doen."

Dave fatsoeneerde zich. Parker deed een stap dichter bij hem, zijn stem laag en nauwelijks gecontroleerd. "Gaat het?"

Niet de woede op Parkers gezicht ziende, grijnsde de man. "Ja, Park, ik ben in orde."

"Goed." De Dom knikte een keer met zijn hoofd en sloeg toen zijn broer in het gezicht, waardoor de klootzak bewusteloos raakte. Zonder de man nog een blik waardig te keuren, haastte Parker zich naar Shelby en hurkte voor haar neer. "Het spijt me zo, Shelby. Het is mijn schuld. Ik had hem niet alleen moeten laten."

Hij hielp haar overeind. Meesteres China en Angie bleven aan haar zijde ter ondersteuning. Parker trok Shelby's hand voorzichtig van haar wang en gromde: "Ik vermoord hem." toen hij de rode en gezwollen plek zag die begon te kneuzen.

Ze pakte zijn onderarm, haar ogen wijd. "Nee, niet doen, Sir. Ik had Meester Marco of een van de andere DM's moeten grijpen. Hij probeerde met me te onderhandelen. Ik zag zijn gastenpolsbandje en wist dat hij niet mocht spelen, maar hij wilde geen nee horen. Toen ik probeerde weg te lopen, sloeg hij me."

Parker nam de sub in zijn armen en hield haar even vast terwijl de anderen toekeken. Ian wenkte zijn hoofd naar Tiny die de menigte begon op te breken met de andere bewakers. De hoofd Dom sprak toen tot Parker. "Laten we hem naar het kantoor brengen. Wat wil je dat we met hem doen?"

Parker gaf Ian niet meteen antwoord, duidelijk te bezorgd over Shelby. "Ga naar het damestoilet en doe wat ijs op je wang. Als ik klaar ben met Ian en mijn klootzak van een broer, breng ik je naar huis."

Het feit dat de man Ians meestertitel niet gebruikte in het bijzijn van een sub, vertelde de hoofd Dom hoe geschokt de andere man was.

"Jij... ...dat hoef je niet te doen. Ik kan zelf rijden." Shelby's gezicht bloosde. Ze wilde Parker niet aankijken. Ze leek bijna verlegen om in de armen van de Dom te zijn. Ian vond dat interessant omdat de knappe sub zo'n open persoon was.

"Ik moet dit doen, Shelby, alsjeblieft. Ik moet zeker weten dat je in orde bent en veilig thuiskomt. Hier valt niet over te onderhandelen." Hij tikte haar kin omhoog met zijn vingers en zorgde ervoor dat ze hem aankeek. "Alsjeblieft."

Ze beet op haar lip maar knikte instemmend. Meesteres China sloeg haar arm om de schouder van de sub en maakte haar los uit Parkers armen. Ondanks dat ze een beetje een sadist was, had de Domme de neiging een moederkloek te zijn voor de onderdanigen. "Ik zal voor haar zorgen. We zijn in de lounge als je klaar bent."

Parker knikte haar zijn dank toe, terwijl Ian met Angie sprak. "Het spijt me, maar ik moet dit regelen. Ga alsjeblieft met hen mee en wacht op me in de lounge. Het duurt maar een paar minuten."

"Ja, Sir."

Hij was verbaasd over de felle blik die ze wierp op de nog bewusteloze Dave. Hij verwachtte bijna dat ze de man zou schoppen terwijl ze de andere twee vrouwen volgde. Marco ging ook met hen mee nadat hij een andere DM had gevraagd zijn post te dekken. Ian kon zien dat zijn teamgenoot boos was omdat hij de aanval niet had kunnen stoppen voordat het gebeurde. Hij kon een grote marshmallow zijn als het op de onderdanigen aankwam en was degene naar wie ze toe neigden te gaan als ze iemand nodig hadden om mee te praten, of wat troost.

Ian vroeg een van de serveersters in de buurt om Shelby wat ijs te brengen voordat hij zich tot Parker wendde, die nog steeds een familiemoord leek te willen plegen. De Dom overhandigde zijn sleutels aan Tiny en vroeg hem zijn broer op de achterbank van zijn truck te leggen zodat hij hem terug kon brengen naar het motel van de man. Toen wendde hij zich tot Ian, met een gezicht vol spijt. "Laten we dit afhandelen."

Een paar minuten later ijsbeerde Parker achter de gesloten deur van Mitch' kantoor terwijl Ian tegen de voorkant van het bureau zat en naar hem keek. "Verdomme! Het spijt me zo, Ian. Ik was maar twee minuten weg om te pissen. Ik zei hem te blijven zitten. Hij wist verdomme dat hij niet mocht spelen of een onderdanige mocht benaderen. De enige reden dat ik hem hier heb gebracht is dat hij me een paar weken geleden belde en zei dat hij de plek wilde zien terwijl hij in de stad was voor zaken. Hij zei dat hij en zijn vrouw erover dachten om lid te worden van een club in Boston. Ik wist dat ik hem niet hierheen had moeten brengen. Hij begrijpt de levensstijl niet zoals ik dat doe. Ik weet dat hij zijn vrouw al eens bedrogen heeft, maar ik dacht niet dat hij stom genoeg was om hier iets te proberen. Verdomme! Ik vermoord hem."

Ian liet hem nog een minuut tieren voordat de woedende man eindelijk diep ademhaalde en hem aankeek. "Ik heb de regels overtreden. Doe wat je moet doen." Hij plofte neer in een van de stoelen en liet zijn hoofd verslagen hangen.

Ian had medelijden met de Dom. Hij was niet alleen een aardige vent, maar ook een van de Dungeon Masters van de club. Het laatste wat hij zou willen was dat iemand gewond zou raken door zijn toedoen, vooral een onderdanige. Maar de regels moesten gehandhaafd worden. "Het spijt me dat ik dit moet doen. Je weet dat je een gast niet alleen mag laten om deze reden. Je had een DM of bewaker moeten vragen om op hem te letten gedurende de tijd dat je hem alleen moest laten." De andere man knikte maar zei niets. "Ik moet je speelprivileges voor de komende twaalf weken opschorten. In die tijd zul je drie DM diensten per week draaien. Ik zal morgen het schema bekijken en de data en tijden met je afstemmen. Je gastprivileges worden ook voor twee jaar opgeschort."

Parker snoof. "Maak je geen zorgen. Ik denk dat dit de laatste keer is dat ik iemand mee naar hier neem, of ze nu in de levensstijl zitten of niet." Hij streek met zijn hand over zijn gezicht toen hij weer ging staan. "Ik kom zo terug voor Shelby. Dave's motel is ongeveer vijf minuten van hier. Ik dump hem in zijn kamer en kom terug. Als ik dacht dat een taxi de bewusteloze klootzak zou oppikken, zou ik er een bellen. Maar aangezien Shelby wordt verzorgd door China en Marco, zal ik me eerst van hem ontdoen."

Ian knikte en volgde hem het kantoor uit. Bij de dubbele deuren liep Parker door naar de lobby, terwijl Ian de deur en trap nam die naar de kleedkamer van de vrouwen leidde. Hij vond de drie vrouwen en Marco zittend in de loungeruimte met Shelby zittend op de schoot van de Dom terwijl hij haar wiegde, zachtjes pratend. Toen ze Ian zag, sprong ze op en greep zich vast aan zijn arm met een smekende uitdrukking op haar gezicht. "Meester Ian! Alstublieft, straf Meester Parker niet. Het was niet zijn fout. Ik wil niet dat hij in de problemen komt. Schop hem alstublieft niet uit de club. Het is allemaal mijn schuld. Ik had eerder weg moeten gaan."

Marco en Meesteres China gromden allebei om haar ongepaste schuldgevoel, en Ian pakte de bijna hysterische onderdanige bij haar schouders en begeleidde haar om in een lege stoel te gaan zitten. Dit was niets voor haar-Ian had de sprankelende onderdanige nog nooit overstuur gezien. "Kalmeer, Shelby." Zijn bevel werd gegeven op een gebiedende toon die de vrouw onmiddellijk tot rust bracht zoals hij bedoelde. "Meester Parker weet dat hij de regels heeft overtreden en dat er consequenties zijn voor wat er is gebeurd. Niets daarvan was jouw schuld, en ik wil die woorden niet meer uit jouw mond horen komen. Begrepen?"

"Ja, Sir. Maar...

"Geen gemaar, Shelby." Hij maakte er geen gewoonte van om de discipline van een lid met anderen te bespreken, maar hij moest de bezorgde sub geruststellen. "Ik heb Meester Parkers lidmaatschap niet ingetrokken. Hij heeft wel een schorsing gekregen voor zijn onverantwoordelijke acties. Hij aanvaardde de volledige schuld voor wat er gebeurde en ging akkoord met de straf. Nu, hij zal over een paar minuten terug zijn om je naar huis te brengen, dus waarom pak je niet je spullen uit je kastje en kleed je je om. Oké?"

Nog steeds zachtjes huilend, stond ze op en mompelde: "Ja, Sir."

Ian trok haar in zijn armen en omhelsde haar. "Het komt wel goed, kleintje. Dat beloof ik je. Ik denk dat je het beste je ogen kunt afdrogen. Zls Meester Parker terugkomt, geef hem dan wat van je brutaliteit waar we allemaal zo van houden en laat hem voor je zorgen. Ik denk dat jullie je dan allebei beter zullen voelen, niet?"

Ze trok zich terug en gaf hem een waterige glimlach. "Ja, Sir. Dank u."

Marco nam haar arm en gaf haar ook een snelle knuffel en kuste haar op de bovenkant van haar blauwharige hoofd. "Lieverd, het spijt me dat ik er niet was toen je me nodig had."

"Het is goed, meester Marco. Je was er zo snel als je kon."

Hij gaf haar nog een kneepje en liet haar naar haar kluisje gaan voordat hij zich omdraaide naar Angie die rustig op de bank naast Meesteres China had gezeten. Zijn staalgrijze ogen boorden zich in haar. "En jij, kleine subbie, hebt wat uit te leggen aan je Meester."

Wat? Ians uitdrukking werd streng, Angies wenkbrauwen fronsten in verwarring. "Wat heb je gedaan, Angel?"

"Ik heb niets gedaan."

Ze keek heen en weer tussen de twee Doms, alsof ze niet zeker wist waar Marco het over had. Meesteres China, in haar zwarte bodysuit en laarzen over de dijen, grijnsde en ging achterover zitten om van de show te genieten.

Marco schudde zijn hoofd en zei tegen Ian: "Je kleine sub probeerde eerder bij die eikel te komen dan ik. Ze was klaar om op zijn rug te springen en op hem in te beuken.

Ik tackelde haar bijna per ongeluk toen ze probeerde hem neer te halen."

Ians ogen vernauwden zich terwijl de Domme naast haar zong, "Iemand zit in de problemen."

De andere vrouw negerend, deed hij een stap naar voren naar zijn zeer bezorgd kijkende onderdanige. "Is dat waar, Angel?"

"Ik heb gewoon gereageerd. Ik zag dat hij Shelby sloeg en ik..." Haar woorden stokten. Ian wist op het moment dat ze het doorhad dat er niets was wat ze kon zeggen om haar uit de problemen te helpen. Ze wendde haar blik naar de vloer. "Het spijt me, Sir."

Met zijn handen op zijn heupen, hield Ian zijn hoofd achterover en praatte even tegen het plafond. "Heer, red me van onderdanigen die mensen in mijn club in elkaar willen slaan en zichzelf in gevaar brengen." Marco snoof, wetend dat Ian verwees naar het gevecht van zijn toekomstige schoonzus in de kleedkamer enkele maanden eerder, dat haar de roepnaam "Ninja-girl" had opgeleverd bij de rest van het team. Het grote verschil tussen de twee incidenten was dat Kristen groter was en ongeveer negen kilogram zwaarder dan Heather en Michelle, en zelfverdedigingslessen had gevolgd. De broer van Parker woog meer dan vijfendertig kilogram meer dan Angie en had al een andere vrouw geslagen. Ians blik ging terug naar Angies gezicht. "Je hebt er nu misschien spijt van, maar dat zul je pas krijgen als ik je een pak slaag geef omdat je jezelf in gevaar hebt gebracht." Hij negeerde haar verbaasde zucht. "We hebben DM's en bewakers voor een reden in de club, Angel. We hebben geen kleine onderdanigen nodig die hun eigen veiligheid negeren. Je kende hem niet, hij is een stuk groter dan jij en hij had je pijn kunnen doen voordat iemand de kans had om iets te doen."

"Je hebt gelijk, Sir." Ze slaakte een zware zucht en knikte. "Ik weet niet wat ik dacht. Ik kon gewoon niet geloven dat hij Shelby had geslagen. Mijn eerste instinct was om hem aan te vallen voordat hij haar weer zou slaan."

Haar instemming veranderde niets aan Ians mening over haar straf toen hij zich tot Marco wendde. "Wil jij een vrij spanking station zoeken en iemand vragen om mijn tas van achter de bar te pakken, alsjeblieft?"

De andere Dom knikte en zei tegen Angie voor hij de kamer verliet: "Het spijt me, kleintje, maar je hebt het verdiend."

Ze keek toe hoe hij wegliep met haar mond wijd open en keek toen op naar Ian met haar ongerustheid duidelijk op haar gezicht. "Het... het spijt me. Ik bedoelde niet..."

Toen ze pauzeerde, werd Ians uitdrukking zachter en hij haalde diep en traag adem. Hij hurkte voor haar en nam haar handen in de zijne. "Ik ben niet boos, liefje. Ik hoorde je schreeuwen, draaide me om en zag je niet. Ik raakte in paniek. Mijn maag zakte in en ik was doodsbang dat er iets met je gebeurd was. En omdat je geen rekening hield met je eigen veiligheid, heb je je eerste pak slaag verdiend." Zijn blik wankelde niet terwijl hij haar liet verwerken wat hij had gezegd.

Meesteres China stond op. Ian was bijna vergeten dat de andere vrouw in de ruimte was. Ze klopte op zijn schouder en grijnsde. "Ik ga een plaatsje op de eerste rij bemachtigen. Het is lang geleden dat ik getuige ben geweest van de eerste straf van een sub."

Hij hield zijn ogen op Angie gericht toen de Domme de kamer verliet. Hij kon zien dat er een wirwar van emoties door haar hoofd speelde. Van schok, schaamte en bezorgdheid, tot anticipatie, opwinding en behoefte. De gedachte aan een pak slaag in het openbaar wond haar op, ondanks dat het een straf was. Ze wist niet zeker wat ze daar mee aan moest. Hij liet haar nadenken over haar aanstaande afranseling terwijl Shelby terugkeerde naar de zithoek in een sweater, een T-shirt en hoge gympen. Ze had haar blauwe pruik afgezet en haar korte, stekelige blonde haar zag eruit alsof ze er met haar handen doorheen was gegaan. Hij stond op uit zijn gehurkte positie en overhandigde haar het ijs toen de deur weer openging. Parker liep de kamer binnen, zijn ogen op zoek naar de gewonde onderdanige. De mannen kwamen zelden in de kleedkamer van de dames, maar het stoorde niemand als ze dat deden. Het was niet alsof ze de meeste vrouwen niet al eens naakt hadden gezien.

Nadat hij Ian had verteld dat hij morgen zou bellen voor het DM schema, stopte Parker Shelby onder een arm en begeleidde haar de club uit. Ian wist dat de sub in goede handen was en vroeg zich af of er misschien een ontluikende romance ontstond tussen de twee. De manier waarop ze naar elkaar keken toen Parker voor het eerst de ruimte binnenkwam, zou hem niet verbazen. Terwijl hij zijn aandacht op zijn onderdanige richtte, nam hij haar bij de hand en leidde haar terug naar de pit, waar hij de bank vond die Marco voor hem had gereserveerd. Als hij niet nog steeds de angst van zich afgeschud had die hij gevoeld had toen hij haar eerder zijn naam had horen roepen, had hij misschien genoten van haar nervositeit. Deze straf was voor zijn eigen behoefte om zijn regel te versterken dat haar veiligheid en welzijn voor alles ging, en tevens een geheugensteuntje voor haar om in de toekomst niet in een gevaarlijke situatie te springen.

Het gerucht had zich verspreid dat een onderdanige haar allereerste BDSM straf zou krijgen en het gebied rond de bank was omringd door Doms en subs. Het was een overgangsritueel voor elke nieuwe onderdanige. Hij wist dat het de toon zou zetten voor haar toekomstige betrokkenheid bij de levensstijl. Na haar billenkoek was hij van plan haar te belonen voor het verleggen van haar eigen grenzen en het aanvaarden van de consequenties voor haar roekeloze daden. De menigte maakte haar steeds nerveuzer, dus draaide hij haar tot ze met haar gezicht naar de bank stond en haar rug naar de nog steeds groeiende menigte mensen. Hij pakte haar kin vast en zorgde ervoor dat ze zich op hem concentreerde. "Ik wil dat je je stopwoord luid en duidelijk uitspreekt zodat iedereen het hoort en weet wat het is."

Het was niet nodig voor de menigte. Zij moest onthouden dat ze alle controle had, ondanks het feit dat haar kont op het punt stond een pak rammel te krijgen.

Ze slikte hard. "Mijn..." Ze schraapte haar keel en probeerde het opnieuw. "Mijn stopwoord is rood, Sir."

"Je straf zijn vijftien klappen met een peddel op je blote kont, Angel. Wil je je stopwoord gebruiken of ben je bereid je straf te accepteren?"

Haar ogen gingen een paar keer van de zijne naar de bank en weer terug voordat ze uiteindelijk weer op hem neerkwamen. Ze haalde diep, maar bevend adem. "Ik zal mijn straf aanvaarden, Sir."

"En waarvoor word je gestraft?"

"O-om mezelf in gevaar te brengen, Sir."

Hij glimlachte en zijn blik werd zachter. "Braaf meisje." Hij nam Angies hand weer vast en leidde haar naar de geknielde kant van de bank. Het zag eruit als een aangepaste zaagbok met kussens voor haar knieën, torso en armen. Hij hielp haar erop te gaan zitten, met haar knieën gebogen en haar middel over het midden liggend. De positie bracht haar hoofd naar beneden en haar kont naar boven, zodat die het doelwit bij uitstek was. Ze bleef rustig bij het vastmaken van haar polsen en enkels, maar begon te hyperventileren toen hij de klittenband over haar onderrug bracht die haar op haar plaats zou houden. Haar reactie was normaal voor een onervaren sub. Marco, die binnen het afgezette gebied had gestaan voor het geval hij nodig was, hurkte voor haar neer. Hij ging met zijn hand over haar hoofd in een poging haar te kalmeren. "Rustig, kleintje. Adem diep en langzaam met me mee. Hou je ogen op de mijne gericht."

Terwijl Ians handen rustgevend over haar rug, heupen en billen bewogen, bleef zijn teamgenoot haar kalmeren met woorden van lof en aanmoediging. Ian liet de man doen wat hij het beste kon - een sub op zijn gemak stellen. Het was een van Marco's grootste genoegens aan de levensstijl. Hij hield ervan nodig te zijn en was er verdomd goed in.

Angies ademhaling vertraagde tot een meer normaal tempo. Haar hartslag bonkte nog steeds, wat te verwachten was. Toen Marco haar vroeg haar stopwoord te herhalen, antwoordde ze: "R-rood, Sir."

"En welke straf zal je meester je geven, kleintje?"

Ze slikte weer hard maar haar angst leek af te nemen naarmate haar opwinding groeide. "Vijftien kletsen met een paddle, Sir."

Marco glimlachte en ging door met het strelen van haar hoofd en wang. "Goed zo meisje. Ben je nu klaar? Wil je dat ik een stapje terug doe, of hier bij je blijf?"

Ian zag dat Angie verrast was door het aanbod van

zijn vriend en was blij met haar antwoord. "Blijf alstublieft, Sir. Ik ben er klaar voor."

Blijkbaar ook tevreden met haar antwoord, ging Marco voor haar op zijn knieën zitten en gaf Ian een knikje om verder te gaan. Haar Dom begon wat harder over haar kontwangen te wrijven en te knijpen. Door het bloed aan de oppervlakte van de huid te brengen zouden de klappen makkelijker zijn voor haar. Hij was niet van plan haar blauwe plekken te geven, maar haar kont zou een mooie rode kleur hebben tegen de tijd dat hij klaar was. Haar ongemak zou binnen vierentwintig uur volledig verdwenen zijn. Voor het zover was, zou ze het zeker voelen en zich herinneren.

Hij liet haar string zakken van haar heupen tot het midden van haar dijen en liet hem daar. Het zat hem niet in de weg. Het zou haar meer bloot laten voelen. Hij vond het heerlijk om te voelen dat de stof van het kruis doordrenkt was met haar sappen. Zo angstig als ze was, wilde ze dit meer dan dat ze er bang voor was. Ook al wist ze dat dit anders zou zijn dan de eenvoudige billenkoek die hij haar de vorige avond met blote handen had gegeven. Dat was een spelletje geweest, en dit was het zeker niet.

Ian liep naar de plaats waar Marco zijn speelgoedtas had neergezet en haalde er de houten paddle uit die hij voor haar eerste pak slaag wilde gebruiken. Het leek op een pingpong batje, maar was een beetje groter en niet bedekt met rubber. De grootte zou hem in staat stellen om de slagen op haar billen te spreiden in plaats van steeds dezelfde plek te raken, wat zou gebeuren als hij een groter werktuig zou gebruiken. Hij pakte ook een anaalplug, glijmiddel, en een kleine flogger waar hij mee zou beginnen. De plug zou haar iets anders geven om zich op te concentreren. Iets wat hij gewoonlijk niet deed voor een discipline pak slaag. Als dit alleen een plezier pak slaag was geweest, zou hij ook overwegen een vibrerende kogel in haar kutje te plaatsen. Hij wilde haar niet te veel afleiden, het was tenslotte een straf. Het doel van een lichte afranseling voorafgaand aan een spanking was om de onderdanige te helpen zich wat meer te ontspannen en de endorfine in het lichaam vrij te laten komen. Soms liet een Dom een opwarming achterwege als het om een straf ging, maar voor Angies eerste keer wilde hij het draaglijk maken zodat ze toekomstige spankings niet zou vrezen. Als alles ging zoals hij verwachtte, zou ze tegen de tijd dat Ian klaar zou zijn met haar tuchtiging, nog maar enkele ogenblikken verwijderd zijn van een intens orgasme, ondanks haar brandende achterste.

Hij liep terug naar Marco die voor haar knielde en wachtte tot ze haar ogen oprichtte. "Ik ga een anale plug in je stoppen, Angel. Hij is een beetje groter dan wat je in het verleden hebt gebruikt, maar niet veel. Daarna begin ik met een lichte afranseling. Het zal niet pijnlijk zijn, meer als een harde streling. Nadat ik je lekkere kontje heb opgewarmd, ga ik over op de straffase. Als je wilt dat ik het rustiger aan doe, zeg dan 'geel' en als je de paddle niet aankunt, zeg dan je stopwoord 'rood'. En onthoud, liefje, jij als onderdanige, hebt hier de ultieme macht."

Haar wangen verhitten terwijl hij sprak. Hij wist dat een deel van haar de makkelijke uitweg wilde nemen die hij haar aanbood. Maar een ander deel van haar wilde het verlangen en de behoefte bevredigen die waarschijnlijk door haar lichaam gierden sinds hij haar had verteld over het pak slaag die hij haar zou geven. Om te laten zien dat ze hem vertrouwde met haar lichaam, koos ze voor het laatste. "Ik herinner het me, Sir. Ik ben er klaar voor."

Ian kuste de bovenkant van haar hoofd en ging achter

haar staan, terwijl hij zijn hand lichtjes over haar rug naar haar kont liet glijden. Een sterke rilling ging door haar lichaam en in het zijne, en schoot recht naar zijn liezen. Hij legde de flogger en de paddle op de bank tussen haar knieën, die wijd gespreid waren. Haar blote kutje glinsterde en hij kon niet wachten om het te zien druipen.

Hij opende de fles en goot glijmiddel in de spleet van haar kontje en op de plug. Haar rozetje klemde zich samen en ontspande zich toen hij de punt van het speeltje op en neer tussen haar billen begon te wrijven. Toen hij naar beneden op haar gebobbelde gat drukte, gaf het toe aan de invasie en hij hoorde haar kreunen en smeken om meer. Meer dan blij om het haar te geven, liet hij de plug in en uit haar glijden, steeds een beetje dieper, tot het uitlopende deel haar het wijdst spreidde. Ian pauzeerde even voor hij het laatste zetje gaf dat nodig was, en keek toe hoe haar rand zich sloot rond de inkeping en het op zijn plaats hield. Zijn pik verhardde pijnlijk toen hij zich voorstelde de plug te vervangen en haar strakke gat te neuken tot geen van beiden meer kon lopen. *Spoedig.*

Hij pakte de flogger, deed een stap achteruit en nam de juiste houding aan voordat hij hem naar haar toe wierp. De eerste zachte slag van de zachte, soepele leren strengen landde op haar buitenste dij. Hoewel ze terugdeinsde van de plotselinge impact, wist hij dat het geen pijn had gedaan. Hij richtte meer slagen op haar andere buitenste dij en verschillende langs haar rug en kontwangen. Terwijl hij zag hoe de spanning uit haar lichaam verdween, versnelde hij zijn tempo en gaf de kletsen een beetje meer kracht. De volgende twee landden op haar binnenste dijen en hij zag hoe ze zich inspande om haar lichaam dichter naar hem toe te brengen, in plaats van verder weg. Ze gaf zich aan hem over en smeekte om meer. Hij legde er weer twee op haar binnenste dijen en zwaaide toen met zijn pols, toekijkend hoe de kleine knoopjes aan het eind van elke streng haar op haar kutje troffen. Angie hijgde en kreunde toen nog harder. Het was muziek in de oren van een Dom. Hij begon een nieuwe cyclus, beginnend met haar buitenste dijen en eindigend met een enkele aanval op haar kutje en clitoris. Deze keer ontsnapte een smekende kreet haar lippen en hij stapte naar haar toe. Terwijl hij haar kont streelde, leunde hij naar voren. "Ben je oké, Angel? Geef me een kleur."

Angie hijgde. Hij wist dat ze klaar was om te smeken om het orgasme dat net buiten haar bereik lag. Wetende dat er een menigte mensen naar haar bloot kontje en kutje zat te staren, wond haar nog meer op. "Groen, Sir. Ik ben goed."

Ian glimlachte en gaf haar een kneepje in haar billen. "Ja, dat ben je, Angel. Heel goed. Ik ga nu over op de paddle. Probeer ontspannen te blijven."

* * *

Ontspannen? *Meende hij dat nou?* Hoe moest ze zich in godsnaam ontspannen? Angie haalde diep adem en ademde uit. Ze concentreerde zich op het ritme van de pulserende muziek, op Marco's tedere woorden en aanrakingen, op Ians strelingen van haar onderrug, kont en dijen, en op de plug in haar kontgaatje.

Tegen de tijd dat ze het kraken van het hout tegen haar vlees hoorde, gevolgd door de plotselinge steek, werd ze van haar stuk gebracht. De eerste slag landde op haar rechter bil. Ze verwachtte er een vlak achter op haar andere wang en was verrast Ians hand te voelen wrijven over de plek die hij geraakt had. Net toen ze zich begon te ontspannen in de streling, landde een slag op haar linker wang. Opnieuw wreef hij over de plek en ondanks de pijn kon ze het niet helpen te denken dat het niet zo erg was. Ze had het mis.

Ian begon haar herhaaldelijk te slaan met de peddel, met slechts een korte pauze tussen de slagen. Elke slag landde op een andere plaats op haar wangen en op de plaats waar haar dijen en kont elkaar ontmoetten. En elke slag was harder dan de vorige. Ze raakte de tel kwijt toen haar kont begon te branden. *Oh God, hoeveel gaf hij haar er?* Vijftien had niet zo erg geleken toen hij het aantal had gezegd. Ze was zo verloren in de gemengde sensaties van pijn, genot, willen en behoefte, dat het voelde alsof hij haar er tientallen had gegeven. Ze hijgde en spande tegen de riemen die haar op haar plaats hielden. Marco was nog steeds bij haar, keek aandachtig naar haar reacties en murmelde geruststellende woorden. Ondanks de aanval van pijn, wilde ze nooit een van haar stopwoorden zeggen. Haar kont stond in brand, de hitte verspreidde zich door haar hele lichaam, en het enige wat ze wilde doen was Ian smeken haar te neuken. Ze wist niet dat ze huilde tot ze merkte dat de slagen gestopt waren en Marco de tranen op haar wangen weg wreef. Ians gezicht verscheen naast dat van de andere Dom. "Dat zijn er elf, Angel. De laatste vier zullen het zwaarst zijn en daarna laat ik je klaarkomen als je dat wilt. Geef me een kleur."

"Groen! Alsjeblieft, Sir! Niet stoppen! Laat me alsjeblieft klaarkomen!" Ze schreeuwde de woorden zo luid, dat de leden in het bargedeelte haar over de muziek en de afstand heen gehoord moesten hebben. Ze was zo in beslag genomen door haar opwinding en behoefte, dat ze niet hoorde dat de meesten van de menigte haar antwoord waardeerden. Ze prezen ook de inzet van de nieuwe sub om haar straf tot het einde uit te zitten.

Ian glimlachte naar zijn engel. "Het zal me een genoegen zijn, liefje."

* * *

Terugkerend naar zijn vorige positie, nam hij de juiste houding aan om haar op haar kont te slaan, waar het uiteinde van de anaalplug tussen haar wangen zat. Achteroverleunend sloeg hij vier keer op dezelfde plek, het geluid van hout tegen vlees resonerend door de lucht. *Smak. Smak. Smak. Smak.* Ian liet de peddel vallen en stak twee vingers recht in haar kletsnatte poesje. Dat was alles wat nodig was om haar schreeuwend over de rand van bevrediging te sturen. Terwijl hij met zijn duim over haar clitoris wreef, verlengde hij haar orgasme zo lang als hij kon tot haar hele lichaam in elkaar zakte van opluchting.

Toen Ian zijn hand terugtrok van tussen haar trillende benen, brak er een applaus uit voor de uitgeputte sub. Haar kont was helder rood en haar sappen bedekten haar dijen. De twee Doms werkten snel om haar boeien los te maken en wreven over elke ledemaat om er zeker van te zijn dat haar bloed goed circuleerde. Marco stond op, pakte een rode deken van een plank in de buurt en overhandigde die aan Ian. "Ik zal je spullen voor je pakken."

Ian knikte voor hij zijn sub in de deken wikkelde en haar naar een grote leren stoel met gevleugelde rugleuning droeg. Hij ging met haar op zijn schoot zitten en liet haar kont over de zijkant van zijn dij hangen, zodat ze zich niet te ongemakkelijk voelde. Nadat ze een paar slokjes water had genomen uit de fles die iemand hem had gegeven, kroop ze tegen zijn borst aan terwijl zijn sterke armen haar vasthielden. Zijn hart kneep samen toen ze door gezwollen natte ogen naar hem opkeek en zuchtte. "Dank u, Sir."

Hoofdstuk 11

Vier dagen later werkte Angie thuis aan de omslag voor een nieuwe roman van Red Rose Books. De uitgevers hadden de laatste concepten voor Kristens roman ontvangen en haar redactrice, Jillian, belde Angie op met hoge lof van haar werkgevers. Ze vonden het prachtig en vroegen haar de omslag te ontwerpen voor een ander boek van een andere auteur. Terwijl ze werkte, belde ze mobiel met haar vriendin Mandy die haar heel enthousiast had gebeld over een nieuwe jongen die ze had ontmoet. Angie was net klaar met het centreren van de titel waar ze hem wilde hebben, toen de deurbel ging, iets voor twee uur 's middags. Ze dacht dat haar UPS-bezorger nieuw werk voor haar kwam afleveren, klikte op het bewaar-icoontje op haar laptop en beëindigde haar gesprek met Mandy.

Terwijl ze haar telefoon naast haar computer legde, stond ze op om de deur te openen. Toen ze uit het langwerpige zijraam keek, fronste ze haar wenkbrauwen toen ze twee mannen in confectiepakken zag. Eén man zag haar en hield een mapje omhoog met daarin een badge en een ID waarop in gouden letters stond: "United States Drug Enforcement Administration".

Paniek overviel haar. De enige reden voor iemand van de DEA om bij haar aan te bellen was als er iets met Jimmy was gebeurd. Ze toetste de beveiligingscode in op het alarmpaneel, ontgrendelde de deurknop en het nachtslot voordat ze de deur opende. "Wat is er gebeurd? Waar is Jimmy? Is hij gewond?"

De kortere van de twee mannen, die haar zijn ID door het raam had laten zien, sprak met een kalme, maar gebiedende stem. "Bent u juffrouw Angelina Beckett? Mogen we even binnenkomen om met u te praten?"

"Ja, ja, alstublieft." Ze deed een stap achteruit om hen toe te laten haar huis binnen te gaan, ook al begon er in haar hoofd een alarmbel te rinkelen. Ze negeerde het en sloot de deur voordat ze zich omdraaide om hen aan te kijken. "Vertel me alsjeblieft wat er gebeurd is."

De twee agenten liepen haar woonkamer binnen terwijl ze om zich heen keken. Ze leken tevreden met wat ze wel of niet zagen en weer nam de kortere het woord. "Juffrouw Beckett, ik ben Agent Jackson en dit is Agent Holstein van het Atlanta kantoor van de DEA." De langere man met het strenge gezicht gaf haar een kort knikje, maar bleef zwijgen. "We hebben opdracht gekregen u in beschermende hechtenis te nemen."

"Beschermde hechtenis? Waarom? Wie heeft jullie opgedragen dat te doen?" De alarmen in haar hersenen werden met de seconde luider.

"Agent Athos, ook bekend als agent Austin, is bezorgd om uw veiligheid. Hij denkt dat zijn dekmantel verraden is en hij wil dat we u in bescherming nemen en naar een schuiladres van de DEA brengen.

De waarschuwingen gilden nu tegen haar. "Is dat alles wat hij zei?"

De ogen van beide agenten vernauwden zich in verwarring. De langste leek ongeduldig te worden, maar het was nog steeds de kortere die sprak. "Is dat niet genoeg?"

Verdomme! Ze had ze nooit binnen moeten laten. Nu moest ze een manier bedenken om daar heelhuids uit te komen. "Eh, ja. Ik bedoel, ik dacht dat er misschien een specifieke dreiging was of zoiets." Angie schrok op bij het geluid van een luide klop op haar glazen schuifdeur en keek om zich heen om te zien wie het was.

Oh, Godzijdank. Brody stond op haar terras, nieuwsgierig en een beetje bezorgd in zijn ogen terwijl hij naar de twee mannen in haar huiskamer keek en weer terug naar haar. Hij gebaarde haar de deur van het slot te halen en ze stormde erheen terwijl Agent Jackson uitriep: "Wie is dat in godsnaam?"

Ze zag de man vanuit haar ooghoek naar zijn holsterpistool grijpen, maar was opgelucht toen hij het wapen niet trok. Op de een of andere manier moest ze Brody waarschuwen dat er iets vreselijk mis was. Toen ze de schuif opende, reageerde ze, in de hoop dat hij haar dilemma snel door zou hebben. "Oh, dit is mijn vriend, Brody. We zijn nog maar een paar weken samen. Brody, deze mannen zijn van de DEA. Dit is Agent Jackson, en het spijt me dat ik je naam vergeten ben."

De langere man sprak voor het eerst. "Agent Holstein, en het spijt me juffrouw Beckett, maar we moeten echt gaan. Hoe sneller we u naar het schuiladres brengen, hoe beter."

Brody had het duidelijk door, want zijn arm ging om haar middel en trok haar dichter naar zijn zijde. Hoewel hij zich kalm en overtuigend verward gedroeg, voelde ze de spanning van hem afrollen. Ze hoopte dat hij goed was in dat lijfwachtengedoe dat hij voor de kost deed. Toen hij sprak, verdikte hij zijn zuidelijke, Texaanse manier van spreken. "DEA-agenten? Schuiladres? Lieverd, waar hebben deze mannen het over?"

Ze speelde het spelletje mee, hopend dat ze hier levend uit zouden komen. "Het spijt me, schat. Ik weet dat we plannen hadden voor dit weekend, maar herinner je je mijn beste vriend, Jimmy, over wie ik je verteld heb?" Hij keek nog steeds naar de andere mannen, maar knikte, dus ging ze verder. "Wat ik je niet verteld heb, is dat Jimmy bij de DEA zit en undercoverwerk voor hen doet. Blijkbaar denken ze dat zijn dekmantel ontmaskerd is en dat ik een doelwit ben, dus moeten ze me in beschermende hechtenis nemen."

"Echt? Zoals in de films?" Lieve hemel, de man kon zo dom doen als het nodig was. En ze was er zeker van dat het een act was. "Nou, als jullie mijn lieverd veilig moeten houden... mag ik dan met haar mee?"

Jackson antwoordde, terwijl zijn partner naar de nieuwkomer keek. "Ik ben bang van niet, meneer. Ik beloof u dat we goed voor haar zullen zorgen. Ze zal maar een paar dagen weg zijn, hooguit een week, tot we zeker weten dat ze geen gevaar loopt."

Brody haalde zijn schouders op alsof dit hele scenario niets voorstelde. "Oké, als jij denkt dat dat het beste is. Lieverd, zal ik je helpen wat kleren in een tas te doen, dan neem ik onder vier ogen afscheid van je.

"Daar hebben we geen tijd voor. We kunnen je wat kleren geven en alles wat je nodig hebt als je veilig bent."

Angie plakte een nep smekende glimlach op en greep de kans om afstand te nemen van de twee agenten, als ze dat al waren. Het enige wat ze wist was dat Jimmy hen niet had gestuurd, en zijn handler ook niet. "Oh, alstublieft. Het duurt maar even om een paar dingen in mijn reistas te doen. Ik voel me meer op mijn gemak met mijn eigen spullen. En ik wil echt even een minuutje om afscheid te nemen van Brody. We zullen snel zijn." Ze was halverwege haar slaapkamerdeur met haar vriendje-voor-de-minuut op sleeptouw, maar stopte en pakte haar mobiele telefoon en laptop van haar geïmproviseerde bureau tegen de muur in haar eethoek. "Ik gooi deze gewoon bij mijn kleren, zodat ik kan werken terwijl jullie me veilig houden."

Beide mannen keken meer dan geïrriteerd. Agent Jackson knikte met tegenzin toen zij en Brody de deur van haar slaapkamer bereikten. Zodra ze over de drempel waren, pakte Brody haar om haar middel terwijl hij de deur achter hen sloot en zei luid genoeg om te kunnen horen: "Kom hier, schattebol, en geef me wat liefde. Ik hou zoveel van je. Ik zal je missen."

Zodra de deur dicht was, deed hij hem zachtjes op slot en trok haar mee naar de schuifdeur van haar slaapkamer, die ook uitkwam op het terras. "Het spijt me, Brody, maar ik zit in grote problemen. Jimmy heeft ze niet gestuurd."

Hij wierp een blik op het alarmpaneel naast de deur die naar de woonkamer leidde, om er zeker van te zijn dat hij het alarm niet zou laten afgaan toen hij de schuif opende. Zijn Texaanse tongval was vervaagd, samen met het volume van zijn stem, hoewel er nog steeds een vleugje van te horen was. "Dat had ik al begrepen, schat."

Hij keek naar beneden en een beetje opluchting kwam over zijn gezicht toen hij zag dat ze gympen aan had. "Zodra ik de deur open doe, rennen we door de achtertuinen weg van mijn huis. Ik wou dat we een van mijn wapens konden pakken, maar dan moeten we langs jouw woonkamer. Ga naar het beboste gebied twee huizen verder. Van daaruit gaan we naar de volgende straat. Klaar?" Ze knikte angstig, maar zweeg. "Hier gaan we dan."

Hij schoof stilletjes de deur open en ze renden zo snel als ze konden over het erf van haar andere buurman... nou ja, zo snel als Angie kon. Ze waren bijna bij de tweede tuin toen ze de agenten haar slaapkamerdeur hoorden intrappen, en toen ze het bos bereikten, hoorde ze een van hen roepen: "Hé! Verdomme!"

Brody wierp een blik over zijn schouder, maar Angie bleef vooruit lopen. Gelukkig gaf het dichtere gebladerte hen na een korte afstand meer dekking. Hij kronkelde door de vegetatie en toen ze de open plek van een andere achtertuin bereikten, hoorde ze iemand achter hen door het struikgewas heen beuken, gevolgd door meer gevloek. Hoewel Brody sneller ging dan zij, spoorde ze hem aan. "Schiet op, ik hoor ze."

"Deze kant op." Hij rukte aan haar arm, en ze verloor bijna haar telefoon en laptop die ze nog steeds vasthield. Ze liepen om het huis heen en liepen diagonaal de straat over, langs een andere woning, naar een achtertuin die door een houten hek van één meter twintig gescheiden was van de achterste parkeerplaats van een klein winkelcentrum. Toen ze het hek naderden, greep Brody haar bij haar middel en gooide haar er zowat overheen. Een seconde later sprong hij zelf ook over het hek. Angie was geschokt dat ze op haar voeten was geland en haar elektronica nog in haar handen had. Gelukkig liep ze vier keer per week drie kilometer, anders was ze nu al flauwgevallen. Haar paniek maakte het haar moeilijk om op adem te komen.

Brody klemde zijn hand om haar bovenarm en begon weer te rennen. Toen ze de zijkant van het gebouw omsloegen, struikelde ze. Zijn greep weerhield haar ervan te vallen. Toen ze het trottoir bereikten, sloeg hij rechtsaf en bleef sprinten terwijl hij haar langs winkels en bedrijven trok. Ze had geen idee of ze nog gevolgd werden en durfde niet te kijken. Hij, aan de andere kant, wierp verschillende keren een blik achterom, maar remde hen niet af. Een blok verder draaide hij en dreef hen naar de overkant van de straat, naar de parkeerplaats van een ander winkelcentrum. Ze realiseerde zich dat hij een plan in gedachten had en haar gedachten werden bevestigd toen hij naar de deur van een restaurant liep dat Donovans heette. Vaag herinnerde ze zich dat Jenn hier werkte en dat Jakes broer de eigenaar was. Brody gooide de deur open en sleurde haar mee naar binnen. Hij vertraagde maar stopte niet toen hij haar over de hele lengte van de bar voortjoeg en blafte tegen de geschrokken barman. "Mike, bel Ian. Zeg hem 'code rood'. Als je hem niet kunt bereiken, bel Jake of Devon. Als er twee mannen in pak binnenkomen en zeggen dat ze van de FBI zijn, bel dan 911."

Mike, wie hij ook was, wist blijkbaar waar Brody het over had want hij gooide de lap waarmee hij de bar had schoongeveegd neer en griste de telefoon achter zich aan. Brody bleef in beweging en leidde haar door een gang, langs de toiletten van de bar, naar een kamer met de tekst "Privé". Hij trok haar het kantoor in, sloot de deur en deed hem op slot. Uiteindelijk kwamen ze tot stilstand. Ze snakte naar lucht. Ze was een beetje boos dat hij niet eens zwaar ademde, alsof vier of vijf blokken zigzag rennen terwijl iemand hen achtervolgde een alledaagse bezigheid was.

"Wat... wat als... ze hier binnenkomen?" Ze sprak de woorden uit tussen twee teugjes lucht door. Haar hart bonsde in haar hersenen, haar longen stonden in brand, en als ze gevonden werden, dacht ze niet dat ze nog een stap zou kunnen lopen.

Brody nam haar telefoon uit haar hand, opende de achterkant en rukte de batterij en de simkaart eruit en stopte alles in de zak van zijn trainingsbroek. Hij liep naar twee kluizen die onder het met papier overladen bureau aan de vloer waren vastgeschroefd. Hij legde zijn middelvinger op een scanner op de voorkant van een van de kluizen en wachtte drie seconden, waarna het deurtje open klikte. Terwijl hij naar binnen reikte, haalde hij een Sig Sauer 9mm pistool uit zijn holster, controleerde of het magazijn gevuld was met koperen kogels en sloot toen de kluisdeur. Hij klikte het opnieuw geholsterde wapen vast aan de achterkant van zijn joggingbroek, die door het zware gewicht nog verder over zijn heupen trok.

Angie was niet bang voor het wapen, sterker nog, ze was blij dat hij er nu een had. "Je hebt duidelijk rekening gehouden met situaties als deze, hè?"

"Toen we met Trident begonnen, heeft het team een heleboel noodplannen bedacht. Ik heb er nog nooit een van thuis hoeven gebruiken, maar ik ben blij te weten dat ze werken." Hij zag haar nerveus naar de deur van het kantoor kijken. "We zijn ze een tijdje geleden kwijtgeraakt, dus we zijn veilig tot Ian hier is. Als hij er is, gaan we achterom en stappen in zijn auto."

Ze keek waar hij heen wees en zag een andere deur waarvan ze aannam dat die naar een steegje of een terrein achter hen leidde. "Waarom ben je eigenlijk gekomen?"

Het was niet ongebruikelijk dat hij 's morgens of 's avonds langskwam, maar niet midden in de middag. "Ik klaag niet, hoor."

Er klonk een scherpe klop op de deur waardoor ze waren binnengekomen, en Angie sprong op. Brody hield zijn hand op om haar te kalmeren. De deur ging niet open, maar ze hoorde een mannenstem zeggen: "Ian is er over zes minuten. Hij zal twee keer toeteren. Het lijkt erop dat alles veilig is aan de voorkant."

Brody reageerde met een enkele klop op de houten deur voordat hij zich omdraaide om haar weer aan te kijken. "Ik moest laat werken gisteravond, dus heb ik vandaag vrij genomen. Ik wilde net gaan hardlopen toen ik die vreemde auto met nummerborden van de overheid op je oprit zag staan. Ik ging achterom om te kijken hoe het met je ging, ik wilde niet storen als je me niet nodig had. Maar toen ik je gezicht zag, wist ik dat er iets niet klopte. Trouwens, je deed het fenomenaal. Je bleef kalm, hielp me uitzoeken wat er mis was en gedroeg je als een pro. Heb je er ooit over nagedacht om actrice te worden?"

Ze gaf hem geen antwoord. Iets in wat hij had gezegd deed haar denken dat hij niet honderd procent eerlijk tegen haar was. Op dit moment deed het er niet toe. Ze had zijn en Ians hulp nodig om bij de opslagruimte te komen waar haar noodauto, geld, valse paspoorten en twee tassen vol kleren en andere benodigdheden werden bewaard. Daarna kon ze de stad verlaten en de orders opvolgen die Jimmy haar door de jaren heen had opgedrongen.

Op de eerste van elke maand reed ze rond Tampa op minder gebruikte wegen zonder vast patroon. Als ze er zeker van was dat ze niet gevolgd werd, ging ze naar de opslagruimte die ze onder een fictieve naam huurde en controleerde alles. Met de buitendeur open, startte ze de opgevoerde motor van de oude Chevy Nova en liet hem een paar minuten draaien om te zorgen dat de accu's opgeladen bleven. Dan zette ze hem weer uit en sloot de unit weer af tot de eerste van de volgende maand, wanneer ze de hele routine opnieuw deed. Om de zes maanden ververste ze de olie en stelde ze de auto af. Ze had het hele proces altijd een beetje te James Bond-achtig gevonden, maar nu was ze dankbaar dat ze Jimmy's instructies tot op de letter had opgevolgd.

"Hoe wist je dat ze niet waren wie ze zeiden dat ze waren en dat je vriend ze niet gestuurd had?"

"Ze kenden onze paswoord zin niet." Toen hij niets zei, legde ze uit: "Jimmy heeft jaren geleden een ontsnappingsplan voor me opgezet voor het geval zijn dekmantel ooit zou worden onthuld. Als hij ze stuurde, zouden ze een bepaalde zin hebben gezegd die alleen wij tweeën en zijn handler kennen. Ze zeiden het niet, dus Jimmy noch zijn handler hebben ze gestuurd. Nu moet ik naar mijn noodvoorraad en de stad uit tot hij contact met me opneemt."

Brody knikte, maar zei niets en ze vroeg zich af wat hij van dit alles dacht. Hij moest er wel spijt van hebben dat hij haar had bezocht. Als hij dat niet had gedaan, had ze geen idee hoe ze aan die mannen had kunnen ontkomen. Plotseling herinnerde ze zich iets wat hij had gezegd. "Je zei dat de nummerplaten op de auto van de regering waren? Betekent dat dat ze echt van de DEA waren?"

Hij knikte opnieuw. "Ja, de platen waren van de overheid, maar ik weet niet van welke dienst en uit welke stad totdat ik ze door mijn computer heb gehaald. Als het echte agenten zijn, dan heeft je vriend nog grotere problemen. Hij heeft verraders binnen zijn afdeling."

Angie hijgde, haar ogen werden groot en ze begon te trillen. "Oh verdomme, daar had ik niet aan gedacht. Wat als er iets met hem gebeurd is? Wat als hij geen contact met me kan opnemen?" Het zou haar dood zijn als er iets met Jimmy zou gebeuren.

Haar buurman nam haar in zijn armen en omhelsde haar. "Rustig, lieverd. Eén ding tegelijk. Eerst brengen we je naar een veilige plek en dan sporen we hem op."

Hoofdstuk 12

Ian reed als een bezetene op cocaïne. Hij was naar zijn auto geracet en had net de motor gestart toen Mike hem belde met de mededeling dat ze een noodgeval hadden - Brody was in het kantoor van het restaurant met een blonde vrouw die Mike niet kende. Maar Ian wist onmiddellijk wie het was en dankte de sterren voor zijn teamgenoot. Hij wist niet hoe Egghead wist dat Angie in gevaar was, maar hij was dankbaar dat de nerd haar weg gekregen had.

Minder dan twee minuten eerder dan Mikes telefoontje, was er een ander telefoontje binnengekomen. Op het scherm stond 'Onbekend', wat gebruikelijk was in zijn werk met al zijn contacten die liever anoniem bleven. Hij gooide de pen neer waarmee hij zijn maandelijkse boekhouding deed, pakte zijn mobiel en nam op. "Sawyer."

"Daisy Duck is er geweest. Haal haar daar weg."

De lijn viel weg. Hij schoot uit zijn stoel, pakte zijn pistool en rende weg. Athos was de beller en de stomme zin betekende dat Angie in gevaar was. Ians hart bonsde uit zijn borstkas toen hij in zijn auto sprong. Toen Mike

belde, beantwoordde Ian zijn telefoon bijna niet. Godzijdank deed hij het toch.

Hij stopte achter Donovans en claxonneerde twee
keer, wanhopig om zijn engel te zien en zeker te weten
dat ze ongedeerd was. De achterdeur van de bar ging
open toen hij het slot op de deurklink naast hem indrukte.
Brody haastte Angie naar de SUV en gooide haar bijna op
de achterbank voordat hij achter haar aan dook.

"Blijf liggen." Hij hoefde de woorden niet uit te spreken, want zijn teamgenoot kende de routine en had Angie
al snel over de hele achterbank liggen, bedekt met zijn
eigen lichaam. Zonder om te kijken gaf Ian gas en maakte
dat hij weg kwam, zo snel als hij kon.

Vijftien minuten later had Brody hem ingelicht over
wat er gebeurd was, en waren ze bijna bij de privé
landingsbaan waar Tridents kleine jet stond. Toen hij
eindelijk voelde dat het veilig was, zei hij tegen de twee
dat ze konden zitten en keek toen in de achteruitkijk-
spiegel om zichzelf te bewijzen dat Angie leefde en in
orde was.

Ze was duidelijk in de war toen ze haar hoofd
omdraaide op zoek naar bekende oriëntatiepunten. "Waar
zijn we? Ik wil dat je me naar mijn noodopslagplaats
brengt, zodat ik de stad uit kan."

Hij reed het piepkleine onbemande vliegveld binnen
en antwoordde haar pas nadat hij een hangar was binnen-
gereden en de roldeur achter hen naar beneden kwam
dankzij Jake, die hij op weg naar Donovan had gebeld.
Jake nam op zijn beurt contact op met hun piloot, een
gepensioneerde kapitein van de luchtmacht, die ze onder
contract hadden, evenals met een contactpersoon die op
hun bestemming zou wachten met een voertuig voor hen.
Hij zette de auto in de parkeerstand, sprong eruit, opende

de passagiersdeur en trok Angie in zijn armen naar buiten. Hij had zich niet gerealiseerd dat hij haar plette tot ze hem vertelde dat ze geen adem meer kreeg en hij haar met tegenzin losliet.

"Ian, wat is er aan de hand? Waarom zijn we hier? Ik moet mijn spullen pakken en weg uit Tampa."

"Ik weet het, Angel, maar je plannen zijn veranderd." Hij hoefde niet te kijken om te weten dat Brody het vliegtuig klaarmaakte, zodat ze konden opstijgen zodra hun piloot, Conrad Chapman, beter bekend als CC, er was en de laatste checklist voor de vlucht uitvoerde. Jake stond buiten om ervoor te zorgen dat niemand hen zou besluipen. Ian was er zeker van dat ze niet gevolgd werden, maar hij moest controleren of de mannen in haar huis haar niet op een of andere manier gevolgd hadden. Hij deed zijn koffer open, haalde een scanner tevoorschijn en liet die over haar hele lichaam gaan tot hij zeker was dat ze geen zenders had. De scanner had gepiept toen hij bij haar gymschoen was gekomen, maar een specifieke frequentiecode gaf aan dat het een van de Trident trackers was die Boomer in haar schoenen had verstopt. Hij zou Brody haar laptop laten controleren voor ze vertrokken. Haar telefoon, als ze die had, zou in het voertuig blijven.

Ze was verbijsterd en begon in paniek te raken. "Waar heb je het over? Wat zijn jullie aan het doen? Ik moet hier weg!"

Hij haalde diep adem en zei, "Goofy is verliefd op Minnie Mouse." Shit, hij voelde zich verdomme belachelijk dat hij dat zei. Wat was er met Athos en zijn bizarre Disney uitdrukkingen?

"Wat zei je?"

Haar vingers bedekten haar mond, terwijl ze hem

geschokt aanstaarde en een stap achteruit deed. Weg van hem, verdomme. Het was duidelijk dat ze hem gehoord had, dus hij deed geen moeite om het te herhalen. "Athos was bang dat er iets mis zou gaan tijdens zijn missie, dus vroeg hij ons om op je te letten en je naar een veilige plek te brengen als er iets zou gebeuren.

Het verraad dat hij in haar ogen zag was meer dan hij kon verdragen. "Hij wat?" Haar stem was schril en deed pijn aan zijn oren, maar hij wist dat hij het verdiende. "Je hebt ... wat? Op mij gepast? Ik weet niet op wie ik meer kwaad ben, Jimmy of jou. Heb je me daarom mee uit gevraagd en heb je daarom zoveel tijd met me doorgebracht ? Heeft Jimmy je dat gevraagd? Oh God! Is dat waarom Brody zo geïnteresseerd was in mijn leven en me de hele tijd controleerde? Waarom hij vrienden wilde zijn?

"Ja, hij controleerde je om zeker te zijn dat je veilig was. Maar je vriend zijn was Brody die Brody was." Hij negeerde haar hijgen van verontwaardigd ongeloof toen de zijdeur van de hangar open vloog en CC langs hen heen raasde op weg naar het vliegtuig, zich niet druk makend om beleefdheden. De man wist dat het dringend was en handelde daarnaar. Ian hield zijn ogen op die van Angie gericht en wachtte tot de piloot weer buiten gehoorsafstand was. "En nee, dat is niet waarom ik je mee uit vroeg. Ik heb je gevraagd omdat ik niet meer kon vechten tegen mijn aantrekkingskracht tot jou. Ik wilde je heel graag beter leren kennen. Als je iets gelooft, Angel, geloof dan dit. Wat er tussen ons gebeurd is, is honderd procent echt geweest."

Ze schudde achterdochtig haar hoofd en deed nog een stap achteruit. Hij knarste met zijn tanden, want hier hadden ze geen tijd voor. "Ik zal alles in het vliegtuig uitleggen, maar we moeten de lucht in en weg van de mensen die achter je aan zitten."

"Waarom zou ik jou vertrouwen?"

De vraag raakte hem recht in zijn borst en sloeg bijna de lucht uit zijn longen. Het was moeilijk om zijn kalmte terug te vinden, maar op de een of andere manier lukte het hem. "Drie redenen. Eén: Athos vertrouwde erop dat ik voor je zou zorgen. Twee: Ik kende de slagzin en er is maar een persoon die me dat stomme ding had kunnen vertellen... een persoon die je meer vertrouwt dan wie ook ter wereld." Verdomme, het deed hem pijn om dat te zeggen, maar het was waar. Ze hadden nog niet het punt in hun relatie bereikt dat ze hem voor honderd procent vertrouwde en hij had zojuist drie grote stappen terug gezet op die reis. "En drie: omdat ik om je geef. Je bent mijn onderdanige en het is mijn verantwoordelijkheid om je veilig te houden."

Hij greep naar haar arm, maar ze trok zich terug en snauwde: "Raak me niet aan. Ik zweer het, Ian, als je me nu aanraakt, krab ik je ogen uit. En ik ben niet je onderdanige. Niet meer."

Godverdomme! Hoe graag hij ook haar ongelijk wilde bewijzen, het was nu niet het moment. Bijtend op zijn tong, gebaarde hij naar de jet. "Oké, prima. Als je niet wilt dat ik je aanraak, stap dan in dat verdomde vliegtuig. Hoe langer we hier blijven, hoe groter de kans dat degene die achter je aanzit ons opspoort."

Hij telde tot drie. Ze had nog steeds niet verder bewogen dan het kruisen van haar armen over haar borsten terwijl ze hem een vuile blik toewierp. Athos had gelijk, ze was koppig als ze kwaad was. Hij deed een stap naar voren en gaf haar een laatste waarschuwing, met zijn diepste, strengste Dom stem. "Angel, als je niet in dat verdomde vliegtuig stapt, gooi ik je over mijn schouder, draag je naar binnen en bind je vast aan een verdomde stoel. En als we eenmaal veilig in de lucht zijn, geef ik je billenkoek tot mijn hand eraf valt en je een week lang niet meer kunt zitten."

Hoe kwaad ze ook was, ze herkende duidelijk de reële dreiging en de bezorgdheid in zijn stem. Ondanks het feit dat hij tegen haar had gelogen - ze hadden allemaal tegen haar gelogen - moest ze weten dat hij haar veilig zou houden totdat ze Jimmy konden lokaliseren. Nadat ze er zeker van was dat haar beste vriend in orde was, zou ze hen waarschijnlijk allebei een schop onder hun kont geven... en misschien ook die van Brody. Ze gooide haar handen in de lucht. "Goed! Ik ga met je mee, maar raak me niet aan en praat niet tegen me tenzij het absoluut noodzakelijk is. En ik wil alles weten wat er aan de hand is. Niet meer in het duister tasten als een klein viooltje dat niet voor zichzelf kan zorgen, want dat ben ik absoluut niet."

Ze gaf hem geen kans om te reageren, draaide zich om, pakte haar laptop van de achterbank en stormde naar de trap die naar de cabine van het kleine vliegtuig leidde. Ze staarde naar Brody, die onderaan de trap stond te wachten, toen hij haar computer pakte. Ze reageerde niet op hem toen hij zei dat hij hem moest controleren op opsporingsapparatuur. In plaats daarvan sloeg ze haar armen over elkaar en wachtte terwijl hij hem scande en naar Ian knikte dat alles voorlopig in orde was. De nerd zou hem niet aanzetten voor ze het schuiladres bereikten waar hij elk signaal kon verstoren dat de computer zou uitzenden en dat gebruikt kon worden om hun locatie te vinden. Ian had hem liever achtergelaten, maar hij wist dat al haar werk erop stond, dus deed hij een kleine toegeving.

Zonder een woord tegen iemand te zeggen, nam Angie haar laptop en stampte luid de trap op, verdwijnend in de cabine. Jake hoorde de motoren van het vliegtuig starten en kwam naar Ian toe die nog steeds naast zijn SUV stond en probeerde zijn emoties onder controle te krijgen. Devon en Ian hadden de rest van het team op de hoogte gebracht nadat Athos het kantoor had verlaten die dag. "Dev, Boomer en Marco zijn op weg naar Angies om te kijken of ze vingerafdrukken kunnen vinden of iets dat de agenten hebben achtergelaten. Ze zullen de bewakingsbeelden bekijken om foto's te krijgen voor Brody om door zijn gezichtsherkenningssoftware te sturen. Dev roept ook versterkingen op voor het terrein en om Jenn en Kristen in de gaten te houden. Hij zal iemand toewijzen om op Angie en Brody's huizen te zitten. Als die agenten geen idioten zijn, zullen ze Egghead zonder veel moeite kunnen verbinden met Trident. Zodra we weten wat er aan de hand is met Athos, en het terrein is veilig, staan Boomer en Marco klaar voor eender waar we hen nodig hebben. Dev blijft in Trident en overziet alles."

Ian knikte. Zijn team wist wat er gedaan moest worden en hij vertrouwde erop dat ze het zouden doen. Brody liep naar hen toe en overhandigde Angies gedemonteerde telefoon aan Ian, die hem door de openstaande achterdeur van zijn voertuig gooide voordat hij hem dichtsloeg. Wijselijk zei geen van beide mannen nog iets tegen hun baas die meer dan kwaad was en doodsbang dat Angies leven in gevaar was. Hij had er nooit mee moeten instemmen om de beschermende maatregelen voor haar achter te houden. Dat was nu te laat. Het beste wat hij kon doen was haar met zijn eigen leven beschermen en proberen haar vertrouwen terug te winnen. De rest zou hij later wel regelen. Of ze het wilde toegeven of niet, hij was nog steeds haar Dom en zij was nog steeds zijn onderdanige. Ze hadden een getekend contract en hij zou haar daar zo lang mogelijk aan houden. Hij bad alleen dat ze niet zou besluiten hem hierdoor in de steek te laten. Hij was nog niet klaar om haar te laten gaan. God helpe hem, hij was er niet zeker van dat hij dat ooit zou zijn.

Brody stapte in het vliegtuig. Ian volgde hem en ging de trap op toen Jake de deur van de hangaar opende. Nadat het vliegtuig in de open lucht was getaxied, werd de overheaddeur gesloten en Brody liet de trap weer zakken voor zijn teamgenoot. Minder dan vijf minuten later hingen ze in de lucht en Ian slaakte een zucht van verlichting. Voorlopig was zijn engel veilig en hij was van plan dat zo te houden.

Hoofdstuk 13

Ze vlogen al meer dan een half uur, maar Angies woede stond nog steeds bijna op het kookpunt. Ze had nog niet met Ian of zijn teamgenoten gesproken. Zittend in een van de luxe stoelen in de eerste van twee rijen van vier stoelen tegenover elkaar, had ze haar laptop op de enige stoel tussen haar en het gangpad gezet, een schaamteloze daad die de anderen vertelde dat ze niet moesten proberen bij haar te zitten. Hoe graag ze ook antwoorden wilde, ze kon ze nog niet onder ogen komen zonder iets naar een van hen te willen gooien, vooral niet naar Ian. De drie zaten ergens achter haar en ze was zo kwaad geweest toen ze aan boord was gegaan, dat de rest van het interieur van het kleine vliegtuigje een waas voor haar was. Terwijl ze uit het raam staarde naar niets dan wolken, speelde ze de afgelopen weken steeds opnieuw af in haar hoofd. Een van de dingen die haar het meest bijstond was, dat ze zo opging in haar werk en tijd met Ian, dat ze nauwelijks aan Jimmy had gedacht. Voor het eerst sinds ze tieners waren, hadden haar gedachten en zorgen voor haar beste vriend plaats gemaakt voor iemand anders. Dat was nooit gebeurd met de andere mannen met wie ze uitging in de loop der jaren. En verdomme, die twee eikels hadden haar in het ongewisse gelaten over iets wat haar zorgen baarde; iets wat ze vanaf het begin af aan had moeten weten. Ze wist dat Jimmy haar door de jaren heen zo goed mogelijk afgeschermd had van de wereld die hij wilde opruimen, één drugsdealer per keer, maar het greep haar nog steeds aan.

Ze keek opzij toen ze uit haar ooghoek iemand zag plaatsnemen aan de overkant van het gangpad. Het was Jake, die er comfortabel uitzag in een spijkerbroek, een marineblauw hemd en zwarte laarzen. Brody en Ian bleven voorlopig wijselijk uit haar buurt. Van Ians teamgenoten was Jake degene waar ze het minst van wist. Hij was de stilste van de zes mannen. Toch had hij de typische aanwezigheid van een dominante man. Ze bestudeerde zijn profiel. Zijn gebeitelde kaak, hoge jukbeenderen en lange wimpers deden haar verlangen naar haar schetsblok. Ze had de afgelopen weken verschillende potloodschetsen van Ian gemaakt en een paar van Jenn en Beau, maar ze verlangde ernaar om de hardheid en droefheid die ze in Jakes gezicht zag vast te leggen.

Hij wierp een blik op haar, zag haar staren en gaf haar een kleine glimlach. "Zit je ergens mee?"

Ze liet een ondeugende snuif. "Je hebt geen idee."

Hij haalde zijn schouders op en zei: "Probeer het maar. Ik ben misschien niet zo spraakzaam als Marco is wanneer hij een onderdanige troost, maar ik ben een goede luisteraar."

"Ik ben geen onderdanige," spuugde ze uit. "Niet meer. En ik heb geen troost nodig, dank je."

Zijn linker wenkbrauw ging omhoog en hij gaf haar een "ja, denk nog eens na" blik die haar irriteerde omdat ze kon raden wat hij op het punt stond te zeggen. "Je kunt het niet aan en uit zetten als een schakelaar, Angie. Je kunt het proberen, maar dan maak je jezelf alleen maar ellendig. Alleen omdat je boos bent, betekent niet dat je lichaam stopt met verlangen naar wat je de afgelopen weken hebt ervaren. Het was een deel van je waarvan je niet wist dat het bestond. Nu je het weet, ga je nooit meer terug naar hoe je was zonder er spijt van te krijgen."

Ze wist dat hij gelijk had maar wilde het niet toegeven, draaide zich om en staarde weer uit het raam. Jake werkte dan wel voor Trident, maar hij had niets gedaan om de ontvanger van haar woede te zijn. Ze wilde het niet op hem afreageren. Maar Ian, Brody, en zelfs Boomer waren een ander verhaal, samen met haar hoogst irritante beste vriend. Ze hoorde Jake opstaan en verwachtte dat hij terug zou gaan naar waar hij eerder had gezeten. Hij pakte haar laptop, zette die op de stoel die hij net had vrijgemaakt, en ging naast haar zitten.

"Praat met me. Het hoeft niet over D/s-zaken te gaan of iets wat met Boss-man te maken heeft, aangezien hij op het moment een gevoelig onderwerp bij je is. Je moet wel duizend vragen hebben over wat er vandaag gebeurd is en, hoewel ik nog niet alle feiten heb, zal ik antwoorden wat ik kan."

Angie verschoof in haar stoel, zette haar rug tegen het raam en bestudeerde de man. In zijn ogen zag ze hetzelfde medeleven en begrip dat ze in die van Marco had gezien toen hij bij haar was gebleven tijdens haar openbare pak slaag. De gedachte aan die nacht en hoe ze haar bevrediging voor iedereen had uitgeschreeuwd maakte haar wangen warm. Ze dwong zichzelf aan iets anders te denken, wilde niet dat hij wist waar haar gedachten heen gingen en hoe die gedachten haar lichaam nog steeds deden tintelen. "Waar gaan we heen? Laten we daar beginnen."

"Ok, eerlijk. Over iets meer dan een uur landen we in Spartanburg, South Carolina. Vanaf daar is het nog ongeveer anderhalf uur rijden naar het schuiladres in Maggie Valley, North Carolina."

"Schuiladres? Van wie?" *Had iedereen tegenwoordig een schuiladres?*

Jake knikte en ging in een meer comfortabele houding zitten nu ze vragen stelde. "Het is van Ian en Devon. Het duurt eeuwen om het naar hen te traceren aangezien het eigendom begraven ligt onder een hoop ongerelateerde bedrijven en valse namen. Ian en zijn vader vonden de plek toen hij bij de SEALs ging. Een van de oudere jongens zei hem dat als hij de kans kreeg, hij een plek moest vinden waar niemand hem kon opsporen. Met alle terroristen, drugskartels en al het uitschot waar we mee te maken hebben gehad, is het niet paranoia te denken dat we allemaal een prijs op ons hoofd hebben staan. Maar we hebben geluk dat de meesten betere dingen te doen hebben dan op onze identiteiten en huizen te jagen. En daarom hebben Ian en Dev zoveel geld gestoken in de beveiliging van het terrein. Het schuiladres hebben we in de loop der jaren meerdere keren gebruikt, maar niet altijd voor noodgevallen. Het ligt in de bergen en is een geweldige plek om er soms even tussenuit te gaan. We nemen altijd voorzorgsmaatregelen als we erheen gaan en in ons vluchtplan staat dat we naar Myrtle Beach in South Carolina gaan. Er zijn vliegvelden dichter bij Maggie Valley, maar op deze manier is het moeilijker voor iemand om onze bewegingen te volgen."

Angie was een beetje verbijsterd. Ze wist dat wat de mannen van Trident deden soms gevaarlijk kon zijn, maar een premie op hun hoofd was iets waarvan ze dacht dat het alleen in het oude Wilde Westen voorkwam, of bij criminelen op de meest gezochte lijst van de FBI. "Hoe lang moet ik daar blijven?"

"Totdat we van je vriend horen hoe we een eind kunnen maken aan de dreiging tegen jou. Ik wil je niet bang maken, maar je zei dat je op de hoogte gehouden wilde worden. Ik weet niet of de mannen in je huis echte agenten waren. Daar komen we wel achter als we bij het schuiladres zijn. Van wat we begrepen, wilden ze je ontvoeren en tegen Athos gebruiken om informatie uit hem te krijgen." Hij grimaste en voegde eraan toe, "En waarschijnlijk als wraak voor zijn infiltratie in het drugs-kartel waar hij undercover was."

De blik die hij haar gaf zei de rest - er was een zeer goede kans dat noch Jimmy noch zij het zouden overleven als het kartel hen te pakken zou krijgen. Ondanks haar angst begon een kern van hoop, waarvan ze niet wist dat die ontbrak, haar te vullen. "Dus, dat betekent dat Jimmy nog leeft? Als ze mij willen, betekent dat dat ze hem niet hebben."

De kanteling van Jakes hoofd was niet helemaal geruststellend. "Een tijdje geleden leefde hij nog en we nemen aan dat hij niet gevangen is genomen, omdat hij contact opnam met Ian om ons te laten weten dat er iets mis was en ons vertelde dat we je uit Tampa moesten krijgen. Boss-man kreeg het telefoontje net voordat mijn broer hem uit de kroeg belde. Als hij kan, zal Athos op weg zijn om ons te ontmoeten in Noord Carolina."

"Was dat je broer, Mike ?" Ze had maar een glimp van de man opgevangen en had geen gelijkenis opgemerkt, maar Jake knikte. "Dus, wat gebeurt er nu?"

"We wachten tot je vriend contact met ons opneemt en helpen hem als hij dat doet. In de tussentijd houden we je veilig en proberen we erachter te komen wie er achter je aan zit. Dan maken we er een eind aan."

Haar maag zakte in bij hoe dodelijk die laatste vier woorden klonken. "Er een eind aan maken? Hoe?"

Jakes ogen verhardden en boorden zich in de hare. "We elimineren de bedreigingen, en zorgen ervoor dat ze nooit meer achter je aan komen."

"J-Jij zou iemand vermoorden voor mij?" Er was een combinatie van ongeloof en verwondering in haar stem, en ze was er zeker van dat de uitdrukking op haar gezicht daarmee overeenkwam. "Waarom?"

"In een oogwenk, Angie. Omdat het de manier is waarop mannen zoals wij in elkaar zitten. Onschuldige levens worden ten koste van alles beschermd. Het is niet zo dat we een doodswens hebben of zo, maar als we omkomen bij het beschermen of redden van iemand anders, zorgen we ervoor dat we tot het bittere eind door- vechten om hen de beste kans op overleven te geven. Of je het nu leuk vindt of niet, als het erop aankomt dat ik jou of mezelf red, onthoud dan dat ik een traditionele Ierse wake wil, compleet met doedelzak."

Angie slikte hard. Hij had het laatste deel met een plagerige grijns gezegd, maar ze wist dat hij het meende. Ze zag de overtuiging in zijn ogen en wist dat hij geen rook opblies door te zeggen dat hij zijn leven zou geven voor het hare. Hij zou het doen zonder een moment te aarzelen. Ze realiseerde zich wat haar eerder naar zijn gezicht had doen verlangen. Jake Donovan herinnerde haar zo veel aan Jimmy Andrews nadat hij Jimmy Athos was geworden. Ze vroeg zich af wat er gebeurd was met Ians vriend om dezelfde hardheid en gevoel van verlies in de mans mooie, maar spookachtige groene ogen te krijgen.

Ze wist wat hij bedoelde met "elimineren," voordat hij het bevestigde, en ze wist niet zeker wat ze er van vond. Het team zou mensen moeten doden om haar veilig te houden. Ze haatte het feit dat ze bloed aan hun handen zouden hebben vanwege haar. Ze was niet zo naïef om te denken dat Ian, Jake en de anderen nog nooit iemand gedood hadden. Zij waren voormalige Navy SEALs in een tijdperk waar terroristen van over de hele wereld de Amerikaanse manier van leven meer dan bedreigden, evenals de levens van diezelfde Amerikanen. Ze hadden in de strijd gezeten en dingen gezien en gedaan die de meeste mensen zich nooit kunnen voorstellen. Nu zouden ze niet voor heel Amerika iemand doden. In plaats daarvan zouden ze iemand doden omwille van één persoon - haar, Angelina Beckett, een grafisch ontwerpster uit Tampa, Florida, die geen terrorist of drugskartellid zou herkennen als ze over hem zou struikelen. Met die wetenschap was ze klaar met vragen stellen en draaide zich terug naar het raam. Na enkele ogenblikken voelde ze dat Jake opstond en terugging naar de ruimte achter haar, haar alleen latend in haar gedachten.

* * *

Ian stond op het punt nagels te spuwen toen hij toekeek hoe zijn teamgenoot met Angie praatte. Een paar minuten eerder had hij op het punt gestaan om naar voren te stormen en haar te dwingen naar hem te luisteren, maar Jake had hem tegengehouden. Ze had zijn frustratie op dit moment niet nodig en het zou haar alleen maar verder van hem weg duwen. Hij moest zijn emoties onder controle krijgen voordat hij met haar ging praten. Dus in plaats van het zelf te doen en alles nog meer te verpesten, stond hij zijn vriend met tegenzin toe om met de koppige, nijdige vrouw te praten en haar op haar donder te geven.

Als Athos nog in leven was, zou hij nu op weg zijn naar South Carolina, naar een vooraf afgesproken locatie. Wanneer hij daar aankwam, zou hij Ian contacteren, die dan zijn teammaten zou sturen om de agent op te halen en hem over de staatsgrens naar het schuiladres te brengen, nadat hij er zeker van was dat ze niet gevolgd werden. Eens ze wisten wie, wat, waar, wanneer en hoe, zouden ze Athos op alle mogelijke manieren helpen terwijl Angie veilig bleef.

Terwijl Jake met Angie praatte, zat Ian in het midden van het vliegtuig dat was ingericht als een huiskamer, compleet met banken, fauteuils en tafels, allemaal vastgemaakt aan de vloer. Starend uit het raam naar niets, dacht hij na over hoe snel de mooie onderdanige onder zijn huid was gekropen, een feit waar hij op zijn hoede voor was.

Ze raakten in een comfortabele routine sinds hun eerste publieke scène in de club afgelopen vrijdag. Hij nam haar mee naar zijn huis nadat ze was bijgekomen van haar orgasme en hij neukte haar verschillende keren tot het ochtendgloren, hen beiden gelukkig en verzadigd achterlatend. Elke ochtend ging ze naar huis, alleen om elke avond naar hem terug te keren en de nacht door te brengen. Zaterdagavond gingen ze terug naar de club, en zondagnacht nog een keer. Ze deden een openbare scène en een privéscène in de themakamer van het kantoor, waar ze deed alsof ze zijn ondeugende secretaresse was.

Hij neukte haar op elke manier die hij kon bedenken, door het bureau en de stoel te gebruiken om haar te positioneren zoals hij wilde. Hij had haar zelfs bovenop een hoge dossierkast gezet zodat hij staand haar zoete kutje kon likken. Hij hield ervan hoe ze haar ondeugende kant omarmde en vaak dwaalde zijn geest overdag af, denkend aan verschillende scenario's voor hen om uit te spelen.

De club was gesloten op maandag en dinsdag, dus die twee avonden hadden ze in zijn keuken gekookt, op de bank geknuffeld en elkaar uiteindelijk op allerlei manieren bevredigd. De vrouw was net zo onverzadigbaar als hij en avontuurlijker dan hij had verwacht. Hij had haar verschillende lingeriestukken gegeven die hij in de clubwinkel had uitgezocht en haar opgedragen die te dragen en niets anders als ze alleen samen in zijn huis waren. Angie droeg lingerie op een manier die kon wedijveren met elk Victoria's Secrets model. Als hij het voor het zeggen had, zou ze vierentwintig uur per dag niets anders dragen dan die sexy stukken. Hij had zelfs de gewoonte om het nachtslot van zijn voordeur op slot te doen, om te voorkomen dat Jenn hen per ongeluk weer zou betrappen.

Hij keek toe hoe Jake opstond, terugliep naar de zithoek, en plaatsnam op de bank tussen de twee fauteuils die Ian en Brody de hele vlucht hadden bezet. Egghead deed een kort dutje omdat er in de lucht niet veel te doen was en hij geen tijd had gehad om een van zijn eigen laptops te pakken. Als ze bij het schuiladres aankwamen, zou hij een kleinere, maar vergelijkbare opstelling hebben als de oorlogskamer in Trident. Van daaruit zou hij doen wat hij het beste kon en hen zoveel mogelijk informatie geven over wie er achter Angie aanzat.

Ian wierp een blik op Jake. "Wil ze nog steeds mijn lul in een kooi?"

"Als ik jou was, zou ik hem een tijdje buiten haar bereik houden. Je ballen ook." Hij grinnikte toen zijn baas een krimp gaf en zijn benen over elkaar sloeg in een automatische reactie die de meeste mannen hadden bij de gedachte dat hun voortplantingsorganen gemarteld werden. "Maak je geen zorgen. Ik heb haar wat dingen gegeven om over na te denken. Ze is bezorgd over Athos, maar ik denk dat ze ook bezorgd is over jou en de rest van ons."

Verward hield Ian zijn hoofd schuin. "Mij? Ons? Waarom?"

Jake leunde voorover en rustte met zijn ellebogen op zijn knieën. "Ze mag dan onderdanig zijn, Ian, maar ze is verre van naïef. Angie weet dat er een kans is dat zij, Athos, of een van ons eindigt in een kist als dit allemaal uitgespeeld is. Ook al is haar vriend degene die dit voor haar deur heeft gebracht, hoe onbedoeld en hoezeer hij het ook heeft proberen te voorkomen, ze weet dat we alles zullen doen om haar te beschermen. Als een van ons iemand moet doden, wat bijna honderd procent mogelijk is, denk ik dat ze het daar moeilijk mee zal hebben. En God verhoede dat een van ons in het kruisvuur terecht komt. ...ze zal zich hoe dan ook verantwoordelijk voelen."

Ian dacht even na vanuit Angies standpunt en wist dat zijn teamgenoot gelijk had. Ze maakte geen deel uit van zijn wereld waar iemand doden, niet licht opgevat, iets was waar hij niet voor zou aarzelen. Indien nodig, om zijn teamgenoten te beschermen, zijn familie, onschuldige mensen, en de vrouw van wie hij hield. *Oh, verdomme!* Dat had hij niet gedacht. Zijn maag keerde zich, en hij kon het niet aan de turbulentie wijten, want die was er niet. Hij kon niet verliefd zijn op Angie. ...hij wilde het niet toelaten. Verliefd worden op een vrouw leidde alleen maar tot hartzeer, en Ian weigerde dat nog eens mee te maken. Godverdomme! Hij streek gefrustreerd met zijn hand over zijn gezicht en dwong de gedachten aan ongewenste liefde naar het achterste van zijn hoofd. Dat zou hij later wel afhandelen.

Hoofdstuk 14

Angie had, behalve tegen Jake, nog steeds geen woord tegen iemand gezegd, met uitzondering van de meer dan noodzakelijke "ja" of "nee" antwoorden op vragen. Ze waren geland in Spartanburg en daar stond een zwarte SUV op hen te wachten met getinte ramen en nummerplaten die niet naar hen te traceren waren. Hun piloot, CC, kreeg de opdracht een motelkamer in de buurt te nemen en wat te rusten tot ze hadden uitgezocht waar ze hem later nodig zouden hebben om te vliegen. Hij zou waarschijnlijk teruggaan naar Tampa om Marco en Boomer op te pikken en mee terug te nemen. Voorlopig wilde Ian hem beschikbaar hebben voor het geval hun plannen zouden veranderen.

Op weg naar Maggie Valley stopten ze bij een Walmart om wat voedsel en voorraden op te halen, samen met kleding voor Angie. Terwijl het team onder andere reservekleding had in het schuiladres, had zij alleen wat ze aanhad. Terwijl Brody in het voertuig wachtte, gingen Jake en Ian de winkel in met Angie tussen hen in. Ze gingen eerst naar de vrouwenafdeling. Op Ians aandringen, paktc ze twee paar joggingbroeken, jeans en een paar T-shirts. Ze vond nog een paar sneakers die meer geschikt waren voor hardlopen dan de simpele Keds die ze aanhad. In de intieme gangpaden pakte ze snel wat sokken, een pakje effen, wit Hanes ondergoed, en twee sportbeha's. Ze stond versteld en legde haar handen op haar heupen toen Ian het six-pack slipjes terug in het rek gooide en verschillende kanten stringetjes en boxershorts met bijpassende beha's uitkoos. Terwijl Jake zich omdraaide om zijn grijns te verbergen, sloeg Ian zijn armen over elkaar, grijnsde, en staarde Angie aan, haar uitdagend om hem uit te dagen. Gelukkig ging ze niet met hem in discussie in het midden van de supermarkt. Toen ze zich omdraaide en naar de gezondheids- en schoonheidsafdeling stormde voor toiletartikelen, volgden hij en Jake met de kar.

Ondanks het feit dat ze op de vlucht waren voor de slechteriken, besloot Ian zijn engel nog wat meer op te jagen. Hij kon het niet helpen, het was de Dom in hem. Toen ze langs de seksuele wellness-rekken liep op weg naar een tandenborstel in het volgende gangpad, pakte hij een doos condooms en gooide die in de kar. Zoals hij verwachtte, snauwde ze en griste het doosje weg, met de bedoeling het terug te zetten in het schap. Voordat ze de kans kreeg, pakte hij haar pols stevig vast, plukte het pakje uit haar hand en legde het met opzet terug in het karretje. Om haar nog meer van streek te maken, pakte hij een tweede doos en gooide die bij de eerste. Haar groene ogen vlamden van woede. Ze opende en sloot haar mond twee keer voordat ze zich geërgerd omdraaide om verder te winkelen.

Nadat ze klaar waren in de voedselgangen, rekenden ze af en Ian betaalde contant voor hun aankopen. In zijn paniekerige haast uit zijn kantoor om naar haar te rijden, had hij verzuimd een van zijn valse identiteiten met bijhorende kredietkaarten te nemen. Hoewel het team allemaal een reserve ID en creditcards had in het schuiladres, zou hij voorlopig contant geld gebruiken zodat ze niet gevolgd konden worden via hun aankopen.

Minder dan een half uur nadat ze de winkel waren binnengegaan, liepen ze naar buiten met een kar vol tassen. Brody wachtte hen op aan de brandgang. Nadat ze Angie op de passagiersstoel hadden vastgezet, vulden Ian en Jake snel de koffer met hun voorraden. In de delicatessen afdeling hadden ze een aantal kant-en-klare broodjes uitgezocht en daarna wat chips en frisdrank toegevoegd. Het was niet de beste maaltijd in de wereld, maar iedereen had honger en was verre van kieskeurig op dit moment. Ze aten in stilte terwijl Brody hen naar hun eindbestemming reed.

De rest van de rit zat Ian naast Angie op de achterbank en probeerde te negeren dat ze hem negeerde. Hij kon niet wachten om bij het huis te komen zodat ze een gesprek konden hebben dat niet afgeluisterd zou worden door zijn teamgenoten. Hoewel hij wist dat ze niet met hem zou praten zonder te schreeuwen, hoopte hij dat iemand een ballgag en boeien in het huis had achtergelaten tijdens een vorig uitstapje. Ian had nog nooit een vrouw meegebracht naar het huis, maar sommige van zijn team wel. Voornamelijk Boomer, Brody en Marco.

Voordat ze Tampa verlieten, hadden de drie mannen hun mobiele telefoons in Ians auto achtergelaten. Ian had een wegwerptelefoon in zijn kofferbak samen met andere spullen. Athos wist dat als Ian zijn mobiel niet beantwoordde, hij contact moest opnemen met Devon om het nummer van de wegwerptelefoon te krijgen. Op deze manier konden ze niet gevolgd worden en Athos kon nog steeds contact met hem opnemen. Ian stuurde een bericht naar zijn broer toen ze de grens van Maggie Valley bereikten, om hem te vertellen dat ze veilig waren aangekomen.

Een paar minuten later draaide Brody de bergweg op die naar hun schuiladres leidde, drie kilometer verder stopte hij op de oprit met grind. Ian keek naar Angie terwijl ze naar het bouwwerk keek. Hij wist niet zeker wat ze verwachtte. Wat veilige huizen betrof, was dit het neusje van de zalm. Het was een prachtig toevluchtsoord in de bergen dat zijn vader meer dan dertien jaar geleden voor hem had gevonden. Een miljardair vastgoedbelegger als vader hebben, kwam soms goed van pas. Het huis was eigendom geweest van een Arabische sjeik die over de hele wereld huizen kocht en verkocht, net zo vaak als de meeste mensen hun mobiele telefoon upgraden. Het was in de berg gebouwd, dus er was geen achtertuin. De voorkant van het huis keek uit op een meer ongeveer tweehonderd meter onder hen. Het was makkelijk te verdedigen met de tuin, kogelvrije ramen en Brody's beveiligingsinstallatie. Hun dichtstbijzijnde buur was een vakantiehuis ongeveer drie kilometer naar het westen. Als een voertuig de weg opdraaide die naar het huis leidde, ging er binnen een alarm af. Er waren ook camera's en sensoren in het bos rond de drie open zijden van het huis. Meestal was een alarm het gevolg van een groot dier, zoals een hert of een beer, maar ze hadden liever dat het alarm een keer te veel afging dan dat ze een menselijk roofdier misten.

Het huis zelf had acht slaapkamers, elk met een eigen badkamer. Zes daarvan lagen op de eerste verdieping. De andere op de gelijkvloers, samen met een keuken voor fijnproevers en een grote woonkamer met gewelfde plafonds. In de kelder bevonden zich een fitnessruimte, een speelkamer en een verborgen paniekkamer.

Het huis had ook een open studeerkamer op de eerste verdieping, met uitzicht op de woonkamer. Die was omgebouwd tot een mini oorlogskamer voor Brody. Hoewel het niet alles had wat de nerd in zijn Trident kantoor had, had het wat nodig was om de veiligheid te handhaven, samen met een fantastisch computersysteem. Een gepensioneerde marineofficier, die een van Ians superieuren was geweest toen hij uit de basistraining kwam, woonde ongeveer een half uur verderop en onderhield het huis voor hen. Devon zou contact opnemen met de voormalige luitenant om hem te laten weten dat het huis bewoond werd en dat hij weg moest blijven tot hem anders werd gezegd.

Brody en Jake pakten de tassen achter uit het voertuig terwijl Ian Angie naar de voordeur begeleidde en die met een scan van zijn handpalm ontgrendelde, net als hun systeem op het terrein. Hij liet de deur open voor zijn teamgenoten die een paar stappen achter hen stonden terwijl hij en Angie het huis binnengingen. Terwijl zij haar nieuwe omgeving verder in zich opnam, begon Jake hun boodschappen uit te pakken en Ian nam de tassen met Angies benodigdheden erin over van Egghead. De nerd ging naar de studeerkamer om de computers op te starten en de rest van de beveiligingssystemen, die niet regelmatig werkten, te activeren. Terwijl Angie hem volgde, bracht Ian haar tassen naar zijn slaapkamer en legde ze op het kingsize bed. Zonder een woord te zeggen liet hij haar daar alleen en was niet verbaasd toen ze enkele minuten later terugkwam in de woonkamer met de tassen in haar handen. Hij trok een wenkbrauw naar haar op. "Ga je ergens heen, Angel?"

Ze stopte voor de plek waar hij stond en keek hem aan. "Het is duidelijk dat dat jouw slaapkamer is met al je kleren en zo, en daar blijf ik niet in. Ik neem aan dat er in zo'n groot huis wel een onbezette kamer is waar ik kan verblijven."

Zijn armen over zijn borst kruisend, gaf hij haar een blik die haar uitdaagde hem tegen te spreken. "Natuurlijk, er zijn verschillende onbezette kamers, maar je verblijft in geen van hen. Je logeert in de mijne."

"Waar slaap je dan, want het is niet bij mij?"

Deze keer, in plaats van haar te antwoorden, nam Ian haar bij de bovenarm en leidde haar terug naar zijn slaapkamer, kleren en al, en sloot de deur achter hen. Hij stond voor haar ontsnappingsroute zodat ze geen andere keuze had dan naar hem te luisteren. Althans, dat dacht hij, tot ze de tassen op het bed gooide en vervolgens de aangrenzende badkamer instormde en de deur dichtsloeg. Hij rolde met zijn ogen toen hij het slot hoorde klikken. Dacht ze nu echt dat een nietig slot hem buiten zou houden?

In plaats van het open te peuteren, pakte hij een van die universele sleutels waarmee je tegenwoordig de meeste binnendeuren kunt openen en liet zichzelf de badkamer binnen. Hij vond haar zittend op het gesloten toiletdeksel met haar armen over elkaar als een pruilend kind. "Kan ik niet wat privacy krijgen?"

"Als je je als een snotaap gaat gedragen, dan niet. Nu, gaan we dit gesprek hier voeren of in de slaapkamer, waar ik zeker weet dat je je meer op je gemak zult voelen? Of je het nu leuk vindt of niet Angel, we gaan praten. Het is jouw beslissing of ik je een pak voor je kont geef of niet. En je kunt maar beter geloven dat ik geen twee keer nadenk om je kont in brand te steken. Wat zal het zijn?"

Ze had hem vol ongeloof aangestaard toen hij haar een 'snotaap' noemde, en zijn dreigement met een pak slaag resulteerde in een frons. Zonder een woord te zeggen stond ze op en stormde de slaapkamer weer in, nadat hij een stap opzij had gedaan om haar door te laten. Voordat hij iets kon zeggen, draaide ze zich om en wees met haar vinger naar hem. "Dus, was alles een list om mij te bespioneren? Of was jij mij aan het bespioneren, en mij in je bed krijgen was maar een bijkomstig voordeel?"

Ian gromde en zijn ogen vernauwden zich. "Ik hield je veilig, niet om je te bespioneren. En ik heb jou nooit beschouwd als een bijkomstig voordeel van een opdracht." Zodra de laatste drie woorden uit zijn mond waren, wist hij dat het een vergissing was geweest. Een ontzette uitdrukking viel over haar gezicht en hij wilde zijn eigen kont schoppen.

"Dus, ik was gewoon een opdracht voor jou? Is dat hoe je al je baantjes doet, Ian, van onder de lakens?" Hij herkende het toen een gedachte bij haar opkwam, en hij kon raden wat het was. "En als jij er niet was, hè? Brody was de hele dag niet thuis, dus hoe hield je me dan veilig?" Ze keek toe hoe een schuldige uitdrukking die hij niet kon tegenhouden over zijn gezicht kwam. Hij wist dat hij diep in de problemen zat. "Er zijn camera's in mijn huis, toch? Brody en Boomer hebben camera's in mijn huis geplaatst toen ze het beveiligingssysteem aan het opzetten waren, nietwaar? Wiens idee was het, dat van jou of dat van Jimmy?" Ze wachtte niet op een antwoord. Haar stem werd luider met elke vraag tot ze begon te schreeuwen. "Jij verdomde klootzak! Genoot iedereen in Trident van de show terwijl ik elke dag douchte en me aankleedde? En de avond van het gala? Heb je er een pornofilm van gemaakt? Van wat je me de volgende dag in de keuken liet doen? Wat is de gangbare prijs voor amateur porno tegenwoordig, Ian?"

Hij kon er niet meer tegen. Ze stond op het randje van hysterisch, dacht het ergste van hem, en liet hem er geen woord tussen krijgen. Hij probeerde zijn handen op haar schouders te leggen en verschoof nauwelijks op tijd zijn heupen toen ze hem een knietje in zijn lies probeerde te geven. Woedend dat ze miste, begon Angie met haar vuisten op zijn borst te slaan. Hij greep haar polsen en dwong haar op haar rug op het bed te gaan liggen, nadat hij haar tassen uit de weg had geduwd. Hij wilde haar geen pijn doen. Hij wilde dat ze kalmeerde voordat ze zichzelf pijn zou doen, dus ging hij over haar heupen zitten en hield haar armen boven haar hoofd. Het ronddraaien en bewegen van haar heupen om hem van zich af te schudden vermoeide haar vrij snel en hij ontspande een beetje toen ze vertraagde en toen stopte met vechten. Helaas voor Ian begon ze op dat moment weer tegen hem te schreeuwen en noemde hem alle namen uit het boek, en nog een paar die ze zelf had verzonnen. Voor het eerst wenste hij dat hij ooit een andere vrouw had meegenomen naar dit huis, want hij kon op dit moment wel een stel boeien en een prop gebruiken. Brody had er misschien wel een paar in zijn kamer. Ian was niet van plan om een van zijn teamgenoten in Angies vuurlinie te brengen. Ze was al kwaad genoeg op Egghead. Dit was Ians schuld en hij zou er de volle verantwoordelijkheid voor nemen.

Improviserend, maakte hij zijn riem los met één hand en trok het leer uit de lussen rond zijn middel. Met snelle, geoefende bewegingen, draaide hij haar op haar buik, trok haar armen achter haar rug en had haar polsen vastgebonden voordat ze doorhad wat hij deed. Nog steeds vloekend begon ze haar heupen te bewegen om hem van haar dijen te krijgen. "Angel," leunde hij voorover en gromde in haar oor, "het enige wat je doet is jezelf uitputten en me harder maken dan ik al ben. Al je heupbewegingen zorgen ervoor dat mijn lul zich herinnert hoe het is om in jouw lieve lichaam te zitten terwijl ik je hard en snel neuk. Kalmeer nu en luister naar me, of mijn hand en je kont gaan echt intiem worden met elkaar en de paddling van afgelopen vrijdag gaat op liefdestikjes lijken als ik klaar met je ben."

"Dat zou je niet durven!" Ze draaide haar hoofd om hem over haar schouder aan te staren. Haar mooie ogen straalden van woede en haar haar zat helemaal door de war.

Hij schoof opzij om zich toegang te verschaffen tot haar billen en gaf een harde klap op haar rechter. Ze gilde en probeerde van hem weg te komen. Met haar handen achter haar gebonden en zijn rechterbeen nog steeds over haar dijen, kon ze niet ver gaan. Zijn hand kwam neer op haar linkerwang terwijl ze zijn naam uitschreeuwde in een volle woede. Er volgden er meer. *Smak. Smak. Smak.*

Hij ging door tot haar woede eindelijk brak en ze begon te snikken. Ian rolde haar onmiddellijk op haar zij en trok haar tegen zijn borst, terwijl hij troostende woorden mompelde. De laatste uren van angst, woede, verwarring en pijn kwamen uit Angie met de emmers tranen die ze huilde. "Het is al goed, Angel. *Shhh.* Het is al goed. Laat me alsjeblieft alles uitleggen. Als je nog steeds boos op me wilt blijven, dan zal ik me terugtrekken. Maar tot dan ga je naar me luisteren. Wat er ook gebeurt, je gaat doen wat ik zeg als het om je veiligheid gaat. Okay?"

Het duurde nog een paar minuten voordat Angie haar

emoties en tranen weer onder controle had. "L-Laat me gaan."

"Dat gebeurt niet, liefje. Niet voordat je naar me geluisterd hebt."

Ze wreef haar met tranen besmeurde gezicht tegen zijn met T-shirt bedekte borst. Het was duidelijk dat ze nog steeds boos en gekwetst was, maar de strijd was uit haar lichaam weggevloeid en uitputting had de overhand genomen. "Alsjeblieft, Ian. Ik beloof dat ik naar je zal luisteren, maar geen leugens meer. Ik wil de waarheid, alles. Laat mijn handen los en geef me een moment alleen in de badkamer. Alsjeblieft."

Hij leunde achterover zodat hij haar gezicht kon bestuderen. Haar ogen waren rood en gezwollen. Zijn borst kneep samen wetende dat hij de oorzaak was van haar hartzeer. Zelfs overstuur en huilend was de vrouw mooi. Ze knipperde en keek in zijn ogen. Hij wist dat ze hem de waarheid vertelde over het luisteren naar hem - en was dat niet verdomd ironisch? Hij reikte achter haar en maakte de riem los die haar polsen vasthield, net zo snel als hij hem bij haar had vastgemaakt. Toen ze haar armen weer naar voren bracht, wreef hij ze van haar polsen tot haar schouders, om er zeker van te zijn dat er geen stijfheid was en dat haar bloedsomloop goed was. Voor hij haar liet rechtzitten, drukte hij een kus op haar voorhoofd en mompelde: "Het spijt me, Angel."

Hij legde het niet verder uit, want hij had spijt van meer dan hij wilde toegeven. Het was nooit zijn bedoeling geweest haar pijn te doen, maar hij had het wel gedaan en nu moest hij met de gevolgen leven en bidden dat ze hem zou vergeven.

Met een vermoeide zucht duwde Angie zich van het bed en liep zonder een woord te zeggen de badkamer in.

Deze keer deed ze niet de moeite om de deur op slot te doen nadat ze hem dicht had gedaan. Ian sloeg de dekens van het bed neer, raapte haar tassen van de grond en pakte haar nieuwe spullen uit. Hij vouwde de kleren op en legde alles netjes op een rijtje op zijn dressoir zodat ze alles kon vinden wat ze nodig had. Vanuit het aangrenzende badkamer begon het toilet te spoelen en het water stroomde in de gootsteen voordat het een paar minuten later weer afsloot. Net toen hij een stoel met een gevleugelde rugleuning naast het bed neerzette voor hun gesprek, ging de badkamerdeur open en kwam Angie tevoorschijn, rustiger, maar toch uitgeput. Haar haar was niet meer zo wild en haar tranen waren verdwenen. Haar ogen stonden nog steeds rood en opgezwollen. Ze stond daar, onzeker over wat ze nu moest doen, en keek naar het bed en de stoel. Toen hij haar een van zijn T-shirts gaf, keek ze er verward naar. Toen hij haar weer met haar gezicht naar de badkamerdeur draaide, gaf hij haar een klein duwtje. "Hoe leuk ik het ook vind dat je naakt slaapt, ik heb liever dat je dit in bed draagt voor het geval we snel weg moeten. Jenn heeft een paar dingen in de slaapkamer die ze gebruikt, en ik zal kijken of er een paar van haar hardloopshorts voor je liggen nadat we hebben gepraat."

Twee minuten later kwam Angie voor de derde keer uit de badkamer sinds ze vijfenveertig minuten eerder bij het huis waren aangekomen. Ze droeg het T-shirt dat tot het midden van haar dijen kwam. Hij vroeg zich af of ze haar slipje ook had uitgedaan en gaf zichzelf een mentale schop omdat hij er zelfs maar aan dacht. Toen haar blote benen zijn blik trokken, probeerde hij het trillen van zijn pik te negeren en gebaarde dat ze in bed moest komen. Ze fronste en keek toen uit het raam en hij wist dat ze verbaasd was dat de zon al onder was. Het was na zeven uur 's avonds en zes uur geleden was haar leven nog normaal geweest.

Nadat ze in bed was geklommen, trok Ian de dekens tot op haar borst en trok de stoel dichter naar de bovenkant van het bed en ging zitten. Voor het eerst in jaren was hij onzeker over zichzelf tegenover een onderdanige. Maar Angie was niet zomaar een onderdanige... nee, ze was meer dan dat. Hij had geen idee wat hij daaraan moest doen. Ze keek toe hoe hij gefrustreerd zijn beide handen over zijn gezicht haalde voordat hij sprak. "Laat me je alles vertellen wat ik weet en dan kun je vragen stellen. Oké?" Hij wachtte op een reactie en toen ze knikte, ging hij zuchtend verder. "Athos heeft Trident benaderd nadat we elkaar hadden ontmoet op de avond dat hij bij jou thuis was. Blijkbaar onderzoekt hij al je nieuwe buren, wat ik ook zou doen als ik hem was." Hij haalde zijn schouders op, zonder zich te schamen. "Ik wil elke kerel onderzoeken waar Jenn mee uitgaat. Ze wil me hun namen niet vertellen omdat ze weet dat ik het zal doen. Hoe dan ook, Athos vertelde ons dat hij weer undercover zou gaan en er was een kleine kans dat jij in gevaar zou kunnen komen als zijn dekmantel ontmaskerd zou worden."

Angies wenkbrauwen fronsten in verwarring. "Waarom zou dat nu ineens een probleem zijn? Hij nam altijd voorzorgsmaatregelen, zodat niemand ons ooit met elkaar in verband kon brengen."

Tot zover het bewaren van haar vragen tot het einde. Hij haatte wat hij haar ging vertellen. "Angel, de agent die hij verving is samen met zijn familie vermoord nadat het kartel ontdekte dat hij een undercover was." Hij keek toe hoe de woorden effect kregen in haar hersenen en haar ogen verwijdden van afschuw. "Daarom heeft Athos ons gevraagd jou te beschermen. Het is ook de reden waarom hij aandrong op de veiligheidsupgrades in je huis. En ja, daarom hebben we daar camera's geplaatst, en ook afluisterapparatuur en opsporingsapparatuur in je auto, telefoon, tas, en een paar van je schoenen."

Hij zag dat ze weer wilde schreeuwen, dus stak hij zijn hand op om haar te stoppen. "Laat me uitpraten. Je wilde dit allemaal horen, dus ik vertel je alles. Je kunt schreeuwen zoveel je wilt als ik klaar ben." Ze sloeg haar armen over elkaar, haar woede nog steeds duidelijk aanwezig. Hij was dankbaar toen ze stil bleef. "Er waren geen camera's op je bed of in je badkamer. De camera's in je slaapkamer keken alleen uit op de deur naar de gang en de schuifraam. Ik heb de audio van de avond van het gala gewist zodra ik terug was op het terrein. De audio en video waren allebei uitgezet toen jij en ik die ochtend aan de telefoon waren. Zolang er geen reden was, heeft niemand naar de opnames geluisterd of gekeken. Nou, niemand behalve ik."

Haar ogen vernauwden zich en hij keek even de andere kant op voordat hij diep ademhaalde en verder ging. "Vanaf het moment dat ik je ontmoette, de dag dat we Egghead naar zijn huis verhuisden, had ik een oog op jou. Om de een of andere onbekende reden vocht ik tegen mijn aantrekkingskracht tot jou. Elke keer als ik de kans kreeg om naar Brody's te gaan, nam ik die, in de hoop je te zien. De dag dat Athos er was, was ik jaloers als ik hem je blote voeten zag masseren en zag hoe vertrouwd hij met je was. Ik nam aan dat jullie een intieme relatie hadden. Athos vertelde ons alles de volgende ochtend. Hij vertelde ons hoe jullie elkaar ontmoetten en beste vrienden werden, hoe jullie er voor elkaar waren nadat jullie beiden je familie verloren. Hoezeer hij je probeerde te beschermen door de jaren heen. Toen vertelde hij over zijn zaak en wat hij wilde dat we deden om je veilig te houden. Op geen enkel moment maakte mijn toenadering tot jou deel uit van het plan."

"Ja, Brody hield je in de gaten en controleerde je wanneer hij thuis was. Zoals ik al eerder zei, had hij dat ook van een afstand kunnen doen. Egghead is zo'n jongen die makkelijk vriendschappen sluit, en ik weet zeker dat jullie vrienden zouden zijn geworden, zelfs zonder deze hele rotzooi. Zo is hij nu eenmaal."

Bijtend op zijn onderlip, pauzeerde Ian, om zijn gedachten te ordenen. "De avond van je blind date was ik daar om een dossier op te halen dat ik nodig had. Ik stond in de woonkamer met mezelf te discussiëren of ik door de achterdeur zou gaan om te zien of je daar was. Het is duidelijk dat ik dat gevecht verloor. Ik vroeg je mee uit als een man die tijd wilde doorbrengen met een vrouw waar hij gefascineerd door was, en voor geen andere reden. Ik controleerde je video opnames overdag als een gekke stalker en ik ben er niet trots op. Zonder het te proberen, zat je onder mijn huid. En toen ik eenmaal van je geproefd had, wist ik dat het niet genoeg was. Ik doe niet aan lange relaties, Angel. Niet sinds mijn verloofde me tien jaar geleden in de steek liet. Ze wilde een romantischer iemand, iemand die haar gedachten kon lezen en op haar grillen kon anticiperen. Ze wilde iemand die bloemen voor haar kocht alleen omdat het woensdag was of een andere gekke reden. Ze wilde melige liefdesliedjes, en luchtschrijven hoeveel ik van haar hield." Hij snoof en schudde zijn hoofd. "En zo ben ik niet. Ik probeerde haar te laten zien dat ik om haar gaf op mijn eigen manier, maar het was niet genoeg. En ik heb gezworen dat ik dat nooit meer zou meemaken. Ik zou nooit meer een vrouw zo dicht bij me laten komen dat ze, als ze me verliet, mijn verscheurde hart met zich meenam. En tot ik jou ontmoette, was dat nooit een probleem voor mij." Een verbijsterde uitdrukking kwam over zijn knappe gezicht. "Maar jij, liefje, je laat me wensen dat ik die gelofte nooit had afgelegd."

Hij sloot zijn ogen, ademde diep in en opende ze toen langzaam weer. Bang voor wat hij in haar gezicht zou zien... in haar ogen. Zou ze hem haten, van hem walgen? Zou ze hem nooit meer willen zien, zou ze hem haar nooit meer laten kussen? God, hij hoopte van niet. Zijn blik richtte zich op de hare en hij was verbaasd verdriet te zien in plaats van woede. Hij slikte hard, wachtte tot ze iets zou zeggen en hoopte dat het niet "wegwezen" zou zijn.

"Wat was haar naam?" Angie fluisterde.

Van alle dingen die hij verwachtte dat ze zou zeggen, was dat er niet één van. "Eh, Kaliope. Kaliope Levine. Ze was een... nieuwsverslaggeefster in Virginia bij de marinebasis."

"Was zij ook je onderdanige?"

Ian knikte en zijn ogen verlieten de hare terwijl hij naar beneden keek. "Ja, dat was ze. Ik ontmoette haar in een club daar. We waren bijna drie jaar samen."

Ze reikte naar zijn hand en gaf er een kneepje in voor ze hem weer losliet. Het gebaar schokte hem, maar niet zo erg als haar volgende woorden deden. "Het spijt me voor wat ze je heeft aangedaan. Ik ben haar niet, Ian, en als dit allemaal voorbij is, denk ik dat ik de kans wil krijgen om je dat te bewijzen. Voor nu, ben ik nog steeds boos, en gekwetst, en doodsbang voor mij, jou, Jimmy, en je team." Ze slaakte een zucht. "Ik wil proberen te slapen en misschien zal ik morgen toleranter zijn voor alles wat je tot nu toe hebt gedaan. Ik kan niet garanderen dat ik niet meer zal schreeuwen, maar ik zal proberen je niet in je ballen te knijpen."

Hij snoof en gaf haar een wrange grijns. "Mijn ballen waarderen het, liefje." Zijn gezicht werd weer serieus. "Ik heb er geen spijt van dat ik je beschermd heb, jouw veiligheid was altijd een prioriteit. Ik bied wel mijn excuses aan voor de manier waarop we te werk zijn gegaan. We hadden... Ik had het je vanaf het begin moeten vertellen en het spijt me dat ik dat niet heb gedaan. Ik heb benadrukt dat vertrouwen een groot deel van BDSM is, maar het zou ook een groot deel van de rest van onze relatie moeten zijn. Ik weet dat ik eraan moet werken om dat van jou weer te verdienen." Hij aarzelde even, onzeker over hoe ze zou reageren op zijn volgende vraag. "Zou het goed zijn als ik vannacht naast je slaap? Ik beloof dat ik nergens meer op zal aandringen. Ik wil je gewoon vasthouden en je veilig houden."

Zijn maag zakte in en een golf van misselijkheid overviel hem toen ze haar hoofd schudde. "Niet nu, Ian." Hij wist dat hij het verdiende, hield zijn hoofd begrijpend schuin en stond op, klaar om een ander bed te zoeken voor de nacht. Hij had gezegd dat hij haar vanavond niet verder zou pushen, en dat meende hij. "Maar als je toevallig terugkomt terwijl ik slaap, dan heb ik niet echt een keus, toch?

Zijn hart steeg. Glimlachend leunde hij voorover en gaf haar een zachte kus op haar voorhoofd. "Nee, dat heb je niet, Angel." Hij kuste haar opnieuw. "Welterusten, lieverd."

Angie begroef zich onder de dekens en sloot haar ogen toen Ian de lamp uitdeed en de kamer verliet, de deur achter zich sluitend. Binnen enkele minuten sliep ze.

Hoofdstuk 15

De zon kwam net een paar minuten op toen Angie de volgende ochtend wakker werd, gewikkeld in Ians armen terwijl hij haar van achteren lepelde. Ondanks zijn ochtend stijve, vertelde zijn oppervlakkige ademhaling en zware arm om haar middel haar dat hij nog steeds sliep. Ze was gisteravond zo uitgeput en snel in slaap gevallen dat ze geen idee had hoe laat hij bij haar in het grote, comfortabele bed was komen liggen. Ze lag daar enkele ogenblikken, zijn warmte in zich opnemend, terwijl alles van de vorige dag in haar opkwam. Nog geen vieren-twintig uur geleden had ze een baan gehad waarvan ze hield. Ze ging uit met een man die ze heel leuk vond. Ze leerde elke dag meer over zichzelf en ze was voor het eerst in wat wel eeuwig leek echt gelukkig geweest. Nu was ze op de vlucht voor mensen die haar wilden ontvoeren en gebruiken tegen haar beste vriend die incommunicado was terwijl een drugskartel achter hem aanzat. Haar gelukkige normale leven viel in duigen en ze wist niet hoe ze het kon stoppen.

Ze worstelde ook nog steeds met het feit dat Ian tegen

haar had gelogen, hoewel ze zich daar overheen werkte. Ja, de woede en pijn waren er nog steeds, maar ook het begrip waarom Jimmy en hij het deden. Jake had gelijk - mannen zoals haar minnaar en haar beste vriend waren op een andere manier bedraad. Ze moesten zich nodig voelen en de mensen waar ze om gaven beschermen tegen elke prijs, zelfs als ze het niet eens was met de manier waarop ze dat deden.

Haar blaas stond erop dat ze opstond om de druk te verlichten, dus nam ze afstand van Ian en klom uit het bed. Nadat ze klaar was, nam ze een snelle douche zonder haar haar nat te maken. In plaats van het te wassen, koos ze ervoor het op te steken met een clip die ze had gekocht bij de schoonheidsafdeling gisteren. Ze trok een nieuwe trainingsbroek aan en een T-shirt over een van haar sport-beha's met de gedachte dat ze later misschien een rondje zou gaan hardlopen als er iemand met haar mee kon gaan. Ze draaide zich om naar het bed en onderzocht Ian terwijl hij verder sliep, nu op zijn buik met zijn handen onder zijn kussen. Zijn kaak en bovenlip vertoonden de ochtendstoppels die ze zo heerlijk vond omdat ze tegen haar dijen wreven als hij haar befte. Een lok haar was over zijn voorhoofd gevallen en ze vocht tegen de drang om het terug op zijn plaats te leggen. Ze wilde hem niet wakker maken, wetende dat hij de slaap waarschijnlijk nodig had. Het laken was naar beneden geschoven, waardoor zijn gespierde rug en bovenbillen bloot lagen. Verdomme, de man had granieten billen waar ze wel een hap uit zou willen nemen.

Als ze nog langer naar hem staarde, zou ze hem bespringen. In plaats daarvan zocht ze haar nieuwe tandenborstel tussen haar toiletspullen op zijn dressoir. Toen merkte ze dat hij een katoenen broek had gevonden, waarvan ze aannam dat die van Jenn was, en die voor haar had klaargelegd. Hoe dan ook, ze moest toegeven dat hij op zijn eigen kleine manieren liet zien dat hij om haar gaf. Zoals zorgen dat ze zich op haar gemak voelde en veilig was, en haar altijd op de eerste plaats zetten. Als ze seks hadden, zorgde hij ervoor dat zij bevredigd was voordat hij zijn eigen genot nam. Hij opende deuren en hield haar stoel voor haar vast zonder na te denken. Bij het diner bij hem thuis vulde hij haar bord voordat hij zelf ging eten. Haar wensen en behoeften leken altijd voor de zijne te komen. En bovenal bracht hij zijn leven, en dat van zijn team, in gevaar omdat het hare in gevaar was. Ze dacht terug aan wat Kristen had gezegd in het damestoilet op het gala over hoe Devon haar gekoesterd liet voelen, en Angie realiseerde zich dat dit precies was hoe Ian haar liet voelen. Wat als hij niet zo'n bloemen en gedichten type was? Hij mag dan per definitie geen romanticus zijn, zij verkiest elke dag gekoesterd te worden boven romantiek.

Nadat ze haar tanden had gepoetst, pakte ze het tekenblok en de tekenpotloden die ze had gevonden in de knutselafdeling van Walmart. Op haar tenen liep ze de kamer uit en sloot de deur achter zich. In de keuken vond ze een Keurig koffiezetapparaat. Ze zette een kopje van de Braziliaanse melange die ze had uitge-kozen op de carrousel naast het apparaat. Het huis was stil, op het geluid van het vullen van haar koffiekopje na. Omdat ze niet zo vroeg wilde koken en niemand wakker wilde maken, pakte ze een muffin met zemelen uit de doos met zestien soorten die Jake op het aanrecht had laten staan. Ze nam die mee, samen met haar koffie en kunstvoorraad, en ging naar de veranda. Het was frisjes. Ze wilde frisse lucht, dus legde ze haar spullen op een tafeltje en ging terug naar binnen om een deken van de bank in de woonkamer te halen. Nadat ze zich warm en comfortabel had gemaakt in een ligstoel, die haar een prachtig uitzicht gaf op het meer beneden, nam ze haar eenvoudige ontbijt en probeerde niet te denken aan het gevaar waarin ze zich allemaal bevonden.

Toen haar muffin op was, pakte Angie het schetsblok en haalde een potlood uit het pakje van zes. Ze opende het tekenblok op de eerste blanco pagina en liet haar gedachten dwalen terwijl ze begon te schetsen. Even later schrok ze op toen ze een stem achter zich hoorde. "Wow, dat ben ik."

Ze keek op over haar schouder en zag Jake achter haar stoel staan, verfomfaaid in een T-shirt van de Universiteit van Tampa en een grijze joggingbroek. Hij moet net uit bed gerold zijn. Ze had hem niet uit de deur horen komen. In zijn hand hield hij een dampende kop koffie terwijl hij de schets van zijn gezicht bestudeerde die ze uit haar hoofd had getekend. Ze hoefde zijn vaststelling niet te bevestigen, want de schets kwam dicht in de buurt van hoe een foto van hem eruit zou kunnen zien.

"Waarom zie ik er zo verdrietig uit? Zie ik er zo uit volgens jou?"

Ze knikte toen hij in een stoel ging zitten die schuin tegenover haar stond. Hij kruiste zijn met gympen bedekte voeten bij de enkels en liet ze rusten op de onderste latten van haar loungebank. "Soms. Als je denkt dat niemand kijkt, of je gedachten ergens anders lijken te zijn, krijg je zo'n trieste, verre blik op je gezicht."

"Huh," gromde hij voordat hij een slok van zijn koffie nam, haar observaties van hem niet tegensprekend. "En, voel je je al wat beter vanmorgen? Niet zo gestrest en boos?" Hij vernauwde zijn ogen en plaagde haar. "Je hebt

Ian vannacht toch niet vermoord in zijn slaap? Of zijn kostbaarste bezit afgehakt?"

Lachend schudde ze haar hoofd. "Nee, hij ademt nog en heeft al zijn mannendelen nog. Denk nu niet dat ik niet een keer of twee in de verleiding ben gekomen."

Hij glimlachte en zweeg toen ze zijn gezicht bekeek en een paar kleine veranderingen aanbracht in de schets waar ze nog steeds aan zat te prutsen. Zonder na te denken, flapte ze eruit: "Heb je een vriendin?"

"Ha! Uh, nee die heb ik niet, liefje." Zijn geamuseerde uitdrukking bracht haar in verwarring tot hij eraan toevoegde: "Ik denk dat de meer gepaste vraag zou zijn 'heb ik een vriendje?' en het antwoord zou nog steeds nee zijn." Haar mond viel open en haar wangen werden rood, maar hij leek niet geschrokken van haar schok. "Ja, Angie, ik ben homo. En ja, de meeste mensen weten het."

"Wauw." Ze schudde haar hoofd, maar glimlachte tegelijkertijd, omdat ze niet wilde dat hij dacht dat er iets mis was met homoseksueel zijn. "Eh, sorry. Het is gewoon dat de homo vrienden die ik heb niet zo macho en knap zijn als jij." Ze huiverde. "Dat klonk stereotype, of niet?"

Hij snoof en nam nog een slok uit zijn kopje. "Macho en knap, huh? Ja, nou, dat is het met homo zijn, het discrimineert niet. We zijn er in alle soorten en maten." Ze opende haar mond om hem iets te vragen, maar bedacht zich en wierp een blik op haar schets. "Ga je gang en stel je vraag, liefje. Ik schaam me niet voor wie ik ben."

Terwijl ze weer naar hem opkeek, haalde ze haar rechterschouder op. "Dat dacht ik ook niet, want je hebt het me meteen verteld. Je schaamt je er niet voor, wat ook niet hoeft. Ik moet er alleen niet aan denken hoe je met Ian en de rest kunt werken zonder je tot een van hen aangetrokken te voelen. Ik bedoel, jullie zijn allemaal knappe mannen."

Jake knikte begrijpend met zijn hoofd en gaf niet de indruk dat hij afgeschrikt werd door haar vraag. "Ik geef toe dat ik tijdens mijn hele carrière bij de marine - kortom, zo'n beetje mijn hele leven – veel tegen de aantrekkingskracht heb gevochten voor hetero's, maar wat het team betreft, zijn we al zo lang samen dat ze mijn broers zijn geworden. Ik voel me tot geen van hen meer aangetrokken dan tot mijn eigen broer, Mike."

"Wanneer besefte je dat je homo was?" Haar ogen verwijdden zich door haar onbedoelde botheid. Haar grote-mond-filter werkte niet deze ochtend. "Sorry, dat is veel te persoonlijk. Geef maar geen antwoord."

"Nee, het is goed." Hij kantelde zijn hoofd en hield haar blik vast. "Ik vind je leuk, Angie. Ik ben niet zoals Brody die overal makkelijk vrienden maakt, dus ik hou me vast aan de vrienden die ik wel heb. In de korte tijd dat ik je ken, denk ik graag dat we vrienden zijn geworden."

Ze gaf hem een verlegen glimlach. "Ik denk ook dat wij vrienden zijn geworden."

"Goed." Hij hief zijn kop koffie in een stille toast op hun nieuwe vriendschap, en dronk toen het beetje dat overbleef op. "Dus, in antwoord op je vraag, ik denk dat ik het al weet sinds mijn puberteit, misschien iets eerder. Zoals de meeste homo's had ik er in het begin moeite mee, omdat het niet strookte met hoe ik was opgevoed. Vooral omdat mijn vader een homofobe ezel was."

Ze vroeg met een knipoog: "Hoe nam hij het op toen je uit de kast kwam, of heb je het hem nooit verteld?"

"Oh, hij kwam er op de een of andere manier achter, toen ik een laatstejaars was op de middelbare school. Hij sloeg me ook verrot, omdat hij dacht dat het me zou overhalen hetero te worden. Alsof ik een keuze had. Mijn hele leven, tot op dat moment, leefde hij zijn leven plaatsvervangend via mij. Hij was een middelmatige football speler op de middelbare school. Hier was zijn jongste zoon, de ster quarterback van het football team met een volledige studiebeurs voor Rutgers. Nadat hij me bijna bewusteloos had geslagen met zijn riem drie maanden voor het afstuderen, kon ik bijna twee weken niet naar school. Mijn moeder meldde me ziek met griep of zoiets, en zorgde dat ik weer gezond werd. Mijn vader wilde niet dat ze me naar het ziekenhuis bracht of zelfs maar naar een dokter - God verhoede dat iemand erachter kwam dat hij zijn zoon had geslagen, de flikker. "

Hij haalde zijn schouders op over die kloterige herinnering. "Hoe dan ook, nadat ik hersteld was, was ik klaar met hem. Ik gooide mijn studiebeurs in zijn gezicht en meldde me aan bij de marine op de middag dat ik afstudeerde aan de middelbare school, wat toevallig ook mijn achttiende verjaardag was. Als mijn moeder en broer er niet waren geweest, had ik mijn vader nooit meer gezien. We hebben misschien minder dan een dozijn woorden tegen elkaar gezegd voor de rest van zijn leven. Hij stierf vier jaar geleden en de enige reden dat ik ooit spijt had van onze vervreemding was hoeveel pijn het mijn moeder en broer deed."

Ondanks wat hij eerder zei over dat ze vrienden waren, leek Jake plotseling geschokt door hoeveel hij haar had verteld en stopte met praten. Een blik van verbazing kwam over zijn knappe gezicht toen ze met tranen in haar ogen opstond en aan zijn hand trok tot hij ook stond, en hem vervolgens omhelsde.

Met alleen de geluiden van de natuur om hen heen, hielden ze elkaar een minuut lang vast. Angies hart brak voor de tiener die hij was geweest. Hoe zijn vader hem had mishandeld en onterfd voor iets waar Jake niets aan kon doen. "Is dat hoe je de littekens op je rug hebt gekregen?" Hij trok zich terug en keek haar met verwarring in zijn ogen aan, waarschijnlijk proberend zich te herinneren wanneer ze zijn blote rug had gezien. "Ian vertelde me dat je daarom je shirt niet uitdeed in de club op de avond dat je Zweepmeester was. Je was drijfnat van het zweet, maar hield het aan."

Toen hij haar helemaal losliet, knikte hij. "Ja, dat is de reden. Er zijn nogal wat littekens waar de gesp van de riem permanente schade heeft aangericht. Ik probeer ze aan niemand te laten zien als het vermeden kan worden."

Angie wist niet wat ze verder nog moest zeggen, pakte haar blocnote en scheurde voorzichtig Jakes schets uit voordat ze hem overhandigde. "Ik hoop dat ik je op een dag kan tekenen als je echt gelukkig bent en iemand vindt waar je van houdt om je leven mee te delen. Je verdient het."

Hij schonk haar een wrange glimlach en kuste haar op de wang. "Ik weet niet of dat ooit zal gebeuren, lieverd. Als het gebeurt, hoop ik dat hij de mannelijke versie van jou is - stoer en teder, alles verpakt in een prachtig pakket." Hij pauzeerde en knipoogde naar haar. "En niet bang voor zijn kinky kant."

De twee lachten en Angie stond op het punt om iets hatelijks te zeggen toen de voordeur openging en Brody zijn hoofd naar buiten stak. "Athos is aan de telefoon."

Alle gedachten aan waar zij en Jake het over hadden gehad vlogen naar de achtergrond voor het welzijn van haar beste vriend. Ze was wanhopig om zijn stem te horen en liep langs Brody toen hij de deur voor haar openhield. Jake en hij volgden haar terug naar binnen.

Ian stond in de woonkamer te praten in zijn mobiele telefoon. Hij zag eruit alsof hij ook net wakker was geworden. Zodra hij haar zag, zei hij tegen Athos dat hij hem op de speaker zou zetten. Hij drukte op een knop en stak de telefoon uit, zodat ze haar vriend kon horen en met hem kon praten. "Jimmy? Waar ben je? Ben je in orde ?"

"Ik ben in orde, schat. Het spijt me zo van dit. Jou hierin betrekken was het laatste wat ik ooit wilde. Ik ben onderweg naar jou en we praten als ik daar ben, oké? Doe gewoon wat Ian je zegt te doen, en blijf veilig."

Een beetje meer op haar gemak na het horen van zijn vertrouwde, troostende stem, keek ze op naar Ian en zei in de microfoon van de telefoon: "Dat zal ik doen. Blijf zelf veilig. Zorg dat je zo snel mogelijk hier bent zodat ik je van hier naar de maan kan schoppen.

Een grinnik kwam over de lijn. "Dat is mijn meisje. Ik zie je snel."

* * *

Ian gaf Athos de locatie waar Jake en Brody hem zouden ontmoeten in Spartanburg, South Carolina, niet ver van het vliegveld waar ze waren geland. Nadat ze er zeker van waren dat ze niet gevolgd werden, zouden de drie mannen terugkeren naar het schuiladres waar ze samen zouden zitten om uit te zoeken hoe Angie uit deze puinhoop te halen. Nadat hij de telefoon had opgehangen, stuurde Ian een sms naar CC, waarin hij de piloot vroeg terug te vliegen naar Tampa om Marco, Boomer en Tiny op te pikken. Hij zou ze naar Spartanburg brengen waar een andere SUV op hen zou wachten zodat ze naar het schuiladres konden rijden. Ian belde zijn broer en bracht hem op de hoogte, om er zeker van te zijn dat alles veilig was op het terrein.

Twintig minuten later vertrokken Jake en Brody op weg terug naar South Carolina. Ze zouden hun bestemming rond dezelfde tijd bereiken als Athos, die sinds gisteren de binnenwegen had genomen. Intussen hadden Ian en Angie ongeveer drie uur te doden. Ze staarde uit het raam en keek naar het meer toen hij achter haar kwam en zijn armen om haar middel sloeg en haar achterste tegen zijn voorste trok. Hij wist dat hij nog niet uit de problemen was, maar was blij haar te voelen ontspannen in zijn omhelzing. Hij legde zijn kin in haar nek en drukte zachte kusjes op de huid die haar pols bedekte, hij genoot ervan hoe een rilling door haar heen ging. Toen ze haar hoofd schuin hield om hem er beter bij te laten, begon hij aan de gevoelige plek te knabbelen en te likken. Ze kreunde en reageerde door haar kont in zijn lies te duwen, wat zijn lul blij en hard maakte. Hij glimlachte tegen haar huid toen ze met een hese stem zei: "Het is maar dat je het weet, ik ben nog steeds boos op je."

Ian gleed een hand omhoog om met een van haar borsten te spelen terwijl de andere hand naar beneden gleed en haar heuveltje omklemde. "Ik weet het. Zullen we wat goedmaakseks proberen?" De hand bij haar borst kneep in haar weelderige vlees terwijl zijn vingers beneden door haar kleren heen over haar clitje begonnen te wrijven. Haar heupen begonnen te golven terwijl ze met beide handen naar achteren reikte en zijn kont vastpakte, hem stil probeerde te houden terwijl ze zijn enorme erectie door zijn spijkerbroek plaagde. "Oh shit, Angel. Je voelt zo goed aan. Laat me je even alles doen vergeten, heel even maar."

Ze hijgde toen hij hard beet op de plek waar haar nek

en schouder elkaar ontmoetten. Een veeg van zijn tong volgde en hij verzachtte de steek. Hij wist dat haar lichaam haar hem niet zou laten afwijzen, ook al wilden haar hersenen dat wel. Ze had het nodig wat hij aanbood, een korte periode waarin haar gedachten niet gericht waren op het gevaar waar ze allemaal voor stonden. "Jjjaaaa."

Het enkele woord kwam er sissend uit terwijl hij de druk op haar clit opvoerde en haar tepel door haar dunne shirt en beha heen kneep. Hij draaide haar rond, sloeg zijn armen onder haar heupen en tilde haar op, zodat ze geen andere keus had dan haar benen om zijn middel te haken en haar armen om zijn nek. De positie bracht zijn stijve pik in contact met haar heuveltje en ze jammerde van behoefte. Ze kuste hem met alle passie en wanhoop in haar terwijl hij haar naar zijn slaapkamer droeg en de deur achter hen dicht schopte. Nadat hij haar op het bed legde, controleerde Ian zijn telefoon om er zeker van te zijn dat het beveiligingssysteem aan stond en legde het toestel op het nachtkastje. Zijn pistool, dat in zijn holster op zijn rug lag, legde hij naast de telefoon.

Hij trok haar zittend overeind en trok haar shirt uit, gevolgd door haar sportbeha. Haar sweater en string volgden en al snel werden zijn shirt en spijkerbroek toegevoegd aan de groeiende stapel op de vloer. Ian knielde naast het bed, legde zijn handen onder haar kont en trok haar naar de rand van het matras. Zijn hand leggend tussen haar borsten, spoorde hij haar aan te gaan liggen tot ze plat op haar rug lag en legde haar benen over zijn schouders. De geur van haar opwinding drong zijn neus binnen en zijn mond watertandde. Vergeet gemakkelijk en langzaam. Hij scheidde haar kutlippen met zijn duimen en viel haar geslacht aan als een man die het jaren zonder had moeten stellen. Hij likte haar spleetje een paar keer van onder naar boven, kreunde bij de smaak van haar, en knabbelde aan beide kanten van haar opening voordat hij zijn tong stijf maakte en in haar stak. Angies heupen schommelden tegen het bed terwijl ze zijn naam uitschreeuwde, smekend om meer. Haar handen doken in zijn haar. Terwijl de ene hand zijn hoofd tegen haar kern hield, trok de andere aan de korte lokken, waardoor hij gromde toen het seksuele beest in hem werd losgelaten. Hij streelde haar clit met zijn tong terwijl hij twee vingers in haar hete, natte kutje stak. Hij vond en wreef over de magische plek en liet haar vliegen, haar schrille kreet vulde de kamer.

Niet wachtend tot ze bijkwam stond Ian op, draaide haar op haar buik en pakte het glijmiddel dat hij in Boomers kamer had gevonden en in de lade van het nachtkastje had gelegd samen met de condooms die hij had gekocht. Die had hij deze keer niet nodig. Hij was nu al twee weken bezig haar strakke kontje voor te bereiden en hij kon niet langer wachten om haar daar te nemen. Met hun gezondheidsverklaring getekend en voltooid, wilde hij haar kont neuken met alleen huid tussen hen in. Hij opende de fles en goot wat glijmiddel in haar spleet, terwijl hij twee vingers van zijn andere hand nam en ze terug in haar nog steeds trillende kutje stootte. Ze verwachtte het niet en de plotselinge penetratie joeg een nieuw orgasme door haar heen, haar wanden knepen zijn vingers samen terwijl hij ze in en uit haar kanaal pompte. Terwijl ze nog steeds klaarkwam, stak hij zijn vrije middelvinger in het dal tussen haar billen en smeerde die in met het zijdezachte vocht voordat hij hem in haar kontgaatje stootte. Ze nam hem zonder problemen en het duurde niet lang voor hij zijn wijsvinger bij de andere voegde.

"Oh God. Ja. Jjaaa. Jeeeejjjjjj. Oh God!" Haar longen spanden zich en ze duwde haar heupen naar achteren, in een poging hem zo ver mogelijk in haar lichaam te krijgen. "Alstublieft, Sir. Laat me niet wachten. Neem me nu. Neuk mijn kont en kom in me. Alsjeblieft!"

Elke andere keer zou Ian haar hebben laten wachten en de marteling hebben uitgesteld, haar eraan herinneren dat hij de baas was en niet toestond dat zij van onderen zou toppen. Maar nu had hij haar net zo hard nodig als zij hem. Terwijl hij een schaarbeweging maakte met de twee vingers in haar kont, waardoor ze nog meer werd opgerekt, pakte hij het flesje glijmiddel weer en goot wat op zijn pijnlijke schacht. Nadat hij de afgesloten fles opzij gooide, trok hij zijn vingers uit haar gebobbelde rozet en pakte haar heupen vast, rukkend tot haar voeten de vloer raakten en haar torso over het bed gebogen lag. Met zijn ene hand spreidde hij haar wangen, met de andere leidde hij het topje van zijn pik naar de plek waar hij smeekte om te komen. Langzaam duwde hij naar voren en keek toe hoe haar lichaam zich overgaf aan zijn invasie.

"Aaahhhh. Meer. Oh verdomme, Sir, geef me meer. Het brandt, maar voelt zo goed. Niet stoppen. Oh, alsjeblieft niet stoppen."

Haar smeekbede spoorde hem aan en toen hij er zeker van was dat hij haar geen pijn zou doen, stootte hij zijn heupen naar voren tot hij haar vulde, waardoor ze hijgde en hem smeekte het nog eens te doen. Toen ze probeerde hem in beweging te krijgen, gromde hij, de wanhopige drang tegenhoudend om haar te nemen als een bronstig dier. "Verdomme, Angel. Je voelt hemels aan. Ik hou het niet lang meer vol."

Hij begon zijn heupen in een langzaam tempo op te pompen, genietend van de trek van haar strakke rand langs zijn lengte. De behoefte golfde door hem heen en hij kon het dringende verlangen van zijn lichaam niet weerstaan om haar als de zijne te markeren op de meest oeroude manier mogelijk. Hij versnelde zijn stoten tot ze beiden gromden en kreunden, reikend naar het uiterste hoogtepunt waar ze samen de vlucht zouden nemen. Een tinteling begon in Ians onderrug en verspreidde zich naar zijn zware ballen die tegen haar kut sloegen bij elke inwaartse stoot. Reikend rond haar heup, werkte hij zijn hand tussen Angies lichaam en het bed en vond haar kleine parel. Net voor zijn eigen ontlading door hem heen scheurde, kneep hij in haar clit en liet haar in haar orgasme vallen. Terwijl de golven van haar orgasme over haar heen sloegen, klemden de spieren van haar lege vagina en haar volle kont zich in eendracht en ze melkte het zaad uit zijn lichaam.

Ian wist niet zeker hoe lang hij achter haar stond, zijn pik nog steeds diep begraven, terwijl hij haar bovenlichaam met het zijne bedekte. Het meeste van zijn gewicht rustte op zijn onderarmen aan weerszijden van haar schouders en hij kuste haar op het hoofd. Zijn deinende longen verzadigden hun wanhopige behoefte aan zuurstof en zijn ademhaling vertraagde tot een normaler tempo. "Ben je in orde, Angel?"

"Mmm-hmm."

Hij grinnikte om haar uitgeputte reactie. Zijn nu slappe lul gleed uit haar goed gebruikte gat en ze kreunden allebei bij het verlies van contact. Ian duwde zich van het bed af en legde een hand op haar billen tot hij zeker was dat hij stevig op zijn benen stond. Hij gaf haar een kneepje in haar rechterbil en zei haar te blijven waar ze was terwijl hij een nat washandje haalde om haar schoon te maken. Terwijl hij klaar was met het wegvegen van de sporen van hun wilde en boze goedmaakseks, ontving hij een sms op zijn telefoon, gevolgd door een waarschuwing dat een voertuig de veiligheidssensor op de weg naar het schuiladres had doorbroken.

Hij pakte zijn telefoon, bekeek de sms en zag dat het van Carter was, die Ian vertelde dat hij over minder dan vijf minuten de oprit van het schuiladres op zou rijden. Godverdomme! Voor een keer had de black-ops spion een slechte timing... en hoe wist hij verdomme dat ze hier al waren?

Hoofdstuk 16

Met tegenzin nam Ian een douche van twee minuten terwijl Angie wegdommelde onder de dekens die hij om haar heen had geslagen nadat hij haar had opgepakt en in bed had gelegd. Hij wenste dat hij haar kon vergezellen in een zalige slaap, om haar over een uur of zo wakker te maken en alles opnieuw te doen. In plaats daarvan kleedde hij zich weer aan in zijn spijkerbroek en T-shirt, verliet de slaapkamer op blote voeten en sloot de deur achter zich. Hij zag dat Carter een kop koffie, een banaan en twee chocolade muffins aan het eten was.

Terwijl zijn vriend een paar minuten zijn mond volpropte, pakte Ian een fles water uit de koelkast en slurpte de hele inhoud naar binnen. Seks met Angie liet hem altijd uitgedroogd achter, niet dat hij klaagde. Hij gooide de lege fles in de prullenbak onder het aanrecht, pakte er nog een en ging aan het kookeiland naast Carter zitten. "Moet ik de moeite nemen om te vragen hoe je wist dat we hier waren? En zeg me niet dat je hier alleen voor het eten bent, eikel."

Dat de spion alleen voor het eten kwam opdagen, was

een oude platte grap tussen hem en Ians team en werd meestal ter sprake gebracht als ze elkaar op een missie tegenkwamen. Als de spion zei dat hij daarom daar was, betekende dat dat zijn operatie geheim was en dat hij er met niemand over kon praten, zelfs niet met de voormalige SEALs met toegang tot de regering die hij als zijn beste vrienden beschouwde. Voor een man in zijn dodelijke business was het heel wat om zes vrienden te hebben op wie hij kon rekenen in situaties van leven en dood. Hij beschouwde ze nooit als vanzelfsprekend.

Carter grijnsde terwijl hij op de laatste hap van zijn muffins kauwde en doorslikte. Hij nam een slok van zijn koffie, goed wetende dat Ian ongeduldig was om een antwoord te krijgen. "Nope. Deze keer is het eten een bonus. Bedankt, ik was uitgehongerd. Waarom ik hier ben. . . Ik kreeg een bericht van Athos dat hij in de problemen zat en niemand kon vertrouwen in zijn agentschap. Hij zei dat hij op weg was naar Spartanburg, South Carolina en ik nam aan dat dit zijn eindbestemming was. Heb je al iets van hem gehoord?" Zonder op antwoord te wachten, voegde hij eraan toe: "Ik neem aan dat je nieuwe vriendin in je slaapkamer ligt om de broodnodige slaap in te halen."

Ian rolde met zijn ogen toen de andere man met zijn wenkbrauwen wiebelde, à la Groucho Marx. "Je kunt soms een echte klootzak zijn. Dat weet je toch, of niet?"

"Natuurlijk. Dat is waar ik goed in ben."

Ian snoof en schudde zijn hoofd bij Carters nuchtere verklaring. "Ja, Angie slaapt. We hoorden een uur geleden van Athos. Reverend en Egghead zijn hem ophalen. Devon bewaakt het terrein en CC is op weg naar Tampa om Boomer, Polo en Tiny te brengen. Ik dacht dat de grote jongen wel van pas zou komen als ik een extra lichaam nodig heb om op haar te letten. Zodra we de volledige update van Athos hebben, beslissen we wat we verder doen."

Carter knikte, blijkbaar tevreden dat er niets was dat zijn onmiddellijke aandacht nodig had. "Goed. Aangezien ik bijna twee en een half uur heb voordat ze terug zijn, ga ik een beetje uitrusten."

Terwijl de andere man opstond en zijn nu lege beker in de vaatwasser zette en zijn vuilnis in de prullenbak gooide, zei Ian tegen hem: "Neem Jenns kamer. Ik geef Athos de logeerkamer die mijn ouders gebruiken." Zijn ouders kwamen niet vaak in Maggie Valley, maar als ze er waren, was de grote suite op de begane grond van hen.

Zonder nog een woord te zeggen groette Carter hem, pakte zijn legergroene plunjezak die hij naast de voordeur had laten staan en ging naar boven voor een snelle douche en een dutje. Nu alles voor zijn vriend in orde was, ging Ian terug naar zijn slaapkamer en sloot de deur. Hij trok zijn shirt weer uit, liet zijn jeans aan en klom in bed. Hij trok Angies slapende lichaam in zijn armen en sloot zijn ogen.

Anderhalf uur later zat Ian op de brede trap van de veranda naar het meer te staren terwijl Angie haar haren afdroogde na hun gezamenlijke douche, die zoals gewoonlijk langer duurde dan nodig was. Hij had zojuist een sms gekregen van Jake dat ze over een minuut of veertig terug zouden zijn bij het huis en Ian begon ongeduldig te worden. Hoe sneller Athos hier was, hoe sneller ze konden uitzoeken hoe ze de dreiging tegen Angie konden beëindigen. Zijn mobiele telefoon waarschuwde hem voor een nieuwe sms en Ian controleerde het scherm. Devon liet hem weten dat Marco, Boomer en Tiny op weg waren naar het kleine vliegveld om CC te ontmoeten en dat ze binnen het uur in de lucht zouden hangen.

De deur achter hem ging open en hij hoefde zich niet om te draaien om te weten dat het zijn engel was. De frisse geur van haar shampoo en douchegel trof hem en hij voelde het naar zijn kruis gaan. Verdomme, die vrouw maakte het hem moeilijk om aan iets anders te denken dan aan seks als ze bij hem in de buurt was. Ze liep twee treden naar beneden en plofte met haar lekkere kontje op de bovenste trap naast hem neer. "Het is hier prachtig."

Ian sloeg zijn arm om haar heen en drukte haar dicht tegen zijn lichaam aan, met haar hoofd rustend op zijn schouder. "Dat is het zeker. Ik wou dat ik hier vaker kon komen voor mijn plezier in plaats van voor zaken. Als het je nog niet was opgevallen, het Trident terrein is niet echt mooi aangelegd binnen de omheiningen."

Ze giechelde. "Het is me wel opgevallen. Ga je hier op een dag met pensioen?"

"Misschien," mijmerde hij met het ophalen van zijn onbezette schouder. "Of misschien koop ik wel een klein eilandje in de Caraïben... mijn kleine oase temidden van niets. Waar ik ook terecht kom, er moet ergens water zijn. Of het nu een meer is of de oceaan."

Ze zaten een paar minuten in stilte voordat de deur achter hen weer openging en Carter naar buiten liep, de trap af naar het grind beneden en zich omdraaide zodat hij het stel kon aankijken. Hij had zich omgekleed uit zijn cargo broek en droeg nu een verbleekte spijkerbroek, een schoon T-shirt en zijn gevechtslaarzen. Ian gaf Angie een kneepje. "Angie, Carter. Carter, Angie.

De spion stak zijn hand naar haar uit. "Hij spreekt soms zo welbespraakt, is het niet?"

* * *

Angie lachte en schudde de hand van de man. "Ja, dat doet hij, maar dat vind ik niet erg. Het is leuk u te ontmoeten."

"Ook leuk jou te ontmoeten, liefje. Ik wou dat het onder betere omstandigheden was." Ian had haar verteld over Carters aanwezigheid in het huis en waarom de man hier was, terwijl hij haar haren had gewassen onder de douche. "Sorry dat ik geen kans had om je te ontmoeten in de club laatst, maar ik was ... langer bezig dan ik had verwacht. Ik had graag je eerste openbare scène gezien. Ik hoorde dat die fantastisch was en een happy end had."

Angie hield haar hoofd schuin en bloosde terwijl beide mannen lachten. Ze wist niet waarom ze nu zo rood werd, terwijl ze destijds helemaal niet in verlegenheid was gebracht toen ze voor publiek werd geslagen en tot een intens orgasme werd gebracht. Carter gaf haar een knipoog en ze schudde haar hoofd, glimlachte om zijn plagerijen. Ze hoefde niet te vragen wat hem op dat moment had beziggehouden, want Kristen had haar alles verteld. Carter had zich bij het verloofde stel gevoegd voor een herhaling van het triootje, en voor haar tweede kennismaking met de goed uitziende Dom had Kristen geen blinddoek gedragen. Er was ook geen tijdsdruk zoals bij hun eerste afspraak, dus hadden ze met z'n drieën een paar uur in een van de privé-speelkamers gezeten. Haar vriendin gaf haar niet veel details. Omdat ze al eerder romans met ménages had gelezen, hoefde Angie geen beeld voor zich te laten ophangen.

245

Hoewel ze zelf niet geïnteresseerd was in een triootje, had ze er geen probleem mee als iemand anders het deed. Ze overleefde nauwelijks de intense orgasmes die Ian haar tegenwoordig regelmatig gaf en kon onmogelijk twee mannen tegelijk aan. Ian was blij te zien dat ménages op haar harde limiet lijst stond die ze hem had gegeven. Hij had haar verteld dat hij ooit een derde was geweest, in zijn beginperiode als Dom. En hoewel het een geweldige ervaring was geweest, merkte hij dat hij niet graag zijn vrouwen deelde, in tegenstelling tot zijn broer en sommige van hun vrienden.

Angie stond op. "Ik wilde een sandwich maken. Heeft er nog iemand honger?" Toen beide mannen "Ja, graag" zeiden, keek ze Carter aan. "Ik weet wat hij wil, maar wat eet jij graag?"

Met een brede grijns wiebelde hij met zijn wenkbrauwen. Ze lachte om zijn speelsheid terwijl Ian gromde. "Goed, omdat Ian me gaat slaan als ik iets seksueels zeg, neem ik wat je voor hem maakt. Geen mayo, alsjeblieft. Ik haat dat spul."

"Geen mayo, geen probleem." Ze haalde haar hand door Ians korte haar terwijl ze de twee treden terug op de veranda beklom en naar binnen ging om hun lunch te maken.

* * *

Ian gromde weer toen Carters blik op Angies kont gericht bleef tot ze in het huis verdween. "Echt, klootzak?"

De spion haalde zijn schouders op en ging toen naast Ian zitten. "Wat? Zoals je in het verleden al zo vaak hebt gezegd, 'Dat ik niet mag aanraken, wil niet zeggen dat ik niet mag kijken.' Jammer dat je niet van trio's houdt, want dat is een mooi achterwerk, mijn vriend. Ik moet wel twee meter onder de grond liggen om dat niet te waarderen." Hij wierp een zijdelingse blik op de man, die hem nog steeds aanstaarde, en liet een snuif. "Dus, zij is de ware, huh?"

Ians ogen vernauwden zich nog meer. Voor hij kon antwoorden, gaf zijn telefoon een alarm. Een voertuig had een sensor geactiveerd toen het de weg opdraaide die naar het huis leidde. Een seconde later ontving hij een sms van Jake om hem te laten weten dat zij het waren die de heuvel op kwamen. Hij wierp weer een blik op Carter. "De ware... wat?"

"Degene die je gaat doen vergeten dat je ooit een trut van een verloofde had die je verneukte. Het werd verdomme tijd."

"Loop naar de hel, klootzak," spotte Ian. "Je weet dat ik nooit meer die weg op ga."

"Ha! Dat blijf je jezelf wijsmaken, kerel. Van waar ik sta, ga je niet alleen die weg in, maar je gaat ook de juiste weg in. En ik dacht dat je de rest van je leven in verdriet zou zwelgen omdat de vrouw waar je het niet mee zou moeten delen je in de steek liet. Heb je er ooit aan gedacht dat de reden waarom dat toen gebeurde nu je lunch maakt, en een lekker kontje heeft?"

Voordat Ian Carter kon zeggen op te rotten, kwam de SUV van het team de oprit oprijden met Brody achter het stuur en Jake op de passagiersstoel. Het voertuig parkeerde en toen de voordeuren opengingen, ging ook de achterdeur open en een gladgeschoren, maar vermoeid ogende Athos klom uit het voertuig. De twee mannen op de trap stonden op en naderden het trio. Terwijl Carter de DEA-agent de hand schudde en hem met zijn

geschoren gezicht complimenteerde, keek Ian zijn teamgenoten aan. "Hoe is alles gegaan?"

"Goed," zei Brody tegen hem. "Geen trackers, geen
zorgen."

Ian knikte naar de nerd, die in de richting van het
huis liep. Toen hij de trap van de veranda opliep, stormde
Angie de deur uit en rende de trap af naar de auto... naar
haar beste vriend toe en sprong in zijn wachtende armen.
Ians hart kneep samen en zijn vuisten balden terwijl hij
toekeek hoe zijn vrouw een andere man zo stevig mogelijk
omhelsde. Knarsetandend dwong hij zichzelf om niet op
zijn borst te slaan en haar uit Athos' omhelzing te rukken,
zoals de holbewoner in hem wilde doen.

Naast hem zei Carter met een lage, geamuseerde stem
die niemand anders kon horen: "Uh-huh. Blijf jezelf maar
wijsmaken dat zij niet de ware is, Boss-man. Misschien
kun je jezelf op een dag overtuigen, maar ik betwijfel het."

* * *

Tien minuten later gaf Angie een bord met een grote
sandwich op roggebrood aan Ian en een andere aan
Carter en ging toen aan de slag om sandwiches voor
Jimmy en haarzelf te maken. Jake stond aan de andere
kant van het kookeiland en maakte een soortgelijke lunch
voor zichzelf en Brody. Egghead was boven in de studeerkamer informatie aan het verzamelen die ze nodig hadden
over verschillende agenten van het DEA kantoor in
Atlanta, waaronder agenten Jackson en Holstein. Athos
bevestigde hun identiteit aan de hand van de bewakings-
foto's die Brody had uitgeprint.

Toen ze klaar waren met het maken van de sandwiches, bracht Jake Brody's lunch naar de oorlogskamer

voordat hij zich bij Angie en de rest van hen aan de grote eettafel voegde. Angie merkte, toen ze ging zitten dat Ian zijn sandwich nog niet had aangeraakt. Ze glimlachte toen ze zag dat hij het pas begon met eten nadat hij haar een stukje van haar eigen sandwich had zien nemen. Hij had gewacht tot hij er zeker van was dat zij ook zou eten. Sinds ze zich realiseerde dat hij altijd haar welzijn boven het zijne stelde, merkte ze veel meer van de kleine dingen die hij deed en hield ervan hoe ze haar lieten voelen. De man was misschien geen romanticus in de traditionele zin van het woord, maar hij was een romanticus op zijn eigen manier.

Terwijl ze aten, lichtte Athos Ian en Carter in over wat hij de anderen op de terugweg had verteld. "De eerste twee weken leek alles goed te gaan. Ik gebruikte de contacten die ik een paar jaar geleden had gemaakt om me in te werken. Ik had geluk. Ik ontmoette een man die alleen mijn dekmantel kende en hij stond voor me in. Een lokale agent die me zocht, vond mijn strafblad en ik zat binnen. Deed een paar kleine klusjes meteen vanaf het begin. Ze hadden onlangs een paar aanvaringen met de politie en lokale bendes, dus ze hadden een paar jongens minder. Anders denk ik niet dat ik zo snel binnen zou zijn gekomen. Gistermorgen was ik wat aan het rondneuzen en hoorde dat er aanstaande maandag een grote zending via de Golf van Mexico zou binnenkomen van Colombia's Diaz-kartel.

* * *

"Ah, verdomme man," onderbrak Carter, terwijl hij zijn half opgegeten sandwich terug op zijn bord liet vallen. Hij wierp een wetende blik op Ian, die zich rot ergerde dat het Diaz kartel bij deze puinhoop betrokken was. "Zit Emmanuel achter dit alles? Verdomme, als je erin trapt, trap je er echt in, A-man."

Athos sleepte gefrustreerd een hand langs zijn gezicht. "Alsof ik dat niet weet. Aaron, de agent die ik verving, vermoedde dat daar het spoor eindigde. Ik denk niet dat Diaz achter de aanslag op hem en zijn gezin zat. Ik denk dat het van lager in de voedselketen kwam met hulp van de DEA." Hij keek naar de overheidsspion. "Je weet dat er vuiligheid is in elk agentschap en de mijne heeft ook zijn eerlijk deel."

"Hoe ben je erachter gekomen dat je bent ontdekt?" Ian probeerde verder te denken dan de betrokkenheid van het kartel en zijn angst voor Angie. Zijn SEAL Team Vier was betrokken bij het onderzoek naar en uiteindelijk de moord op Emmanuels broer, Ernesto, enkele jaren eerder. Het kartel hield zich niet alleen bezig met drugs, maar had in die tijd ook een bloeiende sekshandel en wapenhandel, die Emmanuel na de dood van zijn broer weer probeerde op te bouwen.

"Hetzelfde gesprek. Nadat ik de details had gehoord, kreeg het hoofd van de drugshandel in New Orleans, Manny Melendez, een telefoontje van iemand. Voor ik het wist, gaf hij opdracht om mij te vermoorden en zei tegen degene die hij aan de telefoon had dat hij mijn zwakke plekken moest uitzoeken. Ik ben daar zo snel mogelijk weggegaan en heb jou gebeld." Angie zat zwijgend tussen hem en Ian in en hij pakte haar hand. Zijn ogen vulden zich met diepe spijt. "Het spijt me zo, schat. Je weet dat ik nooit iets zou doen waardoor jij gewond zou raken. Ik heb altijd voorzorgsmaatregelen genomen om je veilig te houden."

Ian wist niet wie er meer verbaasd was, hij of Athos,

toen Angie haar hand losrukte uit de greep van haar beste vriend en op stond, terwijl ze hem fel aankeek. "Echt, Jimmy? Als dat waar was, dan zouden er geen twee corrupte DEA agenten op mijn deur kloppen om me te ontvoeren en waarschijnlijk te vermoorden. Ik zou niet voor mijn leven rennen en het leven van deze mannen," ze gebaarde rond de tafel, "zou niet in gevaar zijn omdat ze me beschermden."

Athos stond op van zijn stoel en Ian volgde. Geen van beiden kon een woord uitbrengen omdat de vrouw nu op dreef was, schreeuwend en met haar vinger wijzend naar de neus van haar vriend. "Ik zou me hier niet verstoppen en me zorgen maken dat je ergens dood zou zijn. En denk maar niet dat ik vergeten ben dat jij ze hebt gezegd mijn huis af te luisteren en camera's te plaatsen." Ze snoof en sloeg haar armen over elkaar. "Ik weet niet eens hoe deze hele zooi gaat eindigen. Moet ik de rest van mijn leven blijven vluchten tot een van die klootzakken me inhaalt? Zal ik ooit nog naar huis kunnen gaan? Zal ik...

"Ang, stop met schreeuwen. Kalmeer en ga zitten."

Zodra de grommende bevelen uit Athos' mond waren, wist Ian dat het nog erger zou worden aan de blik op Angies gezicht. Hij was blij dat haar woede deze keer een ander doelwit had. Ze snauwde naar haar vriend, haar handen gebald in woede. "Zeg me niet wat ik moet doen. Je hoeft die dominante onzin niet tegen me te gebruiken, want ik krijg meer dan genoeg van Ian."

Ze draaide zich om en stormde de voordeur uit, terwijl Athos naar Ian staarde, die het hem in schoppen teruggaf. "Neemt ze me in de maling? Ik zei dat je over haar moest waken en haar veilig houden, niet haar neuken en haar betrekken in je verdomde kink. En ja, ik weet alles van je verdomde seksclub, klootzak. Je neemt haar daar verdomme niet mee naar toe."

Terwijl Ian zich probeerde in te houden om de man niet te slaan, stonden de andere twee mannen op van de tafel en begonnen de deur uit te lopen achter de zeer pissige vrouw aan. Jake wierp een blik over zijn schouder. "Wij houden een oogje op Angie. Vermoord mekaar niet voordat we het hoofddoel hebben bereikt, oké?"

Geen van beide mannen gaf hem antwoord, omdat het een retorische vraag was. In plaats daarvan staarden ze elkaar aan en Ian was verbaasd toen Athos als eerste het oogcontact verbrak, gefrustreerd zuchtte en met zijn vingers door zijn haar woelde. "Godverdomme. Sorry. Je mag me later op mijn donder geven. Ik heb niets te zeggen over met wie ze uitgaat of wat jullie twee doen. Ik wil alleen dat ze gelukkig en veilig is. Als jij de man bent om dat te doen dan..."

Athos liet de rest van de zin onbesproken en Ian kon de verslagenheid in zijn uitdrukking zien. Hij kruiste zijn armen over zijn borst en leunde tegen de eettafel waar de restanten van ieders lunch nog stonden. Hij bestudeerde de andere man een minuut lang. "Weet zij het?"

Athos keek hem verward aan. "Weet ze ... wat?"

"Dat je verliefd op haar bent?"

De vraag was duidelijk het laatste wat Athos verwachtte van hem. Spiegelend aan Ians houding leunde hij tegen de rugleuning van de bank en staarde naar iets over Ians schouder. "Om van iemand te houden zoals ze verdient, moet je niet alleen een hart hebben, maar ook een ziel. Ik heb beide lang geleden verloren. Ik probeer al zo lang om wraak te nemen voor de dood van mijn moeder en zus..." Hij schudde verdrietig zijn hoofd. "Ik heb haar niets meer te geven, daarom blijf ik zo veel mogelijk bij haar uit de buurt. Toch hou ik vol omdat zij alles is wat ik heb."

Hij pauzeerde en keek even naar Ian. "Dus, terug naar jou, Sawyer. Weet ze dat je verliefd op haar bent? Want ik ben ook niet blind, man."

Voordat Ian kon antwoorden, hoewel hij niet zeker wist wat zijn antwoord zou zijn geweest, kwam Brody vanuit de studeerkamer de trap af stormen met zijn laptop in zijn hand. Hij zette hem op de eettafel zodat beide mannen het scherm konden zien. "We hebben een groot probleem."

Hoofdstuk 17

Ian en Athos zetten zich aan tafel om het nieuwsbericht van Atlanta's CBS website te lezen en beiden begonnen te vloeken. Athos' contactpersoon, Arthur Giles, Speciaal Agent van het Atlanta DEA kantoor, werd gedood in een schietpartij. Hij was neergeschoten toen hij uit zijn auto stapte bij zijn huis in de buitenwijken van de stad, om kwart over zeven gisteravond. Er waren geen verdachten gemeld. De politie en de FBI keken naar een lokale bende drugsdealers.

"Krijg de klere! Godverdomme!" Athos haalde beide handen weer door zijn haar en draaide zich om, op zoek naar iets om zijn woede op te botvieren. Hij vond niets anders dan een muur en sloeg erop. De pijn was niet eens voelbaar toen zijn knokkels begonnen op te zwellen. "Zijn dochter kreeg een maand geleden zijn eerste kleinkind. En nu is hij dood door mijn behoefte om wraak te nemen op die klootzakken."

"Dat weet je niet zeker." Ian geloofde zijn eigen woorden niet, maar hij moest de man kalmeren. Athos kwam op hem af en daagde hem uit, maar Ian deinsde niet terug.

"Is dat zo? Kom op, Sawyer, doe niet zo neerbuigend tegen mij. Je weet hoe dit verdomme gaat. Ze zijn aan het opruimen nadat het kartel ontdekte dat twee DEA agenten van hetzelfde kantoor hen hadden geïnfiltreerd. Iemand kwam erachter wie onze contactpersoon was en stopte zijn inmenging. Niemand uit Atlanta mocht weten waar Artie ons heen stuurde. Verdomme, niemand in Atlanta mocht zelfs weten wie Aaron was."

Ian zei niets meer omdat ze beiden wisten dat de kans dat Athos het mis had zeer klein was. Er waren heel weinig toevalligheden in hun werk. Hij betwijfelde of dit er een van was. Carter had de commotie gehoord en kwam terug naar binnen om te zien wat er aan de hand was. Ian wees naar de nog open laptop. De agent liep erheen om het te lezen en voegde zijn eigen vloeken toe aan het eerdere gevloek. Hij wierp de DEA agent een begrijpende blik toe, omdat hij diens laatste tirade had gehoord. "Trek het je niet aan, A-man. Als je je niet had aangemeld, had Artie iemand anders gestuurd en was het resultaat hetzelfde geweest. Leg de schuld bij de corrupte agenten en het kartel." Hij pauzeerde en liet zijn woorden bezinken in de hersenen van de man. "Artie was de enige die wist dat je undercover ging, nietwaar?"

De geagiteerde man knikte. Het betekende dat hij niemand meer had die hij kon vertrouwen in zijn eigen afdeling. Ze wisten dat twee van zijn collega-agenten corrupt waren en hadden geen idee wie er op het kantoor in Atlanta nog meer corrupt was. Hij kon het niet riskeren om iemand te contacteren tot hij zeker wist dat het veilig was. Voorlopig waren Carter en het Trident team zijn enige back-up.

Ian trok een wenkbrauw op naar Carter. "Waar is Angie?"

"Ze is met Jake gaan wandelen. Ze is nog steeds kwaad en ik was niet zo stom om in de vuurlinie te blijven. Die vrouw is pittig als een bom."

Brody bleef stil sinds hij voor het eerst naar beneden kwam en haalde nu diep adem. "Oke, dus waar gaan we vanaf hier? Athos heeft geen back-up van zijn bureau. Zijn handler is dood. We kunnen het hele New Orleans kartel niet uitschakelen zonder een totale oorlog te starten of onszelf levenslang in de gevangenis te draaien, of erger. Angie is nog steeds in gevaar. Heb ik iets gemist?"

"Nope, en bedankt om het duidelijk uit te lijnen, Egghead."

"Geen probleem, Carter. Blij dat ik je op de hoogte kon houden." Terwijl hij zijn sarcasme uitschakelde, vroeg hij: "Heeft iemand een plan?"

Terwijl ze allemaal zwegen, proberend een uitweg te bedenken uit dit horrorverhaal waarin ze zich bevonden, ging Ians telefoon. Toen hij naar het scherm keek, zag hij dat het de reserve telefoon van zijn broer was. "Hé, Dev, wat is er?"

"Jenn is ontvoerd!"

Ian verstijfde in shock, niet gelovend wat Devon er net had uitgeflapt. Paniek overviel hem. "Wat bedoel je, Jenn is ontvoerd?"

De andere drie mannen bevroren ook op hun plaats, met grote ogen Ians bleke gezicht onderzoekend alsof het alle antwoorden op hun vragen bevatte. Hij drukte op de luidspreker en legde de telefoon neer op tafel zodat ze zich konden verzamelen. De verwoede stem van zijn broer kwam luid en duidelijk door. "Henderson heeft gebeld. Ik heb hem en zijn partner op Jenn gezet, voor het geval dat. Ze werden aangehouden door een ongemarkeerde auto toen ze haar naar de universiteit reden. Uit de beschrijving die hij me gaf voordat ik hem kwijt raakte, blijkt dat het de twee agenten waren die Angie probeerden te pakken. Henderson kreeg een kogel in de borst en zijn partner werd in het hoofd geschoten. Ik denk dat Henderson bewusteloos is geraakt. De lijn is nog open, dus ik hoor alles. Ik ben nu op weg naar de plaats delict en hoorde net de politie en verplegers arriveren."

"Was Jenn gewond?"

"Ik weet het niet, Ian. Ik weet alleen dat ze weg is. Ik ben er over vijf minuten. Ik bel je terug zodra ik iets weet. Marco belde ongeveer twintig minuten geleden en zei dat ze geland zijn en onderweg naar jullie."

"Ik zal ze bellen en laten omkeren en dan zorgen dat CC klaar is om weer op te stijgen. Hou me op de hoogte." Ian verbrak de verbinding.

"Laat ze niet terugrijden." Ze keken allemaal naar Brody die haastig de trap opliep om zijn spullen uit de studeerkamer te halen. Hij verhief zijn stem zodat hij te horen was zonder te stoppen. "Als ze al onderweg zijn, kunnen we CC snel naar het vliegveld in Ashville laten vliegen. Dat is ongeveer halverwege tussen ons. We kunnen ze daar ontmoeten en het zal ons wat tijd besparen."

"Goed. Bel hem en zorg dat hij in de lucht hangt." Ian trok zijn kin naar Carter. "Kun jij Jake en Angie gaan halen? We zijn hier over vijf minuten weg."

Zonder een antwoord te geven, rende de man de deur uit. Zodra hij uit het zicht was, greep Ian Athos bij zijn shirt en duwde hem tegen de muur. De agent greep naar zijn polsen, maar verzette zich niet. Ian liet een lage grom horen. "Als er iets gebeurt met mijn petekind door jou, hoef je je geen zorgen te maken over het kartel. Hoor je me?"

Spijt vulde de ogen van de Athos. "Ik hoor je en ik verwacht niets minder van je. Voor wat het waard is, het spijt me.

"Ik geef geen moer om je verdomde verontschuldiging. Help ons gewoon Jenn terug te krijgen, dan maken we dit af en garanderen Angies veiligheid."

Zonder op een reactie te wachten, liet Ian hem los en ging naar zijn slaapkamer. "Laten we pakken wat we nodig hebben en maken dat we hier wegkomen. Ik bel Marco onderweg."

Enkele minuten nadat ze allemaal in de lucht hingen, stak Brody zijn hand uit naar Boomer. "Heb je mijn nieuwe speeltje meegebracht?"

De man reikte in de zak van zijn spijkerbroek en over-handigde de nerd het sieraad dat hij hem had gevraagd te pakken uit de oorlogskamer. Terwijl hij van de bank naar Angie liep, die alleen op dezelfde stoel zat als tijdens hun eerste vlucht, ging Brody naast haar zitten en vroeg haar haar linkerarm voor hem uit te steken. Ze was nog steeds kwaad over alles, en nu doodsbang dat Jenn ontvoerd was en mogelijk gewond, of erger. Toen hij klaar was met de gouden armband om haar pols te doen, staarde ze er verward naar. "Eh, Brody, ik heb geen allergieën en ik ben geen diabeet of zo, dus waarom die medische waarschu-wingsarmband?

"Er staat alleen op dat je allergisch bent voor bijen, liefje. Niets ernstigs. In de tussentijd, als er iets gebeurt, wat we koste wat kost willen vermijden, kan ik je volgen met de GPS daarin. Als ik dichtbij genoeg ben, is er ook een verborgen microfoon zodat ik kan meeluisteren met wat er om je heen gebeurt via een ontvanger in mijn laptop. Die is korte afstand, maar de GPS is een lange afstandszender. Als het nodig is, kan ik altijd," hij kuchte het woord "hack" voordat hij verder ging, "in een satelliet om je te volgen. Niemand draagt nog ID armbanden en ik had de ruimte binnen zo'n ding nodig, dus ik dacht dat een nep medisch alarm het beste was om te gebruiken. Het is een prototype en jij bent mijn proefkonijn... sorry, bij wijze van spreken."

Nog steeds haar hand vasthoudend, aarzelde hij even, alsof hij worstelde met wat hij nu wilde zeggen. "Is alles in orde tussen ons? Ik weet dat je nog steeds boos bent omdat we je huis hebben afgeluisterd, maar lieverd, mijn vriendschap met jou was... is het echte werk."

Ze knikte en zag zijn gespannen lichaam ontspannen. Haar stem was vergevingsgezind, maar moe. "Ik weet het, Brody. Het is gewoon dat alles me in één keer overviel, weet je? Ik ben al zo lang onafhankelijk en ik haat het om buitengesloten te worden van dingen die mij aangaan. Ik kom er wel overheen. Je kunt beter zo snel mogelijk naar mijn huis komen en al die camera's en afluisterapparatuur eruit halen." Ze wierp hem een blik toe om hem te laten weten dat ze het meende. "Begrepen?"

"Ja, mevrouw!" Hij grijnsde naar haar met zijn bekende flirterige uitdrukking. "Weet je, als ik niet beter wist, zou ik soms denken dat je een Domme was. Dat heet een switch, trouwens. Maar zeg niet tegen Ian dat ik het je verteld heb. Hij zal me neerschieten omdat ik ideeën in je hoofd heb gepraat.

"Hmm. Misschien kan ik Jake me laten trainen tot zweepmeester."

Hij keek haar met geveinsde afschuw aan en ze lachten allebei, blij dat ze een kans hadden om het laatste beetje wrijving dat nog tussen hen bestond weg te halen. Toen hij opstond om terug te gaan naar de rest van de groep stond zij op en volgde haar, waarna ze plaatsnam aan het eind van de bank tussen Boomer en Ians relaxfauteuil die rechtop stond. Ian glimlachte naar haar, maar het bereikte zijn ogen niet die gevuld waren met zorgen. Angie leunde voorover en verbond haar rechter vingers met zijn linker en legde hun handen op de armleuning van de bank. Zijn andere hand hield de telefoon van de jet aan zijn oor terwijl hij de update van Devon kreeg. "Okay. Doe wat je kunt, roep iedereen op die je nodig hebt en hou me op de hoogte." Hij verbrak de verbinding, keek op en vertelde hen wat hij wist. Wat niet veel was. "Er is nog niets gehoord van de ontvoerders, of agenten, of hoe je die klootzakken ook wilt noemen. Ook geen aanwijzingen. Een opsporingsbevel werd uitgevaardigd op het agentschap voertuigen. Dev heeft een paar gunsten gevraagd aan de lokale politie. Tot nu toe hebben ze ermee ingestemd om de DEA erbuiten te houden, ondanks de connectie. Hij heeft Keon ook gebeld voor het geval we de lokale politie moeten overtreffen." Hun contactpersoon bij de FBI, Larry Keon, was de adjunct-directeur, ook wel bekend als de nummer twee van het agentschap, en zou hen helpen met alles wat ze nodig hadden. "Henderson leeft, maar is nog bewusteloos. Hij heeft veel bloed verloren en ze hebben hem geopereerd. Zijn partner heeft het niet gehaald. Dev haalt iedereen erbij die hij kan en gebruikt onze lokale contacten en verklikkers. Geen nieuws tot nu toe."

"Waarom hebben ze haar meegenomen? Ik bedoel Jimmy heeft Jenn nog nooit ontmoet."

Angie zag het grote plaatje niet. De mannen wel. Ian kneep in haar hand. "Angel, ze kennen je duidelijk nog niet goed genoeg, anders waren ze wel achter een van je vrienden aangegaan. Het zou even geduurd hebben voor ze doorhadden naar wie je zou gelopen zijn voor je veiligheid. Je hebt geen andere familie behalve Athos en vice versa. De enige connectie die ze snel konden vinden is Brody omdat hij jou hielp. Brody's spoor leidde hen naar Trident. Hun beste kans om jou te krijgen, en uiteindelijk Athos, was om Kristen of Jenn te nemen. Kristen heeft het terrein niet verlaten, dus werd Jenn meegenomen. We krijgen haar terug. Voorlopig wachten we tot ze contact met ons opnemen."

Haar onderlip trilde, maar ze stortte niet in. "Ze willen dat je me ruilt voor Jenn, is het niet?"

Ian rukte aan haar hand tot ze opstond en hij trok haar op zijn schoot. Hij sloeg een arm om haar heupen en hield haar tegen zich aan, pakte met zijn andere hand haar kin en zorgde ervoor dat ze in zijn ogen keek. "Dat gaat niet gebeuren, Angel. Ik ben doodsbang voor Jenns veiligheid, maar ik gooi mezelf voor de poorten van de hel voordat ik jouw leven voor het hare ruil. Als we weten waar ze haar vasthouden, halen we haar terug... levend. Dat is wat we doen, liefje. Dev heeft wat voormalige teamleden gebeld die snel naar Tampa kunnen komen. Boomers vader is al onderweg om te helpen, samen met een paar anderen. Deze klootzakken zullen de dag berouwen dat ze ooit met Jennifer Mullins hebben gerotzooid, dat kan ik je garanderen."

Tiny mengde zich in het gesprek. "Maak je geen zorgen, Miss Angie. We hebben dit onder controle."

Angies blik ging naar de gezichten van elk van de dappere mannen en ze zag hun vastberadenheid. Ze knikte, ook al wist ze dat het duidelijk was dat zij nog steeds doodsbang was voor Jenn's veiligheid. Ze klom van Ians schoot af, liep naar het toilet van het vliegtuig, die twee keer zo groot was als normale vliegtuig toiletten, en sloot de deur. Pas toen ze alleen was, liet ze haar tranen vallen. Ze wilde niet dat ze wisten hoe overstuur ze was, want ze hadden al genoeg aan hun hoofd zonder dat ze in elkaar stortte waar zij bij waren. Het duurde een paar minuten voor ze zichzelf weer onder controle had en wat water op haar gezicht begon te sprenkelen. Er werd op de deur geklopt. Ze depte haar handen en gezicht droog voordat ze het papieren handdoekje in de prullenbak gooide. Toen ze de deur opende, was ze verbaasd Jimmy te zien. In plaats van opzij te gaan om haar eruit te laten, stapte hij met haar de kleine ruimte in en sloot de deur achter zich. "Wat doe je?"

Hij nam haar handen in de zijne. "Ik wilde een moment alleen met je en dit was de enige optie. Het spijt me, Ang. Je hebt geen idee hoezeer het me spijt dat jij en Ians nichtje in gevaar zijn door mij. Het spijt me dat ik mijn behoefte om mams en Ruthie's dood te wreken voor mijn relatie met jou heb gezet." Hij staarde naar hun verstrengelde handen. Hij slikte hard en probeerde de juiste woorden te vinden. "Voordat ik naar het kantoor van mijn commandant werd geroepen en te horen kreeg dat ze vermoord waren, was ik van plan om mijn tour af te maken en af te zwaaien. Ik was van plan naar huis te komen en je mee uit te vragen voor een echte date." Angie staarde haar beste vriend aan terwijl hij zijn trieste ogen ophief en zijn schouder ophaalde. "Ik weet het, gek, toch? Maar omdat ik zo ver van je vandaan was, besefte ik hoeveel je voor me betekende. Ergens in het midden van onze brieven, telefoongesprekken en mijn rotaties naar huis, werd ik verliefd op mijn beste vriendin. Ik was al veel eerder verliefd op je, maar ik weigerde het toe te geven.

"Oh, Jimmy. Waarom heb je nooit iets gezegd ?"

"In het begin, voordat... was ik gewoon bang. Ik zat bij de Speciale Eenheid en een leuk, brutaal blondje, dat alles voor me betekent, jaagde me doodsangsten aan omdat ik dacht dat ze geen ja zou zeggen tegen een afspraakje. Trouwens, ik wilde het je persoonlijk vertellen. Ik wilde je geen tijd geven om over dingen na te denken. Toen viel mijn wereld in duigen. Ik was zo gebrand op wraak. Toen Artie me benaderde met een manier om wraak te nemen op de rotzakken die drugs verkochten aan mijn zus en miljoenen andere kinderen zoals zij, nam ik die. En ik vind het niet leuk wie ik daarna geworden ben. Ik kon niet verwachten dat je zou vallen voor een man die zo bloeddorstig was geworden, dat hij bereid was om het beste wat hem ooit was overkomen weg te gooien. Jou. Jij bent mijn wereld sinds de dag dat ik je ontmoette in de negende klas Engels en het boek opraapte dat je van je bureau had geslagen en het aan je teruggaf."

Ze gaf hem een droevige glimlach. "Zo voelde ik het ook. Ik dacht dat je onze vriendschap niet wilde verpesten voor iets wat misschien niet zou werken."

"Dat wilde ik ook niet. Ik dacht dat als het niet zou lukken, ik je helemaal kwijt zou raken. En toen ik eindelijk klaar was om mijn angst onder ogen te zien..." Hij haalde diep adem en liet het weer los. "Sawyer is goed voor je. Ik zie hoe hij naar je kijkt. Jij komt voor hem op de eerste plaats. Ik kan niet hetzelfde zeggen. Je hebt geen idee hoeveel spijt ik daarvan heb. Ooit dacht ik dat we soulmates waren, weet je? Nu denk ik, terwijl jij misschien de mijne was, ben ik nooit die van jou geweest. Als hij je ooit pijn doet, zal hij het met de hel betalen." Ze begon iets te zeggen. Hij schudde zijn hoofd en stopte haar. "Ik wil dat je gelukkig bent, schat. Ondanks alles wat er aan de hand is, zie ik ook hoe je naar hem kijkt. Ik weet dat je verliefd op hem bent en ik vind het goed. Nou, misschien niet op dit moment, maar ik kom er wel. Misschien als dit allemaal voorbij is, ga ik op zoek naar mijn ware zielsverwant, als die er is. Maar eerlijk gezegd, Ang, je zal moeilijk op te volgen zijn."

Tegen de tijd dat Athos klaar was met praten, was Angie weer aan het huilen. Hij trok haar in zijn armen en hield haar vast tot de tranen een tweede keer stopten. Toen liet hij haar gaan. Niet voordat hij haar een langge-rekte kus op haar voorhoofd had gegeven. "Ik hou van je, Ang. Dat zal ik altijd blijven doen."

"Ik hou ook van jou, Jimmy Andrews. Je zult altijd mijn beste vriend zijn."

Toen de twee samen uit het toilet stapten, zag Ian haar gezwollen, rode ogen. Ze voelde de woede die door hem heen raasde toen zijn blik verschoof naar de man die haar aan het huilen had gemaakt. Voordat hij iets kon zeggen of doen, haastte Angie zich naar hem toe, klom weer op zijn schoot en sloeg haar armen om hem heen, om hem samen met haarzelf te kalmeren. Ze voelde zijn lichaam ontspannen toen ze in zijn oor fluisterde: "Het is goed, Ian. Hij had een paar dingen die hij me wilde vertellen. Ik wil bij jou zijn. Hij zal altijd mijn vriend zijn, maar jij bent het op wie ik verliefd ben."

Ian trok aan haar haar en trok haar hoofd naar

achteren tot hij in haar ogen keek. Hij moest de waarheid in haar ogen zien, ze was verliefd op hem. Haar hart was van hem en van hem alleen. Hij leunde voorover zodat zijn mond zich naast haar oor bevond en sprak zodat niemand anders het kon horen. "En ik ben verliefd op jou, mijn lieve engel."

Hoofdstuk 18

Toen ze terugkwamen op het terrein zagen ze een bijna volle parkeerplaats buiten het Trident gebouw. Er stonden verschillende overheidsvoertuigen en gemarkeerde Tampa politieauto's. Ook persoonlijke voertuigen van wie Devon had weten te bereiken. Jenn had ongeveer veertig surrogaat ooms van SEAL Team Vier, die allemaal alles zouden laten vallen voor Baby-girl. Slechts een paar van hen waren dicht genoeg bij Tampa om er binnen een kort tijdsbestek te zijn. Zelfs Beau wist dat hij 'on-duty' was en had zich aan Angies zijde gehecht, alsof hij wist dat zij de mens was die hem het meest nodig had. Boomers vader, Rick Michaelson, en Devon naderden de voertuigen van Marco en Ian, die hen vanaf de kleine landingsbaan naar huis hadden gereden.

Terwijl Boomer zijn vader begroette, die ook een voormalige SEAL was, kwam Devon ter zake en lichtte hen allemaal in. "Nog steeds geen woord van de ontvoerders en we kunnen niet achterhalen waarom. Het is al meer dan drie uur geleden. Ze moeten nog steeds ergens in Tampa zijn want Angie is hun doel. Naast Rick zitten ook Bannerman, Rad en Urkel in de vergaderzaal om alles te coördineren en uit te zoeken waar ze haar kunnen hebben. We hebben Chase ook gebeld en gevraagd om iedereen die hij had te sturen. Dat zijn er maar vijf met de ervaring die we nodig hebben." Indien nodig, huurde Trident extra mankracht in bij Chase Dixon, de eigenaar van Blackhawk Security. Het waren zijn twee mannen die werden toegewezen om Jenn te beschermen. "Hij zal er morgen meer hebben, als het al zo lang duurt. Hij is in het ziekenhuis bij Henderson die nog steeds geopereerd wordt. Zijn ouders zijn onderweg vanuit Jacksonville. Ik heb Chase gevraagd een kamer voor ze te boeken in het Hilton en die aan mij te factureren. Hij zei me op te rotten, en heeft het zelf geregeld."

"We houden de DEA buiten schot totdat we weten wie we kunnen vertrouwen. In plaats daarvan heb ik Keon gebeld. Hij zit vast in D.C., maar nam contact op met het lokale kantoor en zei dat ze ons op alle mogelijke manieren moesten helpen. Helaas betekent dit dat Frank Stonewall hier is en hij is er niet blij mee."

De plaatselijke FBI Special Agent was verre van blij met zijn supervisor, Trident, en Carter nadat hij buitengesloten was van het onderzoek toen Carter de huurmoordenaar doodde die het team enkele maanden geleden op het oog had. Terwijl de rest van het team kreunde bij de aankondiging van Devon, grijnsde Carter. De laatste keer dat hij Stonewall ontmoette, had de SAC bijna in zijn broek gescheten toen de nijdige agent hem aanviel. Het zou interessant worden om de reactie van de federale te zien als hij hem weer zag.

"Angie!" Alle hoofden draaiden zich om toen Kristen

uit het gebouw rende, recht in de armen van de andere vrouw en haar stevig vasthield. De twee deden hun best om niet in te storten. Ze konden de paar tranen die over hun beider gezichten vielen niet tegenhouden.

Ian liep naar hen toe en ging naast hen staan, terwijl hij troostend met zijn handen over hun ruggen wreef. "Kristen, waarom neem je Angie niet even mee naar je appartement, hmmm? Er zijn te veel mensen in de kantoren en je loopt alleen maar in de weg. Neem Beau met je mee en we laten het je weten als we iets horen." Terwijl hij zijn hoofd naar Angie draaide, voegde hij eraan toe, "We doen alles wat we kunnen. We zullen haar vinden en thuis brengen. Dat beloof ik."

De twee vrouwen knikten, geen van beide vertrouwde zichzelf om te spreken op dit moment. Ian kuste beide vrouwen op het hoofd en bleef wat langer bij dat van Angie. Daarna keek hij toe hoe ze terug wandelden naar de appartementen, hun armen om elkaar heen als wederzijdse steun, terwijl Beau naast hen liep. Hij haalde diep adem, draaide zich terug naar zijn nu uitgebreide team en gebaarde dat ze naar de kantoren moesten. Het werd tijd om zijn belofte waar te maken.

Binnen zat Colleen aan haar balie en bestelde pizza's en twee kratten water voor de mannen die nu in de vergaderzaal zaten. Devons kantoor en twee vrije bureaus in een kleine ruimte achter haar waren ook in gebruik. De ogen van de jonge secretaresse waren rood en het was duidelijk dat ze eerder had gehuild. Toen ze langs haar liepen, gaf ze hen een waterige glimlach vol vertrouwen, alsof ze er niet aan twijfelde dat de Doms alles zouden doen om Jenn's leven te redden.

Brody ging meteen naar zijn oorlogskamer, ontgrendelde de deur en begon de verschillende computers op te starten die hij nodig zou hebben. Curt Bannerman, die hun reserve computer specialist was in Team Vier, voegde zich bij hem, nam een extra stoel en rolde die tot bij zijn collega nerd om te helpen. Neil 'Rad' Radovsky en Steve 'Urkel' Romanelli gaven Ian en de rest van het team een luie groet terwijl ze met hun contactpersonen aan de telefoon bleven om uit te zoeken waar Jenn zou kunnen worden vastgehouden.

In Devons kantoor zaten Chase's vijf werknemers hun wapens te controleren en te wachten op een oproep. Eentje was aan het bellen. Zo te horen praatte hij met zijn baas over Henderson. Ian zou later meer te weten komen over de gedode lijfwacht om te zien wat ze konden doen om de familie van de man te helpen hun verlies te verwerken. Eerder in het vliegtuig had Ian Devon verteld, die ermee instemde, dat ze alle kosten voor de begrafenis op zich zouden nemen. Als hij vrouw en kinderen had, zouden zij ervoor zorgen dat die goed verzorgd werden. Het was het minste wat ze konden doen voor een man die zijn leven had gegeven om Jenn te beschermen.

De vergaderzaal was gevuld met drie FBI agenten, waaronder een grijnzende Stonewall, twee politieagenten in uniform en twee rechercheurs in burger van de plaatselijke politie. Als de situatie niet zo ernstig was, had Ian misschien gelachen toen Stonewall ineenkromp bij het zien van Carter die de kamer binnenkwam. Hij hoorde Boomer achter zich gniffelen toen de jongen hetzelfde opmerkte. Carter op zijn beurt wierp de SAC zijn beste Dom-blik toe, negeerde toen de federaal agent en ging aan de slag, zijn eigen contacten bellend.

In de kamer waren ook Colleens Dom, Reggie Helm, en Ians neef, Mitch Sawyer, aanwezig, die beiden Ians hand schudden en alle hulp boden die ze konden geven.

Mitch vroeg, "Wat moeten we doen met de club? Wil je dat ik hem sluit voor vannacht?"

Ian keek naar de klok aan de muur en zuchtte. Ze hadden nog ongeveer drie uur voordat de club open ging om half elf. "Ja, hoe minder mensen hier op het terrein hoe beter. We weten niet hoe lang dit nog gaat duren. Wat je ook doet, laat de leden niets van Jenn weten, anders komt elke Dom opdagen om te helpen en hoewel ik dat zou waarderen, zouden ze in de weg staan. We hebben al genoeg personeel hier."

Mitch knikte. "Ik zal de massa-sms vanuit mijn kantoor versturen." Hij wendde zich tot Tiny. "Vind je het erg om me te helpen het personeel te bellen? Ik wil zeker weten dat iedereen op de hoogte is dat ze niet moeten komen en de telefoons zullen vast roodgloeiend staan als de leden horen dat we dicht zijn, en willen weten wat het probleem is."

Ian sprak op een lage toon tegen Reggie zodat hij niet afgeluisterd kon worden, "Ik zou het op prijs stellen als je Colleen mee naar huis neemt. Ze hoeft hier niet te zijn en hoe minder je weet hoe beter. We kunnen je nodig hebben als dit allemaal voorbij is."

Reggie was een van Tridents advocaten, en dit was Ians manier om de man buiten schot te houden als er stront aan de knikker was. Als Reggie hen moest verdedigen in de rechtbank, zoals voor een moordaanklacht, gaf het hem aannemelijke ontkenning. Als advocaten met hun van misdaden beschuldigde cliënten spraken, vroegen ze hen zelden ronduit of ze schuldig waren of niet. Ze hoefden het niet te weten om hun cliënten te verdedigen, en meestal wilden ze het ook niet weten.

Direct nadat de twee Doms en Tiny waren vertrokken met Colleen op sleeptouw, ging de bedrijfstelefoon over en Ian nam de lijn op met een van de telefoons in de vergaderzaal die op tafel stonden. Zodra hij de door de computer veranderde stem hoorde, begon hij snel met zijn andere hand te zwaaien en met zijn vingers te knippen om iedereen in de kamer te waarschuwen dat de ontvoerders contact opnamen. Iedereen stopte midden in een zin en bleef stil. Marco rende de deur uit naar de oorlogskamer om Brody te vertellen dat hij het gesprek moest traceren, terwijl Ian de luidsprekerknop indrukte zodat ze het allemaal konden horen.

". ...zie haar weer. Morgenochtend om acht uur ontvang je een sms. Laat Agent Andrews Angelina Beckett naar het opgegeven adres brengen, en we laten je mooie nichtje vrij, hoewel ze misschien niet meer zo mooi is als je niet doet wat je gezegd wordt."

De haren in Ians nek tintelden terwijl zijn angst en woede toenamen. Hij leunde met zijn twee handen op de vergadertafel en gromde naar de persoon aan de andere kant van de telefoon. "Luister jij vuile klootzak, als je ook maar één haar op het hoofd van dat meisje krenkt, zal er geen plek op deze verdomde aarde zijn waar je je kunt verstoppen dat ik je niet zal vinden. En als ik met je klaar ben, zul je me smeken je te doden om een einde aan je lijden te maken. Hoor je me, stuk stront!"

Hij was in zo'n blinde woede en schreeuwde tegen het einde van zijn tirade dat hij niet doorhad dat de verbinding was verbroken totdat Devon zijn hand op zijn biceps legde. "Ian, hij heeft opgehangen."

Devons stem was laag. Hij probeerde zijn broer te kalmeren, maar het werkte niet. Ian greep de kantoortelefoon, rukte het snoer eruit en gooide het tegen de muur waar het uiteenspatte.

Niemand raakte gewond door het rondvliegende

puin, hoewel verschillende van de mannen werden geraakt. Er werd geen woord gesproken toen de gewoonlijk onverstoorbare man de kamer uit stormde en zich een weg baande naar zijn kantoor, onderweg een stugge Marco passerend. Hij sloeg de deur achter zich dicht. Ze hoorden een gebrul van frustratie en angst. De mannen wisten allemaal dat het gesprek veel te kort was voor een spoor. Ze waren evenzeer gefrustreerd omdat, ondanks alle missies en zaken die ze in de loop der jaren hadden meegemaakt, het deze keer persoonlijk werd. Devon keek naar alle anderen. "Geef hem een paar minuten. Ga ondertussen je contacten maar weer lastigvallen."

Angie zat in Ians slaapkamer nadat ze Kristen had verteld dat ze over een paar minuten zou komen. Brody had op Ians verzoek eerder in de week haar handafdruk geprogrammeerd voor de scanners, zodat ze zichzelf binnen kon laten toen Beau Kristen naar boven volgde naar hun appartement. Dit was de eerste keer dat Angie een moment voor zichzelf had sinds Jimmy was opgedoken, afgezien van haar korte tijd in het toilet van het vliegtuig. Ze had wat tijd nodig om een paar dingen te verwerken. Naast haar zorgen over Jenn, was ze nog steeds aan het bekomen van Jimmy's bekentenis en het feit dat ze Ian had verteld dat ze verliefd op hem was. Ze had niet verwacht dat hij die woorden tegen haar zou zeggen. Hoewel ze wist dat hij ze meende, kon ze het niet helpen te denken dat hij zich nog steeds van haar afzijdig hield. Zijn ex-verloofde moet hem flink te grazen hebben genomen en ze was blij dat die vrouw niet in de buurt woonde. Misschien zou ze haar wel gaan zoeken en had ze op haar ingeslagen omdat ze hem pijn had gedaan.

Ze ging naar de badkamer, waste haar gezicht en poetste haar tanden met de reserve tandenborstel die Ian haar had gegeven na haar eerste overnachting. Toen ze terug buiten kwam, begon ze de stukken van haar telefoon uit het sweatshirt te halen dat Ian haar had gegeven toen ze begon te beven na het nieuws van de ontvoering. Ze had de onderdelen van de telefoon van de achterbank van zijn SUV gehaald waar hij ze gisteren had gegooid, en ze in haar zakken gestopt. God, was het pas gistermiddag toen zij en Brody voor hun leven hadden gerend? Er was zoveel veranderd in minder dan zesendertig uur.

Ze stopte de simkaart erin, gevolgd door de batterij, deed het klepje dicht en zette de telefoon aan. Meteen begon hij haar te waarschuwen voor gemiste sms'jes en oproepen. Ze controleerde eerst het gesprekslogboek en zag vier voicemails van haar vriendin Mandy, Shelby van de club, Red Rose Books en een andere klant. Daarna controleerde ze haar sms'jes en zag meer van hetzelfde. Eén onbekend bericht trok haar aandacht. Toen ze het opende, zag Angie met afschuw een foto van Jenn en voelde haar bloed stollen. Het meisje zat vastgebonden, gekneveld en geblinddoekt. Het bericht met de foto vertelde haar onmiddellijk contact op te nemen met de afzender zonder het aan de politie of het Trident team te vertellen, of ze zouden Jenn vermoorden. Toen ze de tijdsaanduiding controleerde, zag ze dat het bericht pas twintig minuten geleden was ontvangen. Ze stuurde zo snel als ze kon een sms terug.

Ik ben hier. Zeg me wat ik moet doen.

Nog geen vijftien seconden later rinkelde de telefoon in haar hand en ze was zo geschrokken dat ze hem bijna liet vallen. Op het scherm stond *Anoniem*. Nadat ze de verbindtoets had ingedrukt, bracht ze de telefoon naar haar oor. "H-hallo?"

Een door een computer vermomde stem kwam over de lijn en Angies handen begonnen te trillen. "Kom alleen naar het adres dat ik je doorstuur. Als ik je vriendje, de politie of iemand anders zie, vermoord ik haar. Je hebt vijftien minuten."

Voordat ze kon reageren, werd de verbinding verbroken. Ze staarde naar de telefoon tot er een sms-bericht klonk.

> 1795 Route 301 . . . Alleen!

Paniekerig rende ze naar de woonkamer en zocht naar haar tas en autosleutels voordat ze zich herinnerde dat haar auto er niet was. Hij stond nog op haar oprit. Ze zag Ians reservesleutels op de plank van zijn multimedia-center liggen. Ze greep ze, rende de voordeur uit en sprong in zijn Audi, terwijl ze de sleutelvrije startknop indrukte en de veiligheidsgordel vastklikte. Ze kon het niet riskeren Kristen te vertellen waar ze heen ging, of wie dan ook. Ze was niet dom. Als ze haar bestemming had bereikt, zou ze Ian een sms sturen om hem te laten weten waar zij en Jenn waren.

Opgelucht toen ze zag dat er niemand buiten was, behalve twee bewakers die ze nauwelijks kende, zette ze de auto in zijn achteruit en versnelde zo snel als ze kon zonder hen te waarschuwen dat er iets mis was. De hekken waren open gelaten zodat de politie en de FBI konden komen en gaan wanneer nodig. Angie reed het terrein af, op weg naar de hoofdweg. Ian en Jimmy zouden haar vermoorden als de drugsdealers het niet voor hen zouden doen. Ze wist dat ze haar leven niet zouden ruilen voor dat van Jenn en ze weigerde verantwoordelijk te zijn voor de dood van het meisje. Het duurde niet lang voor ze bij Route 301 was. Toen ze die bereikte, wist ze niet of ze naar het noorden of het zuiden moest rijden. Ze programmeerde de GPS van haar telefoon met het adres en sloeg af naar het noorden toen de irritant vrolijke vrouwenstem haar dat opdroeg. Een paar minuten later sprak dezelfde stem opnieuw. "U nadert uw bestemming aan de rechterkant."

Angie ging aan de kant van de weg staan en keek naar het gebouw dat van de weg af lag. Het leek op Ians terrein. Het had minder bomen, geen omheining, en slechts twee pakhuizen die de enige waren op de onbevolkte strook van de snelweg. Van waar ze zat kon ze slechts twee voertuigen zien - een zwarte SUV en een gewone vierdeurs sedan waarvan ze dacht dat die van de DEA agenten waren die bij haar huis waren geweest. Ze pakte haar telefoon en typte een sms naar Ian.

> De ontvoerders hebben gebeld. Ze zijn op 1795 Route 301. Ik ruil mezelf voor Jenn. Haast je.

Nadat ze op de verzendknop had gedrukt, gooide Angie de telefoon op de passagiersstoel. Ze zette de auto terug in zijn versnelling en draaide de lange oprijlaan op die naar de gebouwen leidde. Ze parkeerde naast de SUV en stapte uit, terwijl ze de motor liet draaien met de sleutelhanger in de middenconsole, zodat Jenn kon ontsnappen. Angie keek heen en weer tussen de twee gebouwen en probeerde uit te vinden in welk gebouw ze moest zijn, toen de deur van het linker gebouw openging. Agent Jackson stond in de deurpost en richtte zijn pistool op haar. "Naar binnen. Nu!"

Met trillende knieën en zware voeten begon Angie naar hem toe te sjokken, biddend dat Ian er zou zijn voor het te laat was.

Hoofdstuk 19

Devon stond op het punt om op de nog steeds gesloten deur te kloppen toen die openzwaaide en hij Ians wilde uitdrukking in zich opnam. Hij wist onmiddellijk wat hij zag in de blauwe ogen die zo op de zijne leken - terreur ... pure terreur. "Wat is er?"

In plaats van het hem te vertellen, duwde zijn broer zijn telefoon in Devons gezicht, zodat hij de sms kon lezen die Ian een paar seconden eerder had ontvangen.

ANGEL

De ontvoerders hebben gebeld. Ze zijn op 1795 Route 301. Ik ruil mezelf voor Jenn. Haast je.

"Ah, tering!"

Ian rende naar de receptie. "We moeten opschieten! Nu!"

Het team voormalige SEALs, Chase's mannen, Carter, Athos, de FBI en de politie kwamen allemaal aangerend en volgden de Sawyer broers de parkeerplaats op. "We hebben een adres. Ze hebben niet enkel Jenn,"

Ian pauzeerde en keek Athos recht aan, " ze hebben Angie gecontacteerd op haar gsm en ze besloot Wonder Woman te spelen. Ze is ginder om zichzelf te ruilen voor Jenn."

Athos' ogen weerspiegelden dezelfde angst als die in Ians ogen. Rondom hen ontstond een koor vloeken en gefrustreerd gekreun. De mannen wisten dat de ontvoerders Jenn op geen enkele manier zouden laten gaan, zelfs niet als ze Angie hadden. Zonder het te bedoelen, had Ians kleine engel hun werk dubbel zo moeilijk gemaakt. Als hij haar te pakken kreeg, zou ze een maand niet meer kunnen zitten. Daar zou hij voor zorgen. Eerst moesten ze de twee vrouwen van wie hij hield redden.

"Waar zijn ze?"

De vraag kwam van Stonewall en Ian keek naar Carter die hem een licht hoofdschudden gaf. Ian was het ermee eens. Ze deden dit zonder tussenkomst van de plaatselijke politie. Dit is waar zijn team het beste in was. Als ze de politie en de FBI ter plaatse lieten komen, zou het een grote chaos worden, met het leven van Jenn en Angie op het spel. De FBI en Tampa P.D. hadden protocollen die ze volgens de wet moesten volgen. Trident had die beperkingen niet. Het was beter zich later te verontschuldigen dan toestemming te moeten vragen voordat ze handelden. Carter haalde zijn mobiele telefoon tevoorschijn, een van zijn vele wegwerpartikelen, en koos een nummer uit zijn hoofd terwijl hij zich van de groep verwijderde.

Stonewall zag Ians aarzeling en begon te schreeuwen, terwijl hij knalrood werd. "Oh nee, Sawyer! Niet weer! Je houdt ons op de hoogte of ik arresteer jullie allemaal, hier en nu!"

Hoe graag Ian ook wilde racen om de twee vrouwen te redden, hij wist dat als hij weg zou gaan, de FBI en de lokale bevolking hem op de hielen zouden zitten. Hij nam aan dat Carter Keon belde en dwong zichzelf even te wachten.

Terwijl de SAC doorging met tieren, keken zijn twee ondergeschikten en de plaatselijke politie niet al te blij bij het vooruitzicht om zeventien goed getrainde mannen te arresteren. Mannen die veel terroristen en criminelen hadden gedood toen ze in het leger zaten en die nu op bloed uit waren. De meeste van de speciaal getrainde mannen negeerden de woedende agent en hadden zich rond Marco's voertuig verzameld. De communicatiespecialist deelde headsets uit, zodat ze allemaal met elkaar konden praten zonder hun handen te gebruiken. Wapens werden dubbel gecontroleerd en Jake laadde zijn favoriete sluipschuttersgeweer, samen met zijn reserve MK11 die hij aan Carter zou uitlenen indien nodig.

Te midden van de commotie kwam Kristen van de residenties naar beneden gerend met Beau op haar hielen. Ze rende meteen naar Devon en riep dat Angie vermist was. Hij legde uit wat er gebeurd was en ze keek geschokt. Hij pakte haar kin vast om haar aandacht te trekken. "Ik moet weten dat jij veilig bent. Tiny en Mitch zijn in het clubkantoor. Je gaat er direct heen en doet alles wat ze je zeggen, Pet. Ik kan mijn werk niet doen als ik me zorgen om je maak. Als je ze problemen geeft, krijg je een publiekelijk pak slaag dat je nooit zult vergeten. Begrepen?"

Ze wist dat hij het meende toen hij het woord 'publiekelijk' zei, want hoewel ze het heerlijk vond om te zien hoe andere ondergeschikten werden gestraft voor iedereen in de club, vond ze het niet zo geweldig als het haar kont was die te zien was. "Ja, Sir. Ik hou van je. Wees veilig."

Hij kuste haar op de lippen. "Ik hou ook van jou. Ga nu. Beau komt met ons mee. Ik bel je zodra ze veilig zijn."

Terwijl zijn verloofde recht op de club afliep, gaf Devon Beau het bevel om te volgen. Het achterwerk van de hond draaide rond en hij hechtte zich vast aan Devons rechterbeen, niet blij dat zijn vorige beschermer zonder hem wegliep. Zijn mens reikte naar beneden en krabde achter zijn harige oor. "Het is al goed, jongen. Ze is in orde. We moeten Jenn en Angie redden, en je misschien zelfs iemand geven om je tanden in te zetten."

Hoewel Dev wist dat de hond maar weinig zou begrijpen van wat er tegen hem gezegd werd, leek de hond precies te weten wat hij bedoelde. Beau liet een opgewonden blaf horen bij het vooruitzicht om iemand die het verdiende te bijten.

Ondertussen stopte Carter met praten tegen zijn mobieltje en stapte op Stonewall af. Met een blik die sommige mannen had doen beven in hun laarzen, overhandigde Carter hem de telefoon. De federale agent verbloosde en keek verward, maar nam het toestel aan. In een poging zijn autoriteit te redden, blafte hij in de luidspreker. "Dit is speciaal agent Stonewall van de FBI, wie is dit in godsnaam?" Ian, Devon en Athos keken toe hoe het laatste bloed van de man uit zijn gezicht vloeide. "Ja, Directeur Moran, meneer. . . Ik begrijp het, meneer. . . geen probleem, meneer . . ."

Zonder te wachten tot de SAC klaar was met de uitbrander van zijn baas, renden de mannen zonder de politie, naar hun voertuigen en vlogen achter Ians SUV aan het terrein af. Carter en Athos zaten achterin, achter de Sawyer broers, met Beau tussen hen in. De hond leek opgewonden te zijn van de actie want zijn tong hing uit zijn hijgende bek.

Ian reed terwijl Devon op de passagiersstoel de GPS coördinaten ophaalde. Toen dat klaar was, belde hij met zijn mobiele telefoon en wachtte tot Tiny opnam. Toen de hoofdbeveiliger opnam, zei hij tegen hem: "Neem Kristen mee en sluit haar op in de paniekkamer tot nader order. Zeg Mitch dat hij opgesloten moet blijven in de club als hij niet met je mee wil, maar zorg ervoor dat hij gewapend is. Sluit de poorten, of de politie nu vertrekt of niet."

Toen de grote man de orders bevestigde, verbrak Devon de verbinding en keek over zijn schouder naar Carter. "Heb je echt een van je "verlaat-de-gevangenis-zonder-te-betalen"-telefoontjes naar Mr. Directeur gebruikt? Waarom heb je Keon niet gewoon gebeld?"

De spion haalde zijn schouders op, maar zijn gezicht bleef uitdrukkingsloos. Hij nam zelden contact op met directeur Moran tenzij het nodig was, hij deed liever zaken met de adjunct-directeur. Minder politiek. "Eigenlijk probeerde ik Larry te bellen, maar hij nam niet op, dus ging ik de ladder op. De directeur was al in een slechte bui en dreigde maar al te graag dat hij overgeplaatst zou worden. Ik denk dat hij een stad in Alaska noemde met een bevolkingspopulatie van twee."

Devon schoot in de lach en schudde zijn hoofd vol ongeloof voordat Brody's stem over de koptelefoons klonk. Op zijn laptop was een livestream te zien van een van de vele satellieten die om de aarde cirkelden en er werd ingezoomd op hun bestemming. "Vraag niet wiens sateliet ik gebruik, want dat wil je niet weten." Een paar grinniken kwamen door de koptelefoons. "Ian, als je bij 301 bent, ga je naar het noorden. Vijf kilometer verder is er een zandweg aan je rechterkant. Rij die ongeveer honderd meter in en benader vanuit het zuiden te voet op ongeveer een twee minuten. Op het adres staan twee pakhuizen die van west naar oost lopen. Er staan drie voertuigen - het lijkt erop dat jouw Audi er één van is en ik denk dat een andere de DEA sedan van gisteren is. Zonder de nummerplaten te zien, ben ik niet zeker. Het andere voertuig is een donkere SUV. Aan hun parkeerplaatsen kan ik niet zien in welk gebouw ze zijn, dus we moeten ze allebei controleren. Een tweede team kan zonder verdenking langsrijden en een kilometer verderop vanuit het noorden komen.

Ian begreep de informatie en vroeg om een uitsplitsing van wie in welk voertuig zat. Toen hij de informatie had, verdeelde hij ze in drie teams. Marco zou Team Twee leiden terwijl Ian Team Eén nam. Marco had Jake, Brody, Rick, Bannerman en Rad bij zich. Ians team bestond uit de drie mannen in zijn voertuig samen met Boomer, Urkel, en een van Chase's mannen, Tanner. En, natuurlijk, Beau. De overgebleven vier agenten zouden hun positie innemen aan de overkant van de snelweg en de oprit bestormen nadat de teams binnen waren in welk gebouw de gijzelaars ook zaten en iedereen onderscheppen die er vandoor wilde gaan.

Minder dan tien minuten later stonden de voertuigen in positie en stroomden de mannen eruit. In afwachting van informatie op het terrein had Dev Chase's mannen opgedragen de voertuigen vol te laden met materiaal dat ze nodig hadden voor een reddingsactie. De mannen hadden met Trident op verschillende missies gewerkt en wisten wat nodig was. Nu waren alle drie de teams uitgerust met kogelvrije vesten, KA-BAR messen, pistolen en stungranaten. Hun aanvalsgeweren waren Colt M4 karabijnen of HK MP5's, afhankelijk van ieders voorkeur. Jake en Carter zouden hun sluipschuttersgeweren dragen.

Individuen pakten andere uitrusting die het team nodig had, maar die niet noodzakelijk was voor elk lid om te dragen. Beau werd uitgerust met een harnas en een speciaal ontworpen kogelvrij vest voor honden. De oren en de staart van de hond bewogen van opwinding, terwijl zijn poten een gretig dansje deden. Toch stond hij stil. Ze hoefden zich geen zorgen te maken dat hij zou blaffen en iemand op hun aanwezigheid zou attenderen, want hij was goed getraind en het team oefende vaak verschillende oefeningen met hem. Beau zou zijn werk net zo nauwkeurig doen als zijn menselijke tegenhangers dat deden.

"Team Twee, Team Drie, klaar?" Ian sprak in de koptelefoon die aan zijn rechteroor was bevestigd, terwijl hij Beau's korte riem aan Boomer overhandigde. Toen de antwoorden bevestigend terugkwamen, zei hij dat ze moesten vertrekken. Hij hoefde zich geen zorgen te maken over de mannen die niet tot Tridents kern van zes behoorden. Ze hadden allemaal Speciale Operaties ervaring, met inbegrip van Athos, dus ze kenden de basis van hoe elke man en team zou werken in eendracht. Team Eén naderde, in twee groepen, wat betekende dat terwijl de helft van het team zich naar voren begaf om zich achter de volgende boom of het volgende object te verbergen, de anderen hen dekten, klaar om hun wapens af te vuren indien nodig.

In stilte bereikten ze het meest zuidelijke gebouw en Ian seinde naar Urkel en Tanner om het gebouw te benaderen. Terwijl Tanner hem dekte, scande Urkel de buitenmuur met een warmte-zoekend hand-apparaat en kwam negatief uit voor warm-lichamelijke bewoners anders dan een paar knaagdieren langs de vloerlijn. Met handgebaren gebaarde hij Team Eén dat alles veilig was en de rest voegde zich bij de twee mannen, waarbij ze het gebouw als dekking gebruikten. Brody's gefluister brak door de intercoms. "Teams, blijf in positie. Er komt geluid door van Angies armband. Verdomme, het werkt. Stand-by."

Ian onderdrukte zijn drang om het andere gebouw binnen te stormen en iedereen neer te schieten die geen vrouw in zijn leven was.

* * *

Angie deed haar best om met een kalme stem te spreken. Ze wilde Jenn niet nog meer van streek maken dan ze al was. Terwijl Jenn alles kon horen, zaten de knevel en de blinddoek nog op hun plaats. Blijkbaar hadden de smerige DEA agenten en drie andere mannen, die er als bendeleden uitzagen, geen tweede set meegenomen. Zo kon Angie nog steeds zien en praten. Ze zat op een stoel in het midden van het spelonkachtige pakhuis dat halfvol stond met dozen en kratten. Haar polsen waren achter haar geboeid. Het had even geduurd voor ze zich herinnerde dat de GPS-armband die Brody haar had gegeven ook een microfoon bevatte. Dankbaar voor het ding, negeerde ze het feit dat het haar pijn deed omdat het onder de metalen handboeien zat en in haar vlees prikte. Ze hoopte dat de techneut luisterde terwijl ze vragen begon te stellen aan de mannen die hen gegijzeld hielden. "Ik ben wie jullie willen. Waarom laten jullie Jenn niet gaan?"

Een van de viezeriken met een litteken van een mes in zijn gezicht keek op van het pokerspel met drie anderen en grijnsde. "Omdat ik die lekkere kleine mama leuk vind. Zij en ik gaan wat plezier maken nadat dat varken opduikt en we betaald worden."

"Hou je kop, klootzak," snauwdc Agent Holstein naar Scarface, die zijn schouders ophaalde en een vulgair gebaar maakte naar Jenn. Angie was dankbaar dat de jongere vrouw het niet kon zien, want ze beefde al genoeg.

"Dus jullie zijn met z'n vijven nodig om twee vrouwen te ontvoeren en ze midden in een pakhuis aan stoelen vast te binden? We zijn hulpeloos en gaan nergens heen, dus kunnen jullie alsjeblieft je pistolen wegdoen?" *Alsjeblieft, Brody, wees ergens hierbuiten met Ian.* Omdat ze niet wilde dat de ontvoerders doorhadden dat ze Trident informatie gaf, veranderde ze van onderwerp. "Hoe ben je het eigenlijk te weten gekomen over Jimmy en mij?"

Terwijl de ijsberende Holstein niet wilde dat een van de bendeleden haar vragen beantwoordde, leek dat niet te gelden voor zijn partner. Agent Jackson zat op een krat een meter of vijf voor haar. "Ik zag die lul constant telefoneren en dacht dat er een goede reden achter zat. Toen ik probeerde dichterbij te komen om te horen wat hij zei, hing hij op. Gooide het in zijn lade toen een 'undercoveragent' binnenkwam, met dank aan een anoniem telefoontje, natuurlijk. Nadat hij er met de rest vandoor ging, heb ik het slot van zijn bureau geforceerd, de telefoon gecontroleerd en jouw nummer gekopieerd. Ik dacht dat het op een dag wel van pas zou komen. Andrews, of Athos, of klootzak, kies maar uit, was nooit het type man dat weg kon blijven van undercoverwerk. Ik wist dat hij op een dag weer onder zou gaan, en ik had gelijk. Ik heb het nummer getraceerd en jou gevonden. Toen onze connecties uit New Orleans belden om te vragen of we de nieuwe man kenden die hen nerveus maakte en me een foto van hem stuurden...

wel, laten we zeggen dat ik niet verbaasd was je vriend te zien."

"Dus jij bent degene die de drugsdealers heeft verteld wie hij was, en die andere agent die ook is vermoord?" De man haalde zijn schouders op zonder een verbaal antwoord, maar de wrede uitdrukking op zijn gezicht bevestigde wat ze had gevraagd. "En wat gebeurt er nu?"

"Nu wachten we nog even. Als we klaar zijn, ga jij je vriendje bellen en hem vertellen waar hij ons kan ontmoeten. Als hij alleen komt, sterven jullie allebei. Als hij niet alleen komt, dan sterf jij, hij en wie hij ook meeneemt. Dan innen we het geld dat we nog tegoed hebben voor deze klote operatie... simpel genoeg ?"

Ze gaf hem geen antwoord.

"Trouwens, wie is eigenlijk je vriendje? Andrews of die sukkel met wie je ontsnapt bent ?" Hij lachte naar haar. "Of neuk je ze allebei?"

Ze besefte dat hij nog steeds dacht dat Brody haar vriendje was en niets wist van haar relatie met Ian. Hij sprong van het krat, stapte naar haar toe en hurkte voor haar stoel. "Misschien zal ik eens kijken wat al die kloot-zakken naar je deur laat rennen, hmm? Ben je zo goed in bed, schat?"

Hij imiteerde het Texaanse accent dat Brody bij hem had gebruikt. Toen hij een vinger over haar gezicht en hals naar haar borst trok, huiverde ze. Instinctief schopte ze met haar been. Ze miste de aanraking van haar scheen-been met zijn ballen op een haar na. Hij verschoof op tijd en gaf haar een backhand in haar gezicht, waardoor zij en haar stoel omvielen. "Jij verdomde teef!"

Seconden nadat ze de grond had geraakt, werden de metalen deuren aan beide uiteinden van het pakhuis ingetrapt, gevolgd door verblindende lichtflitsen en luide knallen. Er werd geschoten en er brak een pandemonium uit. Angie duwde haar benen tegen de cementvloer en dwong haar bovenlichaam in de richting van Jenn, die zich krampachtig tegen haar boeien spande, terwijl gedempt gegil uit haar mondknevel kwam. In tegenstelling tot Angie zat zij vastgebonden aan de stoel en geraakte niet uit de vuurlinie. Terwijl het schieten doorging, slaagde Angie erin op haar knieën te zitten en met haar bovenlichaam Jenn met stoel en al op de grond te slaan, waarna ze het lichaam van de hulpeloze vrouw zo goed mogelijk met haar eigen lichaam bedekte.

* * *

"Samenvatting," eiste Ian.

Ze zaten nog steeds in een houdgreep. Brody luisterde met één oor naar een headset die was aangesloten op zijn draagbare tablet, waarop hetzelfde programma draaide als op zijn laptop, terwijl zijn com-set in zijn andere oor zat. Angies stem klonk luid en duidelijk met af en toe een krassend geluid. Hij kon nog net de mannenstemmen in de verte onderscheiden. Hij drukte op het record-icoontje toen hij hoorde dat Angie de vragen begon te stellen waar het team antwoord op nodig had. "Goed gedaan, lieverd. Teams, stand-by, ons meisje geeft ons info . ... vijf tango's ... ... doelwitten zitten geboeid aan stoelen in het midden van het gebouw ... handwapens in de aanslag. Geen hints naar andere wapens. Ze is van onderwerp veranderd. Jouw beslissing, baas."

"Team Eén, neemt de westkant. Team Twee, neem de oostkant. Geef me warmte bevestiging, Twee." Ian seinde aan zijn mannen om het lege pakhuis te omzeilen waar ze nog steeds achter zaten naar wat de vooringangen waren van beide gebouwen. Het andere team zou zich een weg banen naar de achterkant. Hij gaf ook aan dat Carter een weg naar het dak moest zoeken om te zien of hij zicht in het noordelijke gebouw kon krijgen. Als de gebouwen hetzelfde waren, zouden hoge ramen langs de zuidkant van het andere gebouw lopen. "Reverend, zuidelijke sluipschutter zoekt positie, doe hetzelfde op noord als je kunt." Zijn teamgenoot bevestigde hem. "Hitte kenmerken?"

Rads stem kwam door als een lage fluistering omdat hij dicht bij het doelgebouw moest staan. "Bevestigd. Het lijkt erop dat er drie aan een kleine tafel zitten. Twee anderen in stoelen zo'n zes meter links van me, mogelijk onze doelwitten. Eén ijsbeert van oost naar west, het lijkt erop dat hij ten zuidoosten van de doelwitten zit. Er zit er nog een tussen het duo en het trio, misschien op een krat of zo."

"Ramen, deuren?"

De mannen in de beste positie om te antwoorden deden dat, beginnend met Rad aan de noordkant en zo met de klok mee. "Ramen op de tweede verdieping in het noorden, geen toegang."

Marco's stem kwam daarna. "Oost, een inkomende deur, geen ramen."

"Zuid, ramen, geen deuren," verklaarde Devon, die als eerste in de rij langs de voorkant van het leegstaande gebouw stond en de laatste twee kanten kon zien van waar hij stond. "West, één ingang, één garagepoort, geen ramen."

Carter meldde zich. "Sluipschutterspositie boven het zuidelijke gebouw. Gedeeltelijke zichtlijn. Het beste wat ik kan doen. Ik kan iedereen raken behalve die ijsbeer. Hij loopt te dicht bij mij. Veel schuilplaatsen, jongens. Er zijn een heleboel houten kratten en dozen daarbinnen. Prinses A, zittend in een stoel, handen op de rug. Prinses J, anderhalve meter oostelijk, handen hetzelfde, ook geblinddoekt en gekneveld."

"Ik heb de ijsbeer in zicht vanuit het noorden, ik zit in de boom." Jake zat schrijlings over een tak in de hoge boom die hij had weten te beklimmen, zo'n vijftien meter van het doelgebouw vandaan. Het was niet de beste plek omdat hij zijn sluipschuttersgeweer nergens tegen kon laten rusten. Het zou een afwachtend schot worden zonder een spotter. Zolang de tak niet brak onder zijn gewicht, was alles in orde.

Ian bevestigde alle transmissies. "Team Eén, invallen via het Westen, Team Twee, inval via het Oosten. Team Drie, stand-by voor onderscheppingen. Op mijn teken."

Marco ging met de rest van zijn team rond het gebouw naar de achterdeur en verklaarde dat ze in positie waren terwijl Ians team de voorkant nam. Voordat Ian Devon opdracht gaf de voordeur met de ram binnen te dringen en Bannerman hetzelfde aan de achterkant te doen, sprak Carter in zijn koptelefoon vanaf zijn hooggelegen slaapplaats. "Krat tango is naar beneden gesprongen en loopt naar doelwit A. Recht voor haar, hij bedreigt haar niet met een wapen, ik kan onmogelijk hoofdschot afvuren... sloeg haar, ze ligt op de grond."

"Invallen!"

Tegelijkertijd werden de oostelijke en westelijke deuren ingeslagen en gooiden ze twee flitsgranaten er doorheen, ver genoeg om de meeste verwarring te zaaien onder de aanwezigen in het gebouw. Explosies, geschreeuw, geroep, Beau's geblaf en geweerschoten vulden de lucht terwijl de leden van beide teams naar binnen gingen - sommigen naar links, anderen naar rechts

- en dekking zochten. Jakes kalme stem drong door de koptelefoons. "Ijsbeer neer, hoofdschot."

Het trio aan de pokertafel en Agent Jackson zochten dekking terwijl ze hun wapens afvuurden in de richting van de deuropeningen. Een van de bendeleden ging neer met een gat in zijn hoofd dankzij Carter.

Devon en Tanner gingen na binnenkomst naar links, terwijl Boomer en Urkel met Ian naar rechts gingen. Ze baanden zich een weg door een doolhof van kratten en dozen terwijl de twee overgebleven bendeleden probeerden te vluchten naar de voordeur, gebruik makend van wat ze maar konden vinden als dekking. Boomer liet Beau los met een bevel om aan te vallen en de hond sprong op de dichtstbijzijnde boef. Zijn kaak klemde om de arm van de man. De verdachte schreeuwde van de pijn en probeerde de hond los te gooien. Het lukte hem alleen maar om op de grond te vallen met het boze beest boven op hem. Hij richtte zijn geweer om te schieten. Boomer schopte het wapen uit zijn hand en duwde zijn eigen geweer in het gezicht van de vuilzak. "Beweeg verdomme niet, klootzak."

Ian en Urkel werkten zich een weg naar binnen terwijl het andere team naderde vanaf de andere kant van het lange pakhuis. Een laatste schot klonk toen Devon het laatste bendelid uitschakelde die nog steeds zijn wapen afvuurde op weg naar de deur. Alles werd stil behalve de zware ademhaling door de koptelefoons en Beau's geblaf terwijl de teams zochten naar de vermiste Tango, Agent Jackson. Van Ians plaats achter een krat kon hij Angies lichaam zien liggen op dat van Jenn. Zijn nichtje spartelde tegen haar boeien en hij kon niet zien of Angie bewoog omdat zij ook tegenstribbelde of dat de acties van Jenn het lichaam bovenop haar in beweging brachten. Hij zag geen teken van de laatste verdachte. Met Urkel als dekking liep hij laag naar de vrouwen toe en knielde naast hen, opgelucht toen zijn engel haar hoofd draaide om hem aan te kijken. "Ian!"

Hij legde zijn geweer op de grond aan zijn voeten en wilde haar van Jenn afhelpen. Door het geluid van bijna gelijktijdige schoten trok hij zijn pistool en draaide naar de plek waar ze vandaan kwamen, aan de andere kant van enkele grote kratten. Beide teams kwamen samen op de plek. Ian hoorde vloeken en Tanner, hun arts, die iemand vertelde een ambulance te bellen. Van waar hij de vrouwen nog steeds dekte, kon hij slechts enkele van de teamleden zien en was hij niet zeker wie er geraakt was. Marco gaf het sein "alles veilig, verdachten geteld" toen Brody verscheen aan Ians zijde. Hij overhandigde hem een sleutel van de handboeien voor hij zich naar Jenn wendde om haar te bevrijden. Ian liet Angies polsen los. Ze gooide haar armen om zijn nek en omhelsde hem zo hard als ze kon. "Godzijdank, je bent er."

"Het is voorbij, liefje. Ik heb je, maar je hebt een hel van een straf verdiend, Angel. " Terwijl hij haar omhelsde, keek hij toe hoe zijn teamgenoot Jenns blinddoek en mondknevel verwijderde en de touwen doorsneed waarmee ze aan de stoel vastzat. Net als Angie, huilde en beefde ze maar leek ongedeerd te zijn, afgezien van een paar blauwe plekken. Adrenaline, aangewakkerd door Ians woede, angst en opluchting, liet hem beven terwijl hij Angie stevig vasthield. Hij verstijfde toen de stem van zijn broer door het oortje kwam.

Angie schreeuwde het uit en krabbelde overeind nadat ze Devon hoorde zeggen: "Kom op, Athos. Blijf bij ons." Haar oor was tegen dat van Ian gedrukt toen de laag gesproken woorden door zijn headset kwamen. Ian hielp haar overeind en sloeg zijn arm om haar schouders toen ze zich naar de andere kant van de kratten haastten. Marco stond over het dode lichaam van Agent Jackson terwijl Tanner en Devon het bloed dat uit Athos' borst vloeide, trachtten te stelpen.

De corrupte agent had de hoge transportkisten omzeild en was op de blinde zijde van de andere agent terechtgekomen. Jackson had zijn eigen schot gelost, een milliseconde voordat Rick Michaelson hem zag en de bastaard in het hoofd raakte. Het kwaad was al geschied. De kogel was Athos' borst binnengedrongen langs de linkerkant, in de dunne zone onder zijn arm die niet bedekt was door het kogelvrije materiaal. Het was een van de slechtste plaatsen om geraakt te worden als je een vest droeg. Ian kon de spijt in het gezicht van Boomers vader zien dat hij de verdachte twee seconden te laat had gezien. 'Wat als' was iets waar ze allemaal mee om moesten gaan sinds hun eerste momenten in de strijd, maar het maakte het er nooit makkelijker op. Jake en Carter verschenen en vloekten toen ze zagen wat er was gebeurd.

Angie haastte zich naar voren en viel op haar knieën toen Devon plaats voor haar maakte aan Athos' hoofd. Ze pakte de rechterhand van haar beste vriend terwijl Dev over zijn borst leunde en druk bleef uitoefenen op de wond. Tanner startte snel een infuus in de linkerarm van de gewonde man. Athos' ogen fladderden open bij het horen van Angies stem die hem smeekte haar aan te kijken. Hij had moeite met ademhalen en zijn stem klonk schor en fluisterend. "Ang, gaat het?"

"Ik ben in orde. Jij ook, Jimmy. Ze gaan je weer zo goed als nieuw maken." Ze veegde het zweet van zijn voorhoofd en het bloed dat uit zijn mondhoeken sijpelde, maar het bleef komen. Zijn gezicht was bleek en zijn lippen blauw. Tanner keek op naar Ian die achter Angie stond en schudde zijn hoofd. Het zag er niet goed uit en tenzij er in de komende vijf minuten een wonder zou gebeuren, zou de man doodbloeden en was er niets wat iemand van hen kon doen. De kogel had te veel inwendige schade aangericht, waarschijnlijk het hart of de aorta geraakt en daarna ergens in de longen terechtgekomen.

"Beloof me iets, schatje." De gewonde agent vervaagde snel. Hij ademde steeds moeizamer en het bloed in zijn longen deed hem hoesten. "Beloof me dat je gelukkig zult zijn en vergeet niet dat ik van je hou."

"Ik hou ook van jou. Jij gaat nergens heen, verdomme! Jij blijft hier bij mij. Dat is wat me gelukkig zal maken! Blijf bij me!" De tranen stroomden over haar wangen en haar lippen trilden terwijl ze hem smeekte.

Athos' ogen verschoven en ontmoetten die van Ian. "Neem haar. Neem haar mee . . ." De rest van zijn woorden gingen verloren in een hoestbui. Hij gebruikte zijn laatste kracht om de hand die Angie vasthield op te tillen en gebaarde naar de man aan wie hij haar leven toevertrouwde. Ian begreep het. Athos wist dat hij nog maar een paar minuten te leven had, misschien zelfs minder. Hij wilde niet dat zijn beste vriendin, de vrouw van wie ze beiden hielden, zijn laatste momenten zou zien.

Ian knikte en nam Angies schouders vast en trok haar overeind. Ze begon zich tegen hem te verzetten, worstelde om te blijven waar ze was, maar haar vriend fluisterde: "Hou van je, schat. Ga."

"Nee... nee, Jimmy!" Angie werd hysterisch en Ian had geen andere keuze dan haar mee te nemen. "Laat los,

Ian! Zet me neer! Ik moet hem redden! Red hem, alsjeblieft!"

Ian nam haar op in zijn armen en wiegde haar tegen zijn borst terwijl ze bleef spartelen en schreeuwen. Hij probeerde haar troostende woorden te geven. Ze luisterde niet naar hem. Hoezeer het haar ook pijn deed om gedwongen te worden te vertrekken, ze zou zelfs kunnen denken dat hij wreed was, hij wist dat het erger zou zijn als ze bleef. Als de dood naderde, zou Athos veel meer bloed ophoesten en dat hoefde ze niet te zien. Ze hoefde ook het doodsgeratel niet te horen als de man zijn laatste adem uitblies. Ian kon het geluid van de naderende sirenes horen toen hij haar naar de deur droeg. Urkel en Boomer sloegen de enige overgebleven verdachte, die Beau had opgepakt, in de boeien. De anderen waren allemaal dood.

Hij bracht haar naar buiten, waar de verplegers, de politie en een boze agent Stonewall net arriveerden. Carter vertelde hem dat hij, nadat het vuurgevecht voorbij was, weer contact had opgenomen met Keon. De adjunct-directeur zou ervoor zorgen dat de plaats van het incident zou worden schoongemaakt en dat niemand, behalve het ene overlevende bendelid, in de problemen zou komen door het incident. Chase's mannen hadden het gebied afgezet en begonnen met de agenten te praten in een poging Ian en zijn team wat ademruimte te geven.

Brody had Jenn ook mee naar buiten genomen en haar op de voorstoel van Ians nog rijdende Audi gezet. Een verpleegkundige rende erheen om haar en Angie te controleren, terwijl de anderen zich naar het magazijn haastten waar ze het meest nodig waren. Angie hield eindelijk op met tegenstribbelen. Hij zette haar op haar voeten maar weigerde haar te laten gaan, haar omhelzend terwijl ze snikte en mompelde tegen zijn borst. "Hij gaat dood, is het niet?"

De pijnlijke aanvaarding in haar stem veroorzaakte een brok in zijn keel, dus in plaats van te antwoorden, hield hij haar alleen maar steviger vast. Een paar minuten later hieven ze allebei hun hoofd op toen Carter naderde. Hij legde een hand in Angies nek, leunde voorover en kuste de bovenkant van haar hoofd en fluisterde: "Het spijt me, kleintje. Hij is er niet meer."

Haar kreet van verdriet werd door iedereen gehoord.

Hoofdstuk 20

Ian zat op de passagiersstoel van Jake's Chevy Suburban toen zijn vriend Angie en hem van het vliegveld naar huis reed. Hij was nu minder op zijn gemak dan voor hun vertrek. Het was drie maanden geleden sinds ze haar beste vriend hadden begraven naast zijn moeder en zus in het noorden van New York. Brody's opname van Agent Jacksons opschepperij had ervoor gezorgd dat James Andrews ten ruste werd gelegd na een volledige federale- en militaire ceremonie. Een erewacht van de Amerikaanse mariniers had zijn kist in en uit de kerk van Lake George gedragen, waar hij als baby was gedoopt en zijn eerste communie en vormsel had gedaan. DEA-agenten en andere leden van de ordehandhaving, collega-mariniers, vrienden van de middelbare school en de uitgebreide familie van Trident Security hadden de kerkbanken volgestouwd voor de begrafenis van de held van zijn geboortestad. Bloemen bedekten het altaar, en later ook het graf. Sommige van de kleurrijke bloemen waren van Will Anders, Roxy en Kayla London, Tiny en het Covenant personeel, Shelby Whitman, verschillende vrienden van Angie uit Florida, en een van Red Rose Books. Kristen moet haar uitgever op de hoogte hebben gebracht van het verlies van hun nieuwe grafisch ontwerper.

Ian had Carter gezien, met een donkere zonnebril op, staande aan de achterkant van de kerk. En nog een keer, aan de zijkant bij de begraafplaats. De spion kwam niet in hun buurt en verdween nadat hij zijn en Angie's ogen had opgevangen en hen een enkele sombere hoofdknik had gegeven. Bij het graf werden drie saluutschoten afgevuurd. Ian hield een huilende Angie vast terwijl Taps werd gespeeld. Een scherp geklede kapitein van het korps mariniers knielde en overhandigde haar de Amerikaanse vlag die over de kist was gedrapeerd en met deskundige precisie was gevouwen. Hij vertelde haar zachtjes dat de President van de Verenigde Staten, de Amerikaanse Mariniers en de Amerikaanse Drug Enforcement Administration dankbaar waren voor de eervolle en trouwe dienst van haar geliefde aan zijn natie.

Met Jimmy's dood had, wat er nog over was van het drugskartel in New Orleans, geen reden meer om achter Angie aan te gaan. Naast het feit dat ze niet langer als pressiemiddel kon worden gebruikt, hadden ze het te druk om te voorkomen dat ze levenslange gevangenisstraffen zonder voorwaardelijke vrijlating zouden krijgen. De onderzoeken die volgden hadden ertoe geleid dat Manny Melendez werd gedood tijdens een inval en daaropvolgende schietpartij met de FBI en de plaatselijke politie. Drie van zijn handlangers werden ook gedood. In de hele stad werden ook verdachten opgepakt, waaronder twee DEA-agenten van het kantoor in New Orleans en drie plaatselijke agenten, naast zevenendertig andere mensen. Voorlopig zaten de Diaz connecties in New Orleans in de gevangenis, waren ze op de vlucht, of dood. De grote inkomende lading drugs was in beslag genomen van het vrachtschip in een gezamenlijke operatie van de DEA, FBI en kustwacht.

Henderson had de kogelwonde in zijn borst overleefd maar was een paar maanden uit de roulatie terwijl hij herstelde. Ian en Devon hadden hun gelofte gehouden en de begrafenis van zijn partner betaald, samen met Chase Dixon. Het team, Angie, Kristen, en Jenn hadden die begrafenis ook bijgewoond, voordat ze naar New York vlogen voor Jimmy's begrafenis later in diezelfde week. Jenn's kneuzingen waren genezen en met de hulp van haar psycholoog, die haar na de moorden op haar ouders begeleid had, kwam ze over de herinneringen van de ontvoering heen. Nu moest ze haar ooms ervan overtuigen dat ze hun overbeschermingsdrang, die sinds het incident was vertienvoudigd, moesten afzwakken. Ze hadden weer ruzie met haar over het controleren van de achtergrond van haar toekomstige vriendjes en andere belachelijke voorzorgsmaatregelen.

Angie had nog steeds momenten dat haar verdriet haar overviel. Ian deed alles wat hij kon om haar door die moeilijke momenten heen te helpen en besloot haar een tijdje mee te nemen. Dat duurde langer dan hij had verwacht. Iets meer dan twee weken geleden hadden ze allebei hun agenda's en werkdruk kunnen vrijmaken. Ze vlogen naar de Filippijnen om zijn familie tien dagen te ontmoeten, gevolgd door vier dagen als gasten van koning Rajeemh, de heerser van het kleine Noord-Afrikaanse land Timasur bij Mali. De koning bezat een huis aan Clearwater Beach bij Tampa en gebruikte Trident Security om zijn eigen beveiliging aan te vullen wanneer hij en zijn familie op bezoek waren. Hij nodigde Ian en het team al twee jaar uit in zijn land. Dit was de eerste keer dat ze van zijn aanbod gebruik maakten.

Angie aan zijn ouders voorstellen was een makkie geweest. Zoals hij had verwacht, waren ze op slag verliefd op haar. Zijn moeder had hen een rondleiding gegeven door de kliniek waar ze opereerde en had Angie zelfs uit de eerste hand voorbeelden laten zien van voor en na operaties bij twee van haar patiënten. Zijn engel was vol ontzag geweest voor het werk dat zijn moeder deed en had haar dat ook verteld, tot grote verlegenheid van de oudere vrouw. Zijn moeder was trots op het werk dat ze deed. Ze deed het niet voor de lofbetuigingen, maar voor de glimlach van de kinderen die ze hielp.

Angie's bedenkingen bij de ontmoeting met zijn vader, de miljardair, waren snel vergeten nadat de man haar een van zijn grote knuffels had gegeven. Hij had met hen samengewerkt bij de bouw van een nieuwe school op een van de vele Filippijnse eilanden, terwijl Marie Sawyer druk bezig was in het plaatselijke ziekenhuis. In de eerste 24 uur na hun bezoek hadden zijn ouders hun goedkeuring uitgesproken over Ian en Angie's relatie. Ian wenste alleen dat hij er net zo zeker van was als zij.

Hij maakte zich geen zorgen over de band die hij voelde met Angie, want de vrouw was honderd en tien procent perfect voor hem in alle opzichten. Ze hield van hem, daar was hij zeker van. Ze pasten goed bij elkaar. Ze vond het leuk om allerlei nieuwe dingen met hem uit te proberen, in en buiten de slaapkamer. Ze genoot duidelijk van de seks, want daar was ze heel duidelijk over. En net als hij, kon ze er niet genoeg van krijgen. Wat Ian zorgen baarde was of hij haar gelukkig kon blijven maken voor de rest van hun leven. Was hij goed genoeg voor haar? Want deze vrouw verdiende het allerbeste en nog wat. Ja, hij had genoeg geld om het financieel comfortabel te hebben. Ja, hij maakte haar aan het lachen. ...Lachen... en klaarkomen, keer op keer. Hij zou haar de maan geven als hij kon, maar wat als ze hem op een dag beu zou zijn? Wat als ze op een dag wakker werd en besloot dat ze niet meer bij hem wilde zijn, zijn collar afdeed en de deur uitliep? Ian wist in zijn hart dat hij het verlies nooit te boven zou komen, dat hij nooit van een andere vrouw zou kunnen houden zoals hij van zijn engel hield. Zijn angst om haar te verliezen was de reden dat hij zo bang was om haar te vragen bij hem in te trekken en uiteindelijk met hem te trouwen.

Toen ze in Timasur waren, waren ze gasten van de koning in het hoofdpaleis - een prachtig kasteel met tachtig kamers op vijfentwintig hectare met verzorgde gazons en doolhofachtige tuinen waar ze altijd verdwaalden. Na de eerste dag begon Ian te grappen dat hij broodkruimels moest bewaren van elk van hun maaltijden om een spoor te leggen. Op die manier konden ze terug naar hun weelderige suite zonder een uur rond te dwalen op zoek naar de suite.

Het land was prachtig en ze hadden hun dagen doorgebracht met een gids die hen meenam naar veel van de historische en natuurlijke bezienswaardigheden van het kleine land. Kael zat vol geschiedenis en humor en maakte hen vaak aan het lachen terwijl hij hen de wonderen van zijn kleine hoekje van de wereld liet zien. Elke nacht waren Ian en Angie uitgeput geweest en vielen in elkaars armen in slaap na een rondje of twee geweldige vrijpartijen. Hij zou deze vrouw nooit beu worden. Zou zij hem uiteindelijk ook beu worden zoals Kaliope had gedaan? Toegegeven, hij verdween niet voor maanden zoals tijdens zijn tijd bij de marine. Toch bleven zijn gedachten aan hem knagen. Hij kon zijn wantrouwen tegen "voor altijd" relaties niet overwinnen.

In de vroege ochtend van hun laatste dag in Timasur had Ian gebruik gemaakt van de complete fitnessruimte in de oostvleugel van het paleis, terwijl Angie uitsliep. Tegen zeven uur had hij meer dan veertig minuten op de loopband gestaan, met een comfortabele snelheid van zestien minuten per kilometer op weg naar een doel van elf kilometer. Zijn looptrainingen waren tijdens hun reis beperkt gebleven, dus die ochtend had hij zichzelf een beetje meer gepusht. Toen hij midden in zijn vijfde kilometer zat, was prinses Tahira binnengelopen en naast hem op de loopband gesprongen. De drieëntwintigjarige had de neiging het Trident-team gek te maken tijdens haar bezoeken aan Florida, waar ze waren ingehuurd om haar beveiliging te verzorgen. Terwijl de koning, koningin en prins Raj zeer relaxte mensen waren die hun werknemers met respect en dankbaarheid behandelden, kwam de prinses over als een verwend nest, zo simpel is het. Ze had ook een zwak voor Amerikaanse mannen, vooral haar lijfwachten, die ze altijd kon aanraken. Hoewel geen van hen was ingegaan op haar talrijke aanbiedingen van namiddaggenoegens, had dat haar er niet van weerhouden het te proberen. En als ze dan nog niet toegaven, vond ze een manier om hen te martelen omdat ze haar niet gaven wat ze wilde. Haar gebruikelijke vorm van wraak bestond uit een creditcard, een winkelcentrum, en vijf of zes uur lang alles passen wat ze zag, vooral schoenen.

Ian was een beetje verrast hoe anders Hare Hoogheid zich had gedragen tijdens hun bezoek aan haar thuisland. Ze was beleefd geweest, prettig in de omgang, en erg aardig tegen Angie en hem. Tijdens hun bezoek had ze hem nooit proberen te versieren, wat zo vreemd voor haar was. Hij bracht het grootste deel van zijn tijd in haar aanwezigheid door met wachten tot de vriendelijke façade zou vallen en de echte prinses tevoorschijn zou komen. Na vijf minuten stilte terwijl hij rende en zij liep op hun respectievelijke loopbanden, kon hij er niet meer tegen en sloeg hij zijn hand op de stopknop. Toen zijn voeten tot stilstand kwamen, pakte hij zijn handdoek van de hendel van de machine en veegde het zweet van zijn gezicht voordat hij zijn lichaam naar haar toedraaide. "Goed, prinses, wat is er?"

Ze stopte of vertraagde haar pas niet terwijl ze met een verwarde uitdrukking op haar gezicht naar hem keek. Ze zag er onschuldig uit, maar hij geloofde het voor geen meter.

"Wat bedoel je, Ian Sawyer?"

Hij was gewend geraakt aan de manier waarop ze de meeste Amerikanen bij hun voor- en achternaam noemde. "Nou, sinds Angie en ik hier zijn, heb je je best gedaan om aardig en hartelijk te zijn. Je hebt me nog niet één keer versierd, wat niets voor jou is, dus wat ben je van plan?"

Ze drukte op de rode knop van haar loopband en kwam tot stilstand voordat ze zich met een wrange grijns naar hem omdraaide. "Ondanks wat je over me denkt, wat je over me denkt te weten, het enige wat ik niet doe, Ian Sawyer, is ... wat is het woord dat jullie Amerikanen gebruiken? Oh, ja, ik ga niet... vreemd met de man van een andere vrouw, hoe aantrekkelijk ik hem ook vind."

Na haar laatste woorden verwachtte hij dat ze haar hand op zijn blote borst zou leggen, ondanks zijn zweet. Dat deed ze niet en het verbaasde hem. Hij dacht terug aan de keren dat ze in Florida was geweest en besefte dat de enige mannen die niet hadden geklaagd over haar voortdurende avances, de weinige contractbewakers waren die trouwringen droegen.

"Ik benijd je, Ian Sawyer. Jij en Angelina Beckett hebben iets gevonden waar ik alleen maar van gedroomd heb."

Hij hield zijn hoofd schuin en staarde naar de beeldschone jonge vrouw alsof hij haar nooit eerder had gezien. "Wat is dat, prinses?"

Ze grijnsde naar hem. "Ik geloof heilig in zielsverwanten. Ik geloof ook dat niet iedereen het geluk heeft de zijne te vinden. Jullie twee hebben het in elkaar gevonden. Jullie hebben samen iets wat ik nog nooit van dichtbij heb mogen meemaken."

Ian haalde zijn schouders op en nam een slok water. "Je ouders zijn al heel lang gelukkig getrouwd, nietwaar?

Ze pauzeerde lang genoeg om een slok uit haar eigen waterfles te nemen. "Niet altijd, nee."

Bij zijn opgetrokken wenkbrauw grinnikte ze. Zolang Ian de royals had gekend, waren ze een aanhankelijk stel geweest. Als ze al ergens ruzie over maakten, was dat nooit in het zicht van anderen. "Ja, mijn ouders zijn nu heel gelukkig. Dat was niet altijd zo. Net als mijn grootouders en overgrootouders waren mijn vader en moeder het resultaat van een gearrangeerd huwelijk op hun achttien. Geen van beiden was daar aanvankelijk gelukkig mee. Zoals mijn moeder het vertelt, vonden ze elkaar weliswaar aantrekkelijk, maar ze ... wat zeg je ... schrobden elkaar op de verkeerde manier?"

Hij glimlachte om haar flubberde cliché. "Het is elkaar de verkeerde kant op schuren, maar ik begreep wat je bedoelde. Ik had geen idee dat het huwelijk van je ouders gearrangeerd was. Wauw, ik kan me niet voorstellen hoe het was om je echtgenoot zonder inbreng voor je te laten uitzoeken."

"Gelukkig hebben mijn ouders lang geleden besloten om mijn broer en mij niet dezelfde traditie op te dringen. We zijn vrij om te trouwen met wie we maar willen." Ze startte haar loopband weer op en begon te lopen. "Zoals ik al eerder zei, ben ik jaloers op wat jij en Angelina Beckett hebben. Jullie hebben je enige ware liefde gevonden, de persoon die voorbestemd was om de rest van je leven mee door te brengen. Ik ben bang dat ik de mijne niet zal vinden. Als het in de sterren geschreven staat, zal ik moeten wachten. In de tussentijd vermaak ik mezelf." Ze wierp hem een blik toe voordat ze weer naar voren keek. "Ik ben ook jaloers op de baby's die jullie zullen krijgen. Jij bent erg knap en zij is een prachtige vrouw. Ik ben er zeker van dat jullie baby's mooi zullen zijn."

Hij kon de paniek niet helpen die zich in zijn borstkas had genesteld. Hij? Een vader? Zou hij een goede vader kunnen zijn? Zou hij een goede echtgenoot kunnen zijn? Hij wist in zijn hart dat het antwoord ja was. Toch kon hij het gevoel niet onderdrukken dat het op een dag allemaal zou verdwijnen als Angie de deur uit zou lopen.

Tahira leek uitgepraat. Hij zag af van de rest van zijn training, liep naar de deur om terug te keren naar zijn suite, maar draaide zich toen om en liep terug naar haar loopband. Toen ze verder liep, maar hem vragend aankeek, zei hij tegen haar: "Ik hoop dat je op een dag vindt wie je zoekt, prinses. Je zielsverwant. Je verdient het net zoveel als ieder ander."

"Dank je, Ian Sawyer. Ik hoop dat hij net zo knap is als jij."

* * *

Ian realiseerde zich niet ze bij de buitenste poort van het terrein waren en stopten voordat Angie naar voren leunde vanaf de achterbank en haar hand op zijn schouder legde. Hij keek naar haar en toen naar een grijnzende Jake, die geen van beiden iets zeiden toen de man Angie iets overhandigde. Terwijl hij heen en weer keek tussen de twee, vernauwden zijn ogen zich. Het was duidelijk dat ze iets van plan waren. "Wat?"

Jake zweeg toen Angie haar voorhield wat hij haar had gegeven. Een blinddoek. "Doe dit om."

"Uh, niet zonder een goede reden, Angel."

Ze zuchtte dramatisch en zijn mond kromde zich naar boven. "Alsjeblieft? Het is een verrassing voor je verjaardag."

Zijn grinnik en uitdrukking waren vervuld van wellust die haar deed blozen. "Je gaf me mijn cadeau op mijn verjaardag een week geleden."

En wat een cadeau was het geweest. Voor één keer had hij haar de pijpbeurt die ze hem gaf volledig laten overnemen, terwijl ze gekleed was in een tuttige beha en slipje. Ze droeg ook een kousenband, een panty en zijn favoriete paar neukhakken, die ze zonder zijn medeweten had ingepakt. Hij mocht haar niet met zijn handen aanraken. Zij zou hem geen orgasme geven tot zij het zei. Het was een uur van de zoetste marteling die hij ooit had ondergaan en hij dacht dat zijn hart zou stoppen toen ze hem eindelijk toestond zijn sperma in haar keel te spuiten. Godzijdank had hij op een bed gelegen, want het had wel een kwartier geduurd voordat zijn benen daarna niet meer trilden.

Ze hield de blinddoek voor. "Alstublieft, Sir, voor mij?"

Hoe kon hij haar weerstaan? Het antwoord was

makkelijk, dat kon hij niet. Hij nam de blinddoek met het elastiek aan en schoof het over zijn hoofd en ogen en zuchtte. "Dit kan maar beter snel gaan want ik voel me belachelijk."

Ze giechelde toen Jake de SUV weer in zijn achteruit zette en gas gaf. "Nu weet je hoe ik me soms voel." Hij wist dat ze een grapje maakte. Zijn engeltje vond het heerlijk om vastgebonden en geblinddoekt te zijn terwijl hij zijn boze gang met haar ging, soms in het openbaar en soms privé.

Ian voelde dat de auto wat langzamer reed toen ze het tweede hek naderden. Toen ze niet stopten om Jake zijn hand te laten scannen, wist hij dat iemand anders het voor hen had geopend. Toen de auto stopte, schatte hij dat ze ergens in de buurt van het woongebouw waren. Hij hoorde de twee uit het voertuig stappen en hun deuren sluiten voordat zijn deur werd geopend. Angie nam zijn hand in de hare en begeleidde hem voorzichtig de auto uit. Ze zei dat hij drie stappen naar voren moest zetten en moest stoppen. Toen hij dat deed, pakte ze zijn schouders vast en draaide hem een beetje naar rechts voordat ze hem weer losliet. "Oké, bij de derde tel mag je hem uitdoen. Een... twee... drie!"

Een koor van "gelukkige verjaardag!" begroette hem.

Godverdomme! Ians mond viel open. Hij kon zijn ogen niet geloven. *Wat hebben ze in godsnaam gedaan?* Het was prachtig... meer dan prachtig. Hij zette een stap in de richting van de grote ruimte tussen het derde en vierde gebouw en probeerde alles in één keer in zich op te nemen. De ruimte was breed genoeg om drie trekkers naast elkaar te laten staan en lang genoeg voor twee van hen om bumper aan bumper te staan, dus het had de grootte van een achtertuin ... en nu leek het er wel op.

Sinds hij en Angie twee weken geleden waren vertrokken, had iemand de verharde, lelijke ongebruikte ruimte omgetoverd tot een soort tuin. Compleet met gras, bomen, struiken, bloemen, zithoekjes, een vuurplaats en zelfs... was dat een waterval die uitmondde in een kleine vijver aan het uiteinde?

Voor de eerste keer dat hij het zich kon herinneren, was Ian sprakeloos. Hij had een knoop in zijn keel en, kut... tranen vulden zijn ogen en hij schaamde zich er niet voor. Hij nam nog een paar stappen, wist niet waar hij moest kijken en zag bij elke pas iets nieuws. Er stonden een bar en buitenkeuken die op de een of andere manier goed paste bij het landschap, samen met een enorme barbecue en een weerbestendige flat-screen TV. Beau lag een paar meter verderop op zijn rug in het gras te rollen alsof hij in de hemel was. *Ik ben daar bij je, hond,* dacht Ian bij zichzelf. Zijn oog viel op een klein houten bordje een halve meter binnen de graslijn. *Ian's Oasis.*

Oké, nu moest hij de paar tranen wegvegen die begonnen te vallen. Hij staarde naar Angie die naast hem stond met haar handen op haar borst geklemd, angstig wachtend tot hij iets zou zeggen. Zijn blik ging toen naar zijn team, Mitch, Jenn, Kristen, en Tiny, die allemaal rond de langwerpige vuurplaats zaten. "Wie... hoe?" Hij schraapte zijn verstikte keel. "Tering, ik kan niet praten."

Ze lachten allemaal. Angie klapte in haar handen van blijdschap. Zijn broer stond op en stapte naar hem toe, grijnzend als een idioot. Hij schudde Ians hand en hield zijn hoofd naar Angie gericht. "Gelukkige verjaardag, broer. Dit was het idee van je vrouw. Ze heeft het allemaal op papier voor ons ontworpen. Terwijl jij weg was, hebben we het asfalt afgegraven en mensen de graszoden en de tuin laten aanleggen. De keuken en de koivijver geïnstalleerd. We hielpen allemaal zoveel we konden omdat we wilden dat je wist dat dit uit ons hart kwam. Angie heeft alles uitgezocht en terwijl jij weg was, hebben Jenn en Ninja-girl de lijst meegenomen en zijn ze gaan shoppen voor de meubels, barbecue, TV en keuken-spullen. Ze hebben trouwens grote schade aangericht aan de Trident kredietkaart."

Ian lachte en veegde nog een paar tranen weg, die per se wilden vallen, voor hij zijn mooie engel aankeek. "Dit was wat jullie drieën een paar weken geleden aan het doen waren?" Op een dag verliet hij het kantoor om met haar te gaan lunchen. Toen hij haar niet in zijn apparte-ment aantrof, zoals ze hadden gepland, ging hij naar boven om haar te zoeken, wetende dat ze waarschijnlijk met Kristen aan het kletsen was. Hij had een onderonsje tussen hen beiden en Jenn onderbroken. Ze klapten dicht toen ze hem zagen, terwijl Angie het schetsboek dat ze vasthield probeerde te verbergen. Toen hij probeerde uit te vinden wat de snotapen van plan waren, bleven ze, ondanks zijn pogingen, allemaal stil en verbraken hun kleine ontmoeting. Hij was het helemaal vergeten, tot nu.

Angie knikte. "Ik wilde iets speciaals doen voor je verjaardag. Ik herinnerde me wat je zei in het schuiladres over het willen van je eigen kleine oase in het midden van nergens. Dit is niet echt in het midden van nergens, maar het is dichtbij genoeg tot je oud genoeg bent om met pensioen te gaan. Ik wilde voorstellen om een week naar Maggie Valley te gaan, zodat ze dit konden doen zonder dat jij het wist. Toen stelde jij voor om je ouders te bezoe-ken. We konden niet geloven dat we het geheim konden houden voor Jou. Jij, Sir, bent een zeer goede ondervrager."

"Ha! Blijkbaar niet goed genoeg."

Iedereen stond op en er volgde een omhelzing van de vrouwen, gevolgd door handdrukken en schouderklopjes van de mannen. Nadat hij klaar was met de ontvangstlijn, trok hij Angie in zijn armen en kuste haar zinloos. Toen het gefluit en het geroep wegebde, maakte hij een einde aan de kus die hen beiden buiten adem achterliet. Ze legde haar handen op zijn wangen en keek hem aan met alle liefde in haar hart. "Ik hou van je, Ian. Ik hou nu van je en ik zal van je houden als je oud en grijs bent. Ik zal nooit van je weglopen, zelfs niet als je me duwt, zonder alles in de wereld te proberen om aan je zijde te blijven. En als je deze wereld eerder verlaat dan ik, zal ik uitkijken naar de dag dat ik me bij je voeg in het hierna-maals, want jij bent het voor mij. Je bent mijn hart, mijn vriend, mijn Dom, mijn minnaar en mijn zielsverwant, en ik zal voor altijd van je houden."

Ian staarde in de ogen van deze ongelooflijke vrouw en als een gloeilamp die aanging, klikte alles op zijn plaats voor hem. Zij was niet Kaliope of eender welke andere vrouw die hij in de loop der jaren had gehad. Zij was de vrouw waar zijn hart naar had gezocht. Als een van die andere relaties had gewerkt, zou hij hier niet naast zijn lot staan. Een zin uit een van de countrysongs van zijn broer kwam in hem op - iets over God die een gebroken weg zegent die hem naar dit punt en naar haar leidt - en hij wist dat het de rest van zijn leven zijn mantra voor haar zou zijn. Hij haalde haar handen van zijn gezicht en kuste haar knokkels een keer, maar liet ze niet los. Met een diepe zucht, nam hij een sprong van vertrouwen. "Trouw met me."

"W-wat?" Angie was stomverbaasd. Ze had hem zeker niet goed gehoord.

Ian hoorde de andere vrouwen nauwelijks gillen. De

mannen grinnikten en kreunden boven het kloppen van zijn hart uit. "Ik ben niet perfect. Ik ben niet eens een romanticus. Ik ben geen man van bloemen en parfum. Ik spui geen gedichten uit mijn mond of begin te zingen. Ik heb niet eens een ring voor je. ... nog niet. Ik maak je waarschijnlijk gek met mijn eisen. We zullen ruzie maken, we zullen vechten, maar daarna maken we het goed en daar kijk ik het meest naar uit. Het enige wat ik weet is... Ik hou van je, Angel. Ik zal van je houden tot lang na de dag dat ik sterf. Jij bent mijn zielsverwant. Trouw met me. Krijg prachtige baby's met mij. Alsjeblieft."

Hij wachtte een hartslag, en dan nog een paar - de hel, hij zou eeuwig wachten op haar antwoord voordat haar mond omhoog draaide in een sexy grijns. "Wie zegt dat je geen romanticus bent? Dat ben je zeker wel, en ja, Sir, ik wil met jou trouwen."

Overgelukkig pakte Ian haar bij haar middel en zwaaide haar rond voor hij haar mond met de zijne ving en haar opnieuw kuste als een gek. Vanuit de groep die hen omringde kwam een koor van gejuich en geklap. Voor hem was zijn engel de enige persoon daar.

andere boeken van Samantha Cole

Momenteel Verkrijgbaar in Nederlands

The Trident Security Series
Leder & Kant
Zijn Engel
Wachtend op hem

over de auteur

USA Today Bestseller Author en Award-Winning Author Samantha A. Cole is een gepensioneerde politie-agente en voormalig paramedicus. Met behulp van haar levenservaring en opleiding, streeft ze ernaar om de perfecte mix van spanning en romantiek te vinden voor haar lezers om van te genieten.

www.samanthacoleauthor.com

facebook.com/SamanthaColeAuthor

instagram.com/samanthacoleauthor

bookbub.com/profile/samantha-a-cole

goodreads.com/SamanthaCole

amazon.com/Samantha-A-Cole/e/B00X53K3X8

tiktok.com/@samanthacoleauthor